MIRA®

Der Preis dieses Bandes versteht sich einschließlich
der gesetzlichen Mehrwertsteuer.

Umwelthinweis:
Dieses Buch wurde auf chlor- und säurefreiem Papier gedruckt.

Julie Gordon

Die Rose von Byzanz

Erotischer Roman

MIRA®

MIRA® TASCHENBUCH
Band 35031
1. Auflage: Juni 2010

MIRA® TASCHENBÜCHER
erscheinen in der Cora Verlag GmbH & Co. KG,
Valentinskamp 24, 20350 Hamburg
Originalausgabe

Konzeption/Reihengestaltung: fredebold&partner gmbh, Köln
Umschlaggestaltung: pecher und soiron, Köln
Redaktion: Ivonne Senn
Titelabbildung: Getty Images, München; pecher und soiron, Köln
Satz: Buch-Werkstatt GmbH, Bad Aibling
Druck und Bindearbeiten: CPI – Ebner & Spiegel, Ulm
Printed in Germany
Dieses Buch wurde auf FSC-zertifiziertem Papier gedruckt.
ISBN 978-3-89941-728-9

www.mira-taschenbuch.de

1. KAPITEL

Byzanz 985

Das Erste, was sie von ihm wahrnahm, war sein Blick. Sie spürte ihn auf ihrer Haut kribbeln.

Johanna hob den Kopf und schaute sich suchend um. Sie wusste, dass sie ihn erkennen würde, wer auch immer er war, der auf ihrer Haut das Beben tanzen ließ, das sie längst vergessen geglaubt hatte.

Da stand er, am gegenüberliegenden Ende des kleinen Platzes. Händler, Edelleute und Soldaten drängten an ihm vorbei. Wie groß er war! Wie finster seine Gesichtszüge, wie dunkel seine Augen! Er trug die Kleidung eines Warägergardisten; einige Strähnen seines blonden Haars hingen unter dem Helm hervor, und sein Gesicht wirkte durch den Bartschatten dunkler.

Ein Nordmann, dachte sie erschüttert. Sie versuchte, den Blick von ihm abzuwenden. Sie verabscheute jeden Mann, der über den Sklavenmarkt von Byzanz schlenderte und die Ware in Augenschein nahm. Besonders verhasst waren ihr aber die Nordmänner, seit diese Johannas Heimatdorf im fernen Frankenreich überfallen, die Alten getötet und die jungen Leute gefangen genommen hatten. Damit hatte ihr Martyrium begonnen, das Johanna über Haithabu, die Kiewer Rus und das Schwarze Meer hierher geführt hatte. So war sie in den Besitz von Kallistos gelangt, der sich rühmte, die schönsten Sklavinnen der Christenheit zu versteigern.

Sie war eine dieser Sklavinnen.

Sie konnte den Blick nicht von ihm lassen. Und obwohl sie ihn hassen wollte, wie sie alle anderen Nordmänner im Stillen hasste, war etwas an ihm, das sie nicht losließ. Das sie nicht wegschauen ließ. Das ihre Knie weich werden ließ. Sie schwankte, und im nächsten Moment spürte sie den dicken Sklavenhändler Kallistos, der hinter ihrem Rücken auftauchte und ihr die Gerte in die Rippen rammte, mit der er sie in den letzten Stunden immer wieder getriezt hatte, wenn sie sich vor Erschöpfung kaum mehr auf den Füßen halten konnte und versuchte, sich hinzuhocken.

„Steh gerade", knurrte er. „Und senk gefälligst den Kopf, du Feuerhexe."

Feuerhexe. So hatte er sie stets genannt, seit er sie in Haithabu von einem Nordmann gekauft hatte. Einen Beutel gehacktes Silber hatte es ihn gekostet, Ise und sie zu erwerben. Johanna war für ihn die Feuerhexe, der Beifang, den er in Kauf nehmen musste, um Ise zu erwerben, denn der Nordmann hatte sich nicht die Mühe gemacht, sie einzeln anzubieten. Ise aber war die zarte blonde Nymphe, die jeder Mann gerne in sein Bett holte, und Kallistos' Augen hatten gierig geglitzert, als er die Mädchen in der Schenke länger als nötig auf Krankheiten untersuchte, wie er es nannte. Ihn interessierten nur die hübschen, jungen Mädchen. Johanna verabscheute er wegen ihrer roten Haare und ihres Hexenblicks. Hätte ein Sturm sein Schiff auf der Heimfahrt nach Byzanz erfasst, hätte er wohl nicht gezögert, sie über Bord zu werfen, um die Naturgeister zu besänftigen. Er hatte Angst vor ihr, doch das war für sie ein schwacher Trost. Gehorsam senkte sie den Kopf. Wie ein Vorhang fiel das rote Haar vor ihr Gesicht.

Das Nächste, was sie spürte, war seine Bewegung.

Der Nordmann löste sich von der Bretterwand der Bude, an die er sich so lässig gelehnt hatte, während er sie beobachtete. Johanna spürte ihn nur, obwohl sie gerne den Kopf gehoben hätte. Sie hatte schon mehrfach am eigenen Leib erfahren, was es hieß, Kallistos nicht zu gehorchen.

Seine Gerte verteilte schmerzhafte Hiebe, ohne die Haut blutig zu reißen. Hübsche Jungfrauen sollten mit reiner Haut in die Versteigerung gehen.

Johanna holte zitternd Luft. Sie spürte die Schritte des Warägers auf den Stufen zum Podest, auf dem sie und ihre Leidensgenossinnen seit den frühen Morgenstunden reglos standen und von allen Männern begafft, begrapscht und beurteilt wurden. Kallistos hatte Johanna seitdem nichts zu trinken gegeben, und ihre Zunge klebte geschwollen und wie ein trockener Fremdkörper am Gaumen. Sie schluckte, doch auch das tat weh.

„Habt Ihr Interesse an meiner Ware, mein Herr?“ Sofort war Kallistos zur Stelle und schob sich zwischen die Mädchen und den Nordmann. Johanna beobachtete aus dem Augenwinkel, dass der Fremde den Sklavenhändler ein Stückchen überragte, obwohl er eine Stufe unter ihm stand.

„Nein, mich interessieren deine Mädchen nicht. Aber mein Herr interessiert sich für ein paar Mädchen, die ihm die Zeit vertreiben.“

Seine Stimme … sie war wie ein bitterer Gesang in ihrem Kopf. Sie hatte das Gefühl, nur noch aus dieser Stimme zu bestehen, die in ihrem Kopf widerhallte. Johanna versuchte, sich gerade aufzurichten, ihm stolz zu begegnen, wenn er sie in Augenschein nahm. Zu oft schon hatte sie sich von Männern wie ihm einschüchtern lassen. Bei ihm sollte ihr das nicht passieren. Bei ihm …

Die Welt drehte sich und stand im nächsten Augenblick kopf. Hart und dumpf schlug Johannas Körper auf den Planken auf, und das Nächste, was sie spürte, war ein stechender Schmerz, der von ihrer Schläfe ausgehend in Wellen durch ihren Körper brandete. Sie öffnete den Mund, wollte etwas sagen, doch kein Laut drang über ihre Lippen. Sie wollte um Wasser bitten, einen Schluck nur, um in dieser unbarmherzigen Hitze zu bestehen, eine Schöpfkelle Wasser, wie sie den anderen Mädchen jederzeit gebracht wurde, wenn sie danach verlangten.

Sie spürte das Beben der Planken, und dann waren es seine Hände, die sich um ihren Kopf legten. Sie spürte seine Berührung und hätte weinen und um sich schlagen wollen, weil sie in diesem Moment so verzweifelt war. Sie wollte nicht berührt werden, nicht von diesem nordmännischen Untier, das sich jetzt über sie beugte. Sie nahm alles gedämpft wahr, hörte seine Stimme etwas sagen, dann spürte sie, wie Kallistos etwas auf sie schleuderte, und im nächsten Moment sprang ihr Verstand wieder an Ort und Stelle, und sie spürte das kühle Nass, das zu trinken sie sich seit Stunden gesehnt hatte, auf ihrem Gesicht und ihrem Körper.

Der Sklavenhändler hatte den ganzen Wassereimer über ihr ausgeleert, um sie wieder zu Bewusstsein zu bringen.

Johanna hustete und schnappte wie eine Ertrinkende nach Luft. Dabei wollte sie Wasser atmen, nicht Luft, und der kleine Schluck, den sie bei Kallistos' Bemühen, sie aus der Bewusstlosigkeit zu reißen, geschluckt hatte, reichte lediglich, um ihren Durst anzustacheln.

„Wasser", japste sie, und dann noch einmal: „Wasser."

Und die ganze Zeit spürte sie seine Hände, die ihre Wangen umschlossen, seine Finger, die sich riesig an ihre Schläfen drückten. Plötzlich weinte sie, und in diesem Moment drehte er sich von ihr weg und sprach die erlösenden Worte: „Gib ihr zu trinken, sie ist ja nicht mehr bei Sinnen." Wasser tropfte auch ihm vom Gesicht, denn er hatte von dem Wasserschwall einen nicht unbeträchtlichen Teil abbekommen.

Das Wunder geschah tatsächlich: Kallistos nickte knapp und verschwand.

Während sie wartend verharrten, löste der Waräger sich kurz von ihr und nahm den Helm ab, den er neben sich legte. Doch dann war er wieder da, seine Finger strichen eine Strähne ihres Haars aus dem Gesicht. Ein Windhauch fuhr durch die Bude und sorgte für erleichternde Kühle auf ihrer nassen Haut.

Die anderen Mädchen waren zurückgewichen. Johanna versuchte, sich in eine bequeme Position zu rücken, denn ihre Hände waren hinter dem Rücken gefesselt, und bei ihrem abrupten Sturz war sie auf die Hände gefallen. Sie überlegte, ob es zu viel verlangt war, wenn sie darum bat, ihre Fesseln zu lockern. Kallistos würde dem nie zustimmen, denn er hatte schon einmal erlebt, wozu sie fähig war, wenn sie nicht gefesselt wurde. Vermutlich hatte ihn das vorsichtig werden lassen.

„Du bekommst bald Wasser“, sagte der Nordmann beruhigend. Sein Daumen strich über ihre Schläfe, und sie schloss die Augen. Sie ertrug es nicht, ihn zu sehen, ertrug seine Augen nicht und die Besorgnis, die sie darin zu lesen glaubte.

Ein Nordmann kannte keine Gnade, kein Mitgefühl. Wenn er sich um sie sorgte, dann geschah es gewiss nur, weil er sich davon etwas versprach. Er handelte nicht auf eigene Rechnung, sondern für seinen Herrn, wer auch immer dieser sein mochte.

Seine Linke löste sich von ihrer Schläfe und strich über ihre Schulter. Seine Finger fuhren an der Linie ihres Halses entlang. Johanna erschauderte. Seine Berührung weckte tief in ihr ein Feuer, das ihr völlig neu war. Das sie nicht einzuordnen wusste. Sie wollte seine Hand beiseiteschlagen, doch zugleich hungerte sie danach, mehr zu spüren. Und er erfüllte ihren Wunsch, ließ seine Finger den Ausschnitt ihrer Tunika nachzeichnen.

Sie war sich dessen bewusst, dass sie unter dem dünnen, nassen Stoff vollständig nackt war. Nur die viel zu kurze Tunika hatte Kallistos ihr und den anderen Sklavinnen heute zugestanden. Sie wimmerte leise, doch nicht, weil es ihr unangenehm war, was er mit ihr tat.

Johanna wollte nicht nur seinen Blick auf ihrem Körper spüren. Sie wollte *ihn* spüren.

Zugleich war ihr der Gedanke so zuwider, dass erneut Tränen unter ihren Lidern hervorrannen und im Schläfenhaar versickerten.

Sie wusste, warum sie auf diesem Sklavenmarkt war. Sie war jung, hübsch, hatte die Figur, die Männern gefiel – üppig, an den richtigen Stellen wohlgerundet. Dazu ihr feuriges Haar, das bis zur Taille in weichen Wellen fiel. Eine reine Haut, von keiner Krankheit während ihrer Kindheit entstellt. Ja, vielleicht würde mancher sich dazu hinreißen lassen, sie eine Schönheit zu nennen. Aber das maskierte nur unzureichend, was diese Männer, die seit den frühen Morgenstunden auf das Podest traten und sie in Augenschein nahmen wie eine Stute auf dem Jahrmarkt, tatsächlich mit ihr vorhatten.

Von zu Hause wusste sie, was Mann und Frau des Nachts unter ihren Decken trieben, denn in der einzigen Schlafkammer hatte sie oft genug die Eltern belauscht, zunächst noch unwissend, doch zunehmend reimte sie sich manches zusammen. Und am Tag vor ihrer Hochzeit nahm ihre Mutter sie beiseite und erklärte ihr das, was sie noch nicht wusste.

Von diesem zart kribbelnden Gefühl war nie die Rede gewesen. Von diesem Zittern, das durch ihren ganzen Körper rann und sie leise wimmern ließ, hatte die Mutter nichts gesagt.

Wenige Stunden später tauchten in der Morgendämmerung ihres Hochzeitstages die Drachenschiffe der Nordmänner am Horizont auf. Ihren zukünftigen Mann verlor Johanna in den Kämpfen. Verbissen hatten die Dorfbewohner versucht, sich gegen die Übermacht zu wehren, doch ihre Heugabeln und Äxte, ihre kleinen Dolche und Balken, Waffen, die sie in aller Eile gegriffen hatten, wussten gegen die schwer bewaffneten Nordmänner nichts auszurichten. Johanna hatte mit ansehen müssen, wie der Schädel ihres Mannes mit einer Axt gespalten wurde.

Nachts wachte sie manchmal von ihren eigenen Schreien auf, weil sie wieder am Strand kniete, Sand und Blut an ihren Fingern, während sie versuchte, das letzte Glimmen des Lebensfunkens in den weit aufgerissenen Augen Konrads auszumachen. Es war das Letzte, was sie sah, ehe sie hochgehoben und zum Drachenboot geschleppt wurde, das sogleich wieder in See stach.

Inzwischen wusste sie nicht mehr, wie ihr Mann ausgesehen hatte, und in den Monaten auf den Schiffen der Nordmänner und des Sklavenhändlers hatte sie manches Mal geglaubt, seinen Namen vergessen zu haben, bis sie auf ihren Kopf eintrommelte und er sich ihr stotternd entrang.

Doch seine keuschen Küsse, die sie des Abends vor dem Zubettgehen hinterm Backhaus ausgetauscht hatten, waren nichts, verglichen mit diesem Gefühl, das ihren ganzen Körper erfasste, als der Fremde ihren Hals und ihre Schultern streichelte, um sie zu beruhigen.

Sich vorzustellen, wie er sie intimer berührte ... wie seine Hände vielleicht sogar ihre Brüste berührten, ihre Taille umschlossen ... nein. Undenkbar. Trotzdem dachte sie genau dies, während sie reglos dalag und wartete, dass Kallistos zurückkam.

Sie hielt die Augen geschlossen und versuchte, ihren

Körper schwer und steif zu machen. Nun hielt er wieder ihr Gesicht, und sie hörte ihn leise summen, während seine Daumen ihre Tränen auffingen. Sie spürte seinen Blick, seine zarten Bewegungen.

Johanna schluchzte. Sie fühlte sich ihm ausgeliefert, aber zugleich genoss sie dieses Gefühl zu sehr.

Was passierte nur mit ihr? War das der Wahnsinn, den Kallistos ihr täglich prophezeite, seit er sie in Haithabu an Bord seines Schiffes gebracht hatte?

Kallistos' schwere Schritte bebten auf den Stufen zum Podest. „Hier, Wasser."

Sie hörte das Plätschern, dann spürte sie, wie der Nordmann seine Position veränderte, ihren Oberkörper behutsam anhob und ihr einen Becher an die Lippen hielt. Sie vermisste seine Hand an ihrer Schläfe, doch dann berührte das kühle Nass ihre Lippen, und sie öffnete gehorsam den Mund. Leicht und beinahe kalt floss etwas Wasser in ihren Mund. Sie schluckte.

Nie hatte sie etwas Köstlicheres geschmeckt.

Sie trank den Becher bis zur Neige, und die ganze Zeit hielt er sie mit starkem Arm und flößte ihr das Wasser ein. Erst dann schlug sie die Augen auf.

„Danke", flüsterte sie.

Es fiel ihr so schwer, ihn in diesem Moment zu hassen. Ihn anzusehen ließ etwas in ihr erklingen.

Aber das konnte nicht sein. Er war ihr Feind. Außerdem stand er im Dienst eines Mannes, der sich ein Vergnügen daraus machte, unschuldige Mädchen zu seinen Kurtisanen zu machen. Mehr noch, er schien sich um die Auswahl dieser Mädchen zu kümmern. Ihre Abscheu vor ihm wuchs. Seine Berührungen brannten auf ihrer Haut, sie versuchte, nach ihm zu schlagen, zerrte an ihren Fesseln und wand sich in seinem Arm.

„Seid vorsichtig mit ihr, das ist eine Feuerhexe", warnte Kallistos den Warägeroffizier. „Ich würde sie nur einem Herrn empfehlen, der es versteht, ihr mit harter Hand ihre Fehler auszutreiben." Dabei schwenkte er vielsagend die Gerte.

Statt zu antworten, stellte der Nordmann sie wieder auf die Füße. Er war so viel größer als sie, und Johanna senkte den Blick. Dieser Mann hatte sie berührt, hatte sie festgehalten, hatte ihr frisches Wasser eingeflößt. Sie hasste ihn. Er hatte sie in einem Moment großer Schwäche erlebt. Und sie hatte sich geschworen, nie wieder Schwäche zu zeigen.

„Mein Herr interessiert sich für vieles", sagte der Mann unbestimmt. Er blickte Johanna ein letztes Mal prüfend ins Gesicht. „Vor allem interessiert er sich für das Besondere", fügte er hinzu. Dann wandte er sich abrupt von ihr ab und konzentrierte seine Aufmerksamkeit auf den Sklavenhändler.

„Mein Name ist Eirik Hallgrimsson, und ich bin Offizier der Warägergarde. Sagt Euch mein Name etwas?"

Kallistos wurde erst blass, dann knallrot. „Natürlich", stammelte er.

„Gut. Ich möchte meinem Herrn diese vier Mädchen zeigen. In seinem Palast", fügte er hinzu, als bedürfte es dieser Ergänzung.

„Jederzeit, wann immer Euer Herr will", sagte Kallistos eifrig. Er hätte dem Nordmann vermutlich sogar die Stiefel geleckt, wenn dieser es verlangt hätte.

„Gut", sagte Eirik Hallgrimsson. „Dann machen wir es sofort. Und um Eure Feuerhexe kümmere ich mich persönlich."

Er drehte sich zu Johanna um und legte die Hand auf ihre Schulter. Sie zuckte ganz unwillkürlich unter der erneuten Berührung zusammen.

„Keine Angst", flüsterte er.

Sie atmete tief durch.

Sie ahnte, dass es gute Gründe gab, seiner Beschwichtigung zum Trotz Angst zu empfinden. Für den Moment aber wollte sie sich allein auf seine Gegenwart konzentrieren und hoffen, dass er nicht allzu bald verschwand. Er schenkte ihr das trügerische Gefühl von Sicherheit.

Sie wollte es genießen, solange dieses Gefühl andauerte. Wollte von einem Augenblick zum nächsten leben.

Nur so hatte sie in den letzten Monaten überlebt.

Eirik verabscheute den Sklavenmarkt.

Es waren nicht nur der Lärm, der Staub, die Rufe der Sklavenhändler. Auch die gierigen Blicke der anderen Männer waren ihm zuwider, die sich an der Angst der jungen Mädchen weideten, die auf den Podesten der Händler standen. Viele trugen nichts am Leib außer einer dünnen, bodenlangen Tunika, die kaum ihre Silhouette verbarg, sondern umschmeichelte und alle Vorzüge zur Geltung brachte. Genau das Richtige für die Gaffer, die sich Zeit nahmen, jedes der Mädchen ausgiebig zu berühren, ehe sie bedauernd den Kopf schüttelten und zum nächsten Stand schlenderten.

Den Sklavenhändlern war es egal, wie oft die Mädchen von dreckigen Händen abgetastet und mit abschätzenden Blicken bedacht wurden. Irgendwann fand sich doch einer, der dem Blick nicht widerstehen konnte, den eine Sklavin ihm zuwarf, oder der sich an seine zu früh verstorbene Frau erinnert fühlte. Oder glaubte, mit einem so jungen Ding seine Manneskraft wiederzubeleben. Es wurde um jede Drachme gefeilscht, ehe ein Beutel Münzen und ein Menschenleib den Besitzer wechselten.

Er verabscheute diese Art des Handels. Doch sein Auftrag duldete keinen Aufschub, und er hoffte, schnell ein paar Mädchen zu finden, die seinem Dienstherrn gefallen könnten.

Und dann sah er sie.

Sie war anders als die anderen Mädchen, die mit gesenkten Köpfen dastanden wie Vieh, das im nächsten Moment zur Schlachtbank geführt würde. Furchtlos. Trotzig. Sie hatte sich nicht von ihrem Sklavenhändler brechen lassen. Es würde ihn nicht wundern, wenn sie es wagte, ihrem Herrn Widerworte zu geben, statt sich stumm in ihr Schicksal zu fügen.

Eine Weile beobachtete er sie von der anderen Seite des kleinen Platzes aus. Wütend schoss ihr Blick hin und her, begegnete jedem Mann, der an die Bude trat und die Stufen zum Podest hinaufstieg, mit einem trotzigen Mut, dem er Bewunderung zollte. Auch sie trug kaum mehr als ein Hemd, das allenfalls zum Schlafen schicklich war. Ihre Knie waren rot und aufgeschürft, ihre Haut von jenem cremigen Weiß, um das sie jede byzantinische Adlige beneidet hätte.

Woher sie wohl stammte? Das rote Haar und die blasse Haut ließen ihn an seine Heimat denken – dort gab es Frauen wie sie. Doch als sie sprach, hörte er den harten Akzent des Frankenreichs aus ihrer Stimme heraus.

Er wollte mehr über sie wissen. Und obwohl die Befehle des Kaiserbruders in dieser Sache unmissverständlich gewesen waren – „keine Nordmädchen!“ – und Eirik um seine Angst vor Hexenwerk wusste, hatte er kurzerhand beschlossen, alle vier Mädchen in den Palast mitzunehmen. Vielleicht stimmten die anderen drei Mädchen Konstantin gnädig. Die Nubierin könnte ihm gefallen, oder das Mädchen mit den Haselnussaugen, das so schmal wirkte, als könnte ein Windstoß es im nächsten Moment davontragen.

Der Sklavenhändler Kallistos hatte es sich nicht nehmen lassen, Eirik und die anderen beiden Wachen zum Palast zu begleiten. Eifrig schritt er neben Eirik aus und behielt die Mädchen im Auge. Nur die Feuerhexe schien ihn keinen Deut zu interessieren. Die Blicke aber, die sie in unbeobachteten Momenten in Kallistos' Richtung warf, sprachen Bände. Unbändiger Hass, vor allem aber Abscheu. Wenn Eirik ihre Fesseln gelöst hätte, wäre sie dem Sklavenhändler wohl an die Gurgel gegangen. Doch Eirik passte auf. Er ließ seine Hand auf ihrer Schulter ruhen, während sie sich hinter den anderen durch die Menge schoben. Die Männer wichen beiseite, wenn sie kamen, bildeten eine Gasse, und mancher neigte ehrfurchtsvoll den Kopf. Die Warägergarde war in Byzanz bekannt und in manchen Kreisen wohl auch gefürchtet. Niemand legte sich freiwillig mit einem Waräger an.

Der Sklavenmarkt lag im Hafenviertel. Der Kaiserliche Bezirk war einige Tausend Schritt entfernt, und Eirik hatte vorgesorgt, indem er drei Sänften am Eingang zum Sklavenmarkt postiert hatte. Kallistos gefiel sich in seiner Rolle als der Mann, der dem Kaiserbruder die neusten Konkubinen zuführen durfte. Er scheuchte die Nubierin und das Haselmädchen in die eine Sänfte und setzte sich zu dem dritten Mädchen, das so zart und hell wie ein Wasserwesen war. Als die zarten Vorhänge sich senkten, wollte Eirik gar nicht wissen, was sich vielleicht dahinter abspielte. Er nickte den anderen beiden Soldaten zu, die seinen Blick sofort richtig deuteten und sich diskret in der Nähe der Sänfte hielten, in der Kallistos mit dem blonden Mädchen saß. Es fehlte noch, dass der Sklavenhändler das Mädchen bedrängte – was er mit den Sklavinnen in seinen eigenen vier Wänden anstellte, konnte Eirik nicht verhindern, aber die Mädchen standen jetzt unter seinem Schutz, und er duldete keine Misshandlungen. Es war schlimm genug, was ihnen blühte, wenn der Kaiserbruder sich für sie entschied – und um einiges schlimmer würde ihr Los wohl sein, wenn er kein Interesse an ihnen zeigte.

Er hielt für die Feuerhexe den Vorhang beiseite und streckte die Hand aus, um ihr in die Sänfte zu helfen.

Der Blick, der ihn traf, war noch mörderischer und wutentbrannter als jene Blicke, die sie dem Sklavenhändler zugeworfen hatte. Sie entzog sich mit einer abrupten Bewegung seiner Hand, mit der er ihren Oberarm hatte umfassen wollen, und setzte sich in die Sänfte, den Blick gesenkt, die Hände noch immer hinter dem Rücken gefesselt. Es musste für sie schmerzhaft sein, so zu sitzen, die Arme in dieser unnatürlichen Haltung verrenkt.

Er wollte ihr helfen.

Sie zitterte. Fror sie etwa bei der mörderischen Sommerhitze, die sich wie ein schwerer Mantel über die Stadt legte? Erstaunt musterte er sie und dachte kurz nach. Dann traf er eine Entscheidung und gesellte sich zu ihr. Die luftigen Vorhänge fielen, und er setzte sich ihr gegenüber. Es war beengt in der Sänfte. Wenn man die Beine ausstrecken wollte, stieß man an die niedrige Bank auf der anderen Seite. Er räusperte sich, dann hob sich schwankend die Sänfte, und die vier Sklaven, die sie trugen, setzten sich langsam in Bewegung.

Eirik beugte sich vor.

„Soll ich dir die Fesseln abnehmen?“

Ihr Kopf fuhr zu ihm herum. Ihre Stimme war dunkel und vom Durst rau. „Ich kann auf dein Mitleid verzichten.“

Er schob seine Hand hinter ihren Rücken. Die Fessel war straff um die Handgelenke gebunden und fest verknotet. Das faserige Seil grub sich vermutlich in die Haut und schürfte sie auf. „Lass mich dir helfen“, murmelte er.

Sie sog scharf die Luft ein, drehte sich von ihm weg. Zog sich so weit vor ihm zurück, wie es die Enge der Sänfte gestattete. „Ich kann auf Mitleid verzichten“, wiederholte sie stur.

Eirik lehnte sich zurück. Wie ein wildes Tier war sie, das man in den Käfig sperrte. Ihre Augen funkelten ihn so erbost an, dass er ein Grinsen nicht verkneifen konnte.

„Was ist so lustig?“, fragte sie aggressiv.

„Wenn du mich so anschaust, bist du nicht so gefährlich, wie du vielleicht glaubst“, neckte er sie. Sogleich tat ihm leid, was er gesagt hatte. Denn sie waren einander in diesem Moment nicht ebenbürtig. Sie war eine Gefangene, die sich ihm ausgeliefert fühlte. Wäre er mit Irene zusammen gewesen, hätte diese seine Worte verstanden, doch Irene war nie so gedemütigt worden wie dieses Mädchen.

Er wollte lieber nicht darüber nachdenken, wie viele Demütigungen, Schmähungen und Gewalttaten sie hatte ertragen müssen, seit sie aus ihrer Heimat entführt worden war.

„Es tut mir leid.“

Sie blickte ihn überrascht an.

„Das hat lange keiner zu mir gesagt.“

„Was?“ Nun war er überrascht.

Sie rutschte nervös auf dem zarten Kissen herum. „Dass ihm etwas leidtut, das er mir angetan hat“, flüsterte sie dann und senkte den Blick.

In diesem Moment verspürte er das erste Mal das Verlangen, dieses wunderschöne Feuerhexenmädchen zu küssen.

Dieser Soldat verwirrte sie. Er schien über Macht zu verfügen, die so weit reichte, dass Kallistos sich beinahe überschlug, ihm zu Gefallen zu sein. Ehe sich Johanna recht versah, wurde sie über den Sklavenmarkt geführt und saß in einer Sänfte. Das Kissen unter ihrem Hintern fühlte sich so weich an, und wie gerne hätte sie sich zurückgelehnt und die Augen geschlossen. Plötzlich übermannten Erschöpfung, der brennende Durst und die Müdigkeit, die seit Monaten ihr ständiger Begleiter war, sie.

Doch sie blieb wachsam, obwohl sie kaum die Augen offenhalten konnte. Dieser Waräger war ihr unheimlich. Nein, das war kaum das richtige Wort. Seine hellen Augen, die sie so aufmerksam musterten, schienen direkt in ihre Seele zu blicken. Und was er dort sah, gefiel ihm offensichtlich. Als er sich vorgebeugt hatte, um nach ihrer Fessel zu tasten, roch sie seinen männlichen Duft, den Schweiß auf seiner Haut. Sie hätte nach ihm beißen sollen, sein Hals lag nackt und verletzlich so nah an ihrem Gesicht, dass es den Versuch wert gewesen wäre. Bei jedem anderen Soldaten, bei Kallistos und allen anderen Männern hätte sie es getan, auch wenn sie der Geschmack von Blut ekelte. Aber es wäre vielleicht die Chance gewesen, zu entkommen. Doch wo sollte sie in dieser großen Stadt hin? Selbst wenn es ihr mit den Fesseln gelang, von den Sänften fortzulaufen und auf einem der überfüllten Märkte unterzutauchen, waren doch gerade die Fesseln ein Problem, dessen sie sich schnell entledigen müsste.

Und als ihre Gedanken an diesem Punkt angelangt waren, zog er sich zurück, und die Gelegenheit war vorbei. Sie sehnte sich nach dem Geruch seiner Haut. Wenn doch nur …

Ach, wenn doch nur! Sie schalt sich selbst eine Närrin. Was erwartete sie denn von diesem Mann? Sollte er sie befreien? Das war so lächerlich. Nur weil er ihre Fesseln lösen und ihr damit eine gewisse Erleichterung verschaffen wollte, würde er ihr bestimmt nicht zur Flucht verhelfen.

Sie könnte ihn benutzen, um ihre Flucht zumindest zu vereinfachen …

Sie versuchte, sich in die Kissen zurücksinken zu lassen, und verzog das Gesicht. Diese Schmerzen musste sie nicht einmal spielen, denn seit sie Tag um Tag gefesselt wurde, fühlten sich ihre Arme schwer an, wie Fremdkörper, die nicht länger zu ihrem Körper gehörten. Und ihre Hände, in denen das Blut abgeschnürt wurde, spürte sie kaum.

Es war ganz einfach, nachdem sie erst den Plan gefasst hatte. Sie warf ihm ein paar verstohlene Blicke zu, wählte ihre Worte mit Bedacht. Und als sie ihm gestand, dass es noch niemandem leidgetan habe, was er mit ihr tat, da sah sie etwas in seinem Blick. Verständnis. Mitgefühl. Ja, irgendwie schien ihm zu gefallen, was er sah.

Johanna ließ ein paar Augenblicke verstreichen, die sich für sie unendlich dehnten. Eine Fliege hatte sich in das Innere der Sänfte verirrt und setzte sich auf ihre verschwitzte Wange. Unwillig schüttelte Johanna den Kopf, doch der Fliege schien es zu gefallen, ihre Haut zu kitzeln und zu reizen. Fast hätte Johanna aufgeschluchzt. Es war unerträglich! Wieder nahm die Hilflosigkeit überhand.

„Warte." Seine Hand fegte sanft über ihre Wange. Die Fliege summte aufgescheucht davon. Seine Finger legten sich an ihr Kinn, hoben es an, damit sie ihm ins Gesicht blickte. „Ich kann wirklich deine Fesseln lockern, wenn es dir damit leichter wird", sagte er leise.

Erleichtert nickte sie. Tränen schossen ihr in die Augen. Auch das war nicht beabsichtigt, doch schien es den Waräger darin zu bestätigen, dass er das Richtige tat.

„Keine Sorge", flüsterte er, als er sich vorbeugte. Seine Arme legten sich um ihren Körper, die Hände lösten die straffen Fesseln. „Gleich geht es dir besser."

Sie gab sich dieser ungeschickten Umarmung hin. Er

zog und zerrte an dem Strick, und der Moment, als er sich löste und das Blut in ihren Händen zu zirkulieren begann, raubte ihr beinahe die Besinnung. Sie gab einen erstickten Schmerzlaut von sich und sank gegen seine breite Brust.

Seine Arme umfingen ihren Körper und hielten sie länger fest als nötig. Schon bald schwand der plötzliche Schmerz. Sie wollte sich aus seiner Umarmung befreien, doch er ließ sie nicht los, sondern streichelte sanft ihren Rücken.

Da gab sie sich der Geborgenheit hin, die sie bei ihm fand. Sie schloss die Augen und vergaß für den Moment, wo sie war und wie sie hierhergekommen war. Ihr Herz pochte unnatürlich laut, und ihre Sinne waren geschärft. Sein Atem strich über ihre Haut, und dann … spürte sie seine Lippen, die sich behutsam auf ihre Schulter drückten. Durch den Stoff setzte seine Berührung ihren Körper in Flammen. Sie wimmerte, wollte die Arme um ihn schlingen, doch jetzt fühlten sich ihre Arme so schlaff an wie das Gedärm des Schlachtviehs, das sie im Spätherbst stets in heißem Wasser auskochten und auswuschen.

Sie schluchzte auf. Sogleich ließ er sie los. Er wirkte seltsam betroffen.

„Verzeih“, flüsterte er. „Ich wollte dir nicht zu nahe kommen, es ist nur …“

„Es … fühlte sich gut an“, flüsterte sie. Schon wieder verspürte sie Durst, doch würde sie sich gedulden müssen, bis sie das Ziel erreichten. Und sobald sie gezwungen wurde, die Sänfte zu verlassen, musste der Waräger – sie erinnerte sich, er hieß Eirik, warum nannte sie ihn nicht so? – ihr die Fesseln wieder anlegen.

Sie durfte ihr wahres Ziel bloß nicht aus den Augen verlieren. Flucht. Sich nicht aufgeben, sich nicht in das Schicksal fügen.

Ihre Worte ließen ihn lächeln.

„Du hast dich schon wieder entschuldigt“, fügte sie nach einer kurzen Pause hinzu.

Er drehte den Kopf beiseite. „Es kommt mir nicht gehörig vor, ein Mädchen in deiner Situation so schamlos auszunutzen. Aber …“

„Deine Lippen fühlten sich gut an“, fügte sie hinzu, ohne ihn ausreden zu lassen. „Ich mag es, wie du mich berührst.“ Das war nicht mal gelogen. „Vorhin auf dem Podest …“

Er verstand, was sie meinte. Sacht beugte er sich vor und legte seine Hand an ihre Wange. Sie neigte den Kopf, schmiegte sich in die Hand.

Sein Gesicht war ihrem ganz nah. „Du bist keine Feuerhexe“, flüsterte er. Die Finger fuhren langsam ihre Wange hinab, verharrten am Ausschnitt ihrer Tunika. Johannas Atem beschleunigte sich. Jetzt! Jetzt musste sie ihn von sich stoßen, da er am wenigsten damit rechnete, und im nächsten Moment wäre sie aus der Sänfte gesprungen und im Gewühl untergetaucht …

Doch sie lehnte sich in den Kissen zurück, rutschte etwas tiefer, sodass sich der Saum ihrer Tunika hochschob. Allein seine Berührung ließ sie alles um sich vergessen. Weglaufen? Wovor? Vor diesem Mann, der sich jetzt, mit einer Hand auf ihrer Polsterbank aufgestützt, vorbeugte und mit der anderen Hand langsam über ihre Tunika hinabstreichelte …

Sie schnappte nach Luft, als seine Hand ihre Brust unter dem Stoff berührte. Als die Finger sich um die Brust schlossen und sie spürte, wie ihr Nippel hart wurde. Sanft rieb er über den Stoff. Johanna schloss die Augen und gab sich ganz den köstlichen Empfindungen hin, die ihren Körper durchfluteten.

„Du bist zu sinnlich, um eine Hexe zu sein." Seine Stimme war wie seine Hand – rau, geschickt, verführerisch. Schon wanderte die Hand tiefer. Johanna seufzte leise. Er lächelte. Wenn er lächelte, wirkte sein kantiges Gesicht so anders. Nicht so streng. Dann glättete sich die sonnengebräunte Haut. Und seine Zähne leuchteten auf, strahlend weiß wie aus Elfenbein geschnitzte Perlen, die an einer Kette aufgezogen waren.

„Soll ich aufhören?"

Sie schüttelte den Kopf. Er schien nichts anderes erwartet zu haben, denn schon im nächsten Moment schob sich seine Hand unter den Saum ihrer Tunika und fuhr warm an der Innenseite ihres Schenkels hinauf.

Sie streckte die Hand nach ihm aus. Kein Gedanke mehr an Flucht. Sie war nur noch Empfindung, nur noch Lust. Ihre Finger strichen über sein weiches Haar. Sie schloss die Augen, schob sich ihm entgegen, damit seine Hand endlich ihren Schoß berührte.

Er tat ihr den Gefallen. Langsam wanderte die Hand an ihrem Schenkel hinauf, streichelte zart wie der Flügelschlag eines Schmetterlings ihre Haut, verharrte tastend an der Narbe. Er runzelte die Stirn. Doch sie seufzte leise, wollte nicht an diese Narbe denken oder an die anderen, die man ihr zugefügt hatte.

Er war der richtige Mann, der sie die Narben vergessen ließ.

Seine andere Hand legte sich jetzt an ihren Hals, während er sich in einer fließenden Bewegung vor ihr auf den Boden kniete. Kurz neigte sich die Sänfte gefährlich zur Seite, und Johanna fürchtete, sie würden umfallen, doch dann hatten sich die Träger wohl an die neue Gewichtsverteilung gewöhnt, denn sie schritten wieder gleichmäßig aus.

Ein letztes Mal dachte Johanna an Flucht, doch dann

gab sie es auf. Selbst wenn es ihr gelang, aus der Sänfte zu springen – er wäre vermutlich schneller und hätte sie innerhalb weniger Schritte wieder eingefangen. Sie wollte nicht schon wieder Kallistos' Peitsche spüren, weil sie ungehorsam war und der Sklavenhändler glaubte, ihr den Ungehorsam auspeitschen zu können.

Dann sah sie auf Eirik hinab. Seine grauen Augen, die nicht von ihren ließen. Sein blondes Haar, das im Nacken von Schweiß feucht war. Sein Lächeln. Nicht lüstern, wie sie es vielleicht erwartet hätte, sondern neugierig. Ihn interessierte nur ihre Lust, ihr Vergnügen. Als zählte nur sie.

Dies war der Moment, in dem seine Finger ihren Schamhügel erreichten, sich langsam in ihr Schamhaar vortasteten. Johanna stöhnte, als er mit einem Finger in ihre pulsierende Nässe eintauchte. Sie glaubte, bereits jetzt die Wellen höchsten Vergnügens zu spüren, die durch ihren Körper brandeten. Wie ausgehungert sie war, wie intensiv ihr Körper auf die Berührung reagierte!

Er war nur mit einem Finger in ihr, doch war sie so erregt, dass er sich größer anfühlte. Und dann gesellte sich ein zweiter Finger dazu. Sie biss sich auf die Lippe, damit sie nicht aufschrie. In diesem Moment wiegte sich die Sänfte leicht, als wären die Träger aus dem Tritt geraten. Eirik lächelte beinahe verschwörerisch. „Du wirst schon leise sein müssen", flüsterte er.

Wenn Kallistos erfuhr, was sie hier trieben, würde er vermutlich Johanna dafür strafen. Vielleicht würde er Eirik beglückwünschen, dass er „die Feuerhexe" gezähmt hatte, und zugleich ließe er die Peitsche auf Johannas Rücken niedersausen, den zu peitschen er sich bisher immer gescheut hatte, weil er hässliche Narben fürchtete, die den Preis verdarben.

„Schön leise", murmelte Eirik. Seine Finger bewegten sich

in ihr. Johanna blickte zur Decke der Sänfte auf. Sie spürte einen zarten Luftzug, der durch die Vorhänge wehte. Vor allem aber spürte sie Eirik, seine Finger in ihr, seine Hand an ihrer Flanke, seinen Körper so nah an ihrem. Sie hob die Hände, krallte sich in seine Schultern. Ihre Finger kribbelten, doch tat es so gut, sie zu bewegen und zu spüren!

Es dauerte nicht lange. Sein Daumen tauchte in ihre Nässe und begann danach, rhythmisch ihre Klitoris zu reiben. Mit dieser Berührung war es vollends um ihre Selbstbeherrschung geschehen. Sie unterdrückte ein Schluchzen, Freudentränen tropften auf das zarte Seidenkissen, während sich ihre Möse pochend so eng um seine Finger schloss, dass er zischend die Luft einatmete. Ihn schien die Heftigkeit ihres Orgasmus zu überraschen.

Er war nicht der Erste, der sie so berührte.

Es war verboten, vor der Eheschließung wie Mann und Frau beisammenzuliegen, und nachdem die Hochzeit zwischen Konrad und ihr beschlossen war, hatten ihre Mütter stets darauf geachtet, dass sie nie allein waren, denn Johanna sollte ihren Jungfernkranz zu Recht tragen, wenn sie vor den Priester traten. Konrad hatte dieses Verbot sehr ernst genommen, doch sie waren jung, und Johanna hatte nicht nur seine Küsse kosten wollen. Nicht nur seine Hände auf ihren Brüsten, nicht nur seine Finger, die sanft ihr kleines Knöpfchen massierten. Sie wollte ihn in sich spüren.

Konrad blieb standhaft.

Nur seine Finger näherten sich ihrem Schoß. Er behielt immer seinen Kittel und die Bruche nebst Beinlingen an, wenn sie sich hinter dem Backhaus trafen oder auf der Tenne über dem Kuhstall seiner Eltern. Seine Eltern waren die reichsten Bauern im Dorf, und Johanna schätzte sich glücklich, dass dieser junge, zärtliche Mann, der Hof, die drei Kühe, die Ziegen, Hühner und der große Garten bald ihrer Verantwortung unterlagen.

Es tat weh, als er das erste Mal mit seinem Finger in sie eindrang, und Blut tropfte ins Stroh und auf ihr gerafftes Kleid, dass sie fürchtete, Gott strafe sie in diesem Moment für ihren Ungehorsam. Doch Konrad hatte sie beruhigt, hatte sie in den Armen gewiegt und ihr versichert, das sei völlig normal, wenn ein Mädchen das erste Mal von einem Mann so berührt werde, und er sei stolz, dass er dieser Mann sein dürfe. Doch mehr hatte er ihr nicht gegeben, er trug weiterhin Bruche und Beinlinge, obwohl es ihm wohl manches Mal darunter unangenehm eng wurde.

Sie lag still da und spürte dem sanften Pulsieren nach. Obwohl sie das Gefühl hatte, keinen Schritt tun zu können, fühlte sie sich jetzt stark. Bereit, sich dem zu stellen, was sie erwartete. Sie streichelte ein letztes Mal Eiriks blondes Haar. Er hatte seinen Kopf im Moment ihrer höchsten Erregung an ihren Bauch gelegt und richtete sich jetzt langsam auf. Seine Finger glänzten feucht, und er wischte sie geradezu nachlässig an seinen Beinlingen ab.

„Wir sind da", sagte er. Er hob den Vorhang und ließ sie hinausblicken. Sie hatten den Lärm der Stadt hinter sich gelassen und waren in den stillen, schattigen Bezirk des Kaiserpalasts eingetaucht. In einem Innenhof wurden die Sänften abgestellt.

Eirik nahm das Seil, das auf dem Boden lag. „Es tut mir leid, aber ich muss dich wieder fesseln."

Sie wollte sich wehren. Wollte schreien, weinen, nach ihm treten. Obwohl sie noch das sanfte Ziehen des soeben erlebten Höhepunkts verspürte, fühlte sie sich von ihm betrogen. Er hatte ihre Flucht vereitelt. Seit Wochen hatte sie das erste Mal länger als nur wenige Augenblicke ohne Fesseln sein dürfen. Und ausgerechnet da war seine Hand, unnachgiebig und liebevoll. Er hatte ihren Überlebenswillen erschüttert, hatte sie vergessen lassen. Dass er Nordmann war. Dass sie wenigstens hätte versuchen können zu fliehen.

Ihre Freiheit war vorbei.

Sie legte die Hände hinter den Rücken, drehte sich halb zu ihm um.

„Ich hasse dich", flüsterte sie. Doch ihr Körper sprach eine andere Sprache.

Ihr Körper betrog sie und sehnte sich bereits jetzt danach, erneut von ihm berührt zu werden.

Er war ein kleiner, untersetzter Mann, an dem alles zu kurz geraten schien. Seine Hand wirkte beinahe würfelförmig, und als er vor Johanna stehen blieb und sie von oben bis unten musterte, musste er den Kopf leicht in den Nacken legen, um ihr in die Augen zu blicken. Obwohl sie nicht gerade hochgewachsen war, überragte sie ihn um eine Handbreit.

Das schien den Purpurgeborenen nicht zu stören. „Ausgezeichnet", murmelte er, während er erneut die Reihe der Mädchen abschritt. „Beweg dich mal", befahl er Ise, die neben Johanna stand.

Ise wusste nicht, was von ihr erwartet wurde. Kallistos, der in einiger Entfernung stand, machte eine hektische Handbewegung, als wollte er sie antreiben. Unsicher blickte Ise Johanna an.

„Geh schon", flüsterte Johanna. Am liebsten hätte sie Ise einen Schubs gegeben, ihr irgendwas Aufmunterndes gesagt oder ihr die Hand tröstend auf die Schulter gelegt. Ise war vor Angst völlig erstarrt. Hatte sie sich schon auf dem Sklavenmarkt wie eine dümmlich stotternde Idiotin verhalten, so schien sie von der Pracht und der Größe des

Palasts, in den man sie gebracht hatte, vollends geblendet zu sein.

„Beweg dich gefälligst!“ Kallistos hatte genug von Ises Sturheit. Er glaubte bestimmt, es sei der schlechte Einfluss Johannas, der das Mädchen so verstockt machte. Mit drei Schritten war er bei Ise und gab ihr einen Schubs. Nur mit Mühe hielt sie sich auf den Beinen und stolperte vorwärts.

„Nicht doch.“ Die Stimme des Kaiserbruders war leise und kaum zu verstehen. Doch angesichts seiner Gegenwart schwiegen alle andächtig. Die Blicke der Anwesenden waren bewundernd auf diesen Mann gerichtet, der so unscheinbar und geradezu blass wirkte. Dabei trug er eine prächtige purpurfarbene Tunika, die am Ausschnitt und an den Ärmeln reich mit Goldfäden bestickt war. „Löst ihr die Fesseln. Sie soll sich frei bewegen können.“

Zwei Waräger traten vor und führten stumm seinen Befehl aus.

„Ich würde nicht dazu raten, mein Herr. Lasst mich untertänigst anmerken, dass diese Wasserelfe mit der Feuerhexe im Bunde steht. Wenn Ihr nicht aufpasst, werden die beiden Euch Übles antun“, gab Kallistos zu bedenken. Er hielt den Kopf gesenkt, den Rücken unnatürlich gekrümmt. Er sah aus, als wollte er sich im nächsten Moment zu Boden werfen, damit der Purpurgeborene über seinen Körper schreiten konnte, wenn es ihm beliebte.

„So? Das klingt höchst interessant.“ Der Kaiserbruder winkte den Warägern, sie sollten Ise loslassen. „Und nun beweg dich, Wasserelfe.“

Ise machte zwei unsichere Schritte, und als Konstantin wohlwollend nickte, schritt sie einmal zum anderen Ende des Saals und kam zurück. Ihre Hüften wiegten sich verführerisch, und als sie wieder vor dem Purpurgeborenen stand, wagte sie sogar ein zaghaftes Lächeln.

„Durchaus hübsch. Erzählt mir mehr von ihr." Während Ise stehen blieb, umkreiste er sie wie ein Raubtier seine Beute.

Sogleich war Kallistos an seiner Seite. „Ihr werdet Gefallen an ihr finden", versicherte er. „Ich fand sie im Frankenreich an einer Quelle, an der sie saß und weinte, da sie verzaubert worden war und nicht in das Reich der Wassernymphen zurückkehren konnte. Sie flehte mich an, sie mitzunehmen und ihr ein neues Zuhause zu geben. Wie könnte man ihr widerstehen?"

„Ihr habt recht, sie ist hübsch. Ist sie bereits im Liebesspiel unterwiesen?"

„Alle vier Mädchen sind, das versichere ich Euch, noch völlig unerfahren und warten begierig darauf, von Euch eingeritten zu werden."

Johanna wurde übel. Es war nicht das erste Mal, dass Kallistos so redete. Aber mehr als sonst wünschte sie sich, ihre Fesseln abzuschütteln und diesem Kriecher an die Gurgel zu gehen, weil er sie und die anderen Mädchen nicht wie Menschen behandelte, sondern wie eine teure Ware, die er anpries.

Aber genau das sind wir für ihn.

Sie wollte nicht darüber nachdenken.

„Hm. Sie gefällt mir." Konstantin blieb vor Ise stehen. Er nahm ihr Kinn in die Hand, drehte ihren Kopf nach links und nach rechts. „Sie sieht sauber aus. Keine Krankheiten?"

Kallistos lachte rau. „Habt Ihr schon mal erlebt, dass eine Wassernymphe krank wird?"

„Ich möchte mich trotzdem davon überzeugen, dass sie unversehrt ist. Zieh dich aus", befahl er, und seine samtige Stimme war plötzlich scharf wie ein Schwert.

Ise kreuzte schützend die Arme vor ihrem Körper. Sie

zog den Kopf zwischen die Schultern und machte sich so klein wie möglich.

„Hast du nicht gehört?“ Kallistos trat zu ihr und baute sich drohend vor ihr auf. Seine Fäuste in die Seiten gestemmt maß er sie mit verachtendem Blick. „Los, zieh dich aus!“ Seine Stimme war schrill, und in seiner Wut, weil Ise ihm nicht gehorchte, zerriss er kurzerhand die Tunika. Zufrieden machte er einen Schritt beiseite. Ise stand mit nacktem Oberkörper vor dem Kaiserbruder. Sie verschränkte die Arme, um ihre knospenden Brüste vor den Blicken der Anwesenden zu verbergen.

„Nimm die Arme herunter, mein Nymphchen.“ Beinahe zärtlich klang die Stimme des Kaiserbruders. Zu Johannas Überraschung ließ Ise langsam die Arme sinken. Ihre Freundin war normalerweise ein viel zu großer Hasenfuß, um sich nackt zu zeigen. Lieber ließ sie sich verprügeln.

„Ah, ich sehe, was Ihr meint.“ Geradezu andächtig umrundete Konstantin sie. Er studierte Ise genau.

Johanna wusste, was er sah, obwohl Ise mit dem Rücken zu ihr stand. Ihre Freundin und sie hatten früher oft gemeinsam im Fluss gebadet und dabei keine Scheu gezeigt. So hatte Johanna bei Ise beobachten können, wie sich ihre Weiblichkeit entfaltete. Die kleinen, wohlgeformten Brüste hatte Johanna immer bewundert. Ihre waren im Vergleich dazu viel größer und üppiger.

„Schön“, flüsterte der Purpurgeborene. Er trat dicht vor Ise und streckte die Hand aus. Sanft fuhr er über Ises Brust und strich hinab zu ihrem Bauchnabel. Ise rührte sich nicht.

„Ich nehme sie.“

In Kallistos’ Augen glomm die Gier auf. „Sie ist nicht billig.“

„Seid versichert, ich bin in der Lage, jeden Preis zu zahlen.“ Es schien Konstantin zu ermüden, über den Preis zu verhandeln. Er winkte Eirik heran, der sich bisher im Hintergrund gehalten hatte. „Zahl ihm, was er will. Und dann soll er die anderen Mädchen fortbringen. Sie langweilen mich, sie sind so gewöhnlich."

Johanna konnte sich nicht länger bezähmen. „Nein!", schrie sie und sprang vor. Sie stolperte und fiel vor dem Kaiserbruder auf die Knie. „Nehmt mich auch", flehte sie, einem plötzlichen Impuls folgend. „Ich werde gehorsam tun, was Ihr von mir verlangt, aber nehmt mich auch in Euren Haushalt auf, Herr!"

Nachdenklich blickte der Kaiserbruder auf sie herunter. Kallistos tauchte neben ihr auf und packte sie am Haar. „Elende Feuerhexe", knurrte er. „Dir sollte man den Verstand aus dem Leib prügeln." Schon schwang er die Peitsche.

Plötzlich ging alles ganz schnell. Es genügte ein kurzes, kaum wahrnehmbares Nicken des Kaiserbruders. Mit wenigen Schritten waren die beiden Waräger an Kallistos' Seite und packten ihn an den Armen.

„Wage es nicht, die Peitsche gegen den Purpurgewandeten zu erheben." Das war Eirik. Er drängte Kallistos zurück.

„Sie ist eine Hexe! Traut ihr nicht, mein Herr, ich würde Euch nicht empfehlen, sie in Euren Haushalt aufzunehmen!"

Konstantins Blick war müde. „Ich habe überhaupt kein Interesse an dir", sagte er an Johanna gewandt.

„Ise ist meine Freundin! Die letzte, die mir geblieben ist. Bitte", flehte Johanna. „Lasst mich bei ihr bleiben. Ich tue, was Euch gefällt, wische Euren Palastboden oder bin Euch Tag und Nacht zu Willen …" Sie weinte vor Wut. „Ich habe doch sonst niemanden …"

„Schafft mir dieses Mädchen aus den Augen." Konstantin wandte sich von ihr ab. Johanna streckte die Hand nach seiner bodenlangen Tunika aus, aber im nächsten Augenblick fühlte sie, wie eine starke Hand sich um ihren Oberarm schloss und sie hochzerrte.

„Nicht“, sagte Eirik. Ganz leise nur. Sie warf ihm einen wilden Blick zu, wollte sich losmachen, doch er schob sie unnachgiebig zu den hohen Flügeltüren, die aus dem Saal führten. Kallistos schwänzelte hinter ihm her, buckelte und murmelte leise, ihm stünde doch noch seine Bezahlung zu.

Johanna spürte, wie Eiriks eiserner Griff um ihren Oberarm sich lockerte. Er drehte sich zum Sklavenhändler um und baute sich vor ihm auf.

„Wir regeln das auf meine Weise“, sagte er nur. „Das Geld bekommt Ihr, wenn ich den Zeitpunkt gekommen sehe. Der hochgeborene Bruder unseres Kaisers will nicht mit diesen weltlichen Dingen belastet werden. Ihr tätet Euch selbst einen Gefallen, wenn Ihr Eure Gier in seiner Anwesenheit nicht allzu deutlich zur Schau stellt.“

Und zum ersten Mal, seit Johanna den schmierigen dicken Sklavenhändler kannte, senkte dieser das Haupt vor einem anderen Mann, der ihm ebenbürtig war. „Ja, so machen wir es“, sagte er demütig und brachte es sogar zustande, die Hände zu falten.

Sie hätte ihm liebend gerne ins Gesicht gelacht. Dieser Mann, der sie seit Monaten quälte, demütigte und den sie mit jeder Faser ihres Körpers hasste, zeigte sich unterwürfig wie ein Hund, sobald es ihm an die Börse ging.

Doch auch jetzt vergaß er offenbar nicht, was sein Geschäft war.

„Gefällt Euch die kleine Feuerhexe?“, fragte er und blickte grinsend zum Nordmann auf.

Johanna spürte, wie sich Eirik neben ihr versteifte. Sein Griff um ihren Oberarm wurde fester, und sie wimmerte vor Schmerz. Doch schlimmer als die körperlichen

Schmerzen waren die Worte, die der Waräger hervorstieß. „Nimm deine Feuerhure und verschwinde", zischte er und stieß Johanna in Kallistos' Richtung.

Sie stolperte und schlug der Länge nach hin. Sofort war Kallistos neben ihr, und weil sie sich nicht schnell genug wieder aufrappelte, trat er ihr in die Rippen. „Steh auf, elende Hexe!"

Sie machte keinen Versuch, wieder auf die Füße zu kommen, sondern starrte Eirik hinterher, während ihr Tränen in die Augen schossen. Er hatte sich abgewandt und marschierte davon. An seine Männer gewandt bemerkte er noch etwas, und einer von ihnen warf Kallistos einen Beutel mit Münzen zu.

„Schafft sie fort. Bringt sie zurück in den Moloch, wo wir sie gefunden haben." Das war das Letzte, was sie von ihm hörte.

Und dann war die Welt um sie herum wieder dunkel, und sie fragte sich, ob sie all das nur geträumt hatte. Seine Liebkosungen. Seine Stimme, die vor Zärtlichkeit rau war. Sein Lächeln. Seine Hand, die ihr das Haar aus dem Gesicht strich.

War das alles nur ein böser Traum? Oder hatte der Nordmann mit ihr gespielt, wie alle Männer mit ihr spielten? Mehr war sie nicht – ein Spielzeug, das jeder wegwerfen konnte, wenn es ihm keine Freude mehr bereitete.

Auf dem Weg zurück zum Sklavenmarkt weinte sie still.

2. *KAPITEL*

Seine Schritte hallten in den hohen Gängen unnatürlich laut wider. Verbissen marschierte Eirik durch den Palastbezirk. Seine Hände zu Fäusten geballt, eilte er auf eine hohe Tür zu. Die beiden Warägergardisten, die diese Tür bewachten, sprangen eilfertig hinzu und rissen die hohen Türflügel auf.

Er verlangsamte seine Schritte nicht, sondern betrat ebenso rasch die Zimmerflucht, die sich vor ihm erstreckte.

„Irene? Bist du hier?"

Mit einem leisen Knall fielen die Türen zu. Eirik verharrte in der Mitte des Empfangszimmers und lauschte.

„Du bist zu früh." Mit sanften, fließenden Bewegungen kam eine byzantinische Schönheit aus dem Zimmer zur Linken. Sie trug ein Gewand, das aus zarten dunkelblauen Stoffen gefertigt war, dass man darunter ihren nackten Körper nicht bloß erahnen konnte. Sie trug einen goldenen Reif auf dem Kopf, der mit zahlreichen winzigen Edelsteinen besetzt war. Das schwarze Haar war hochgesteckt und in einem Netz aus Goldfäden im Nacken zusammengefasst.

„Ich konnte nicht mehr warten." Verlegen scharrte Eirik mit dem Fuß. Es stimmte – nachdem er seine Männer mit dem Sklavenhändler und seiner Ware fortgeschickt hatte, war er sofort hergeeilt. Ihn hatte plötzlich die Sehnsucht nach Irene übermannt.

„Du wirst dich aber ein Weilchen gedulden müssen. Ich muss noch ein paar Briefe diktieren." Sie trat zu ihm und schlang die Arme um seine Taille. Er blickte in ihr zartes Gesicht, das von dunklen großen Augen dominiert wurde. „Kannst du so lange warten?"

Fast hätte er geschrien „Nein!", aber er wusste, dass Irene ihn dann nur ausgelacht und fortgeschickt hätte. Sie war in diesen Dingen sehr rigoros, und wer sich nicht an ihre Regeln hielt, sank schnell in ihrer Gunst, ob er nun einfacher Diener, Schreiber, Zofe oder ihr Liebhaber war. Und um nichts in der Welt wollte Eirik von ihr fortgeschickt werden.

„Warte in meinem Schlafgemach“, wisperte sie, küsste ihn auf den Mund und ließ ihn los. Mit wiegenden Hüften verschwand sie wieder in dem Raum, aus dem sie gekommen war. Eirik wandte sich abrupt ab und steuerte die Zimmerflucht an, die sich auf der entgegengesetzten Seite erstreckte.

Der Palastbezirk von Byzanz bot nicht nur dem Kaiser, seinem Bruder und dessen zahlreichen Konkubinen Platz, sondern auch vielen Hofbeamten und deren Familien. Viele Adlige unterhielten hier ein paar Räume, wenn sie es auch vorzogen, die meiste Zeit in ihren Villen zu leben, die sich wie Küken unter die Flügel der Henne an die Palastmauern schmiegten. Im Sommer flohen sie meist vor der mörderischen Hitze auf ihre Landsitze, herrliche Paläste, die den Stadtvillen an Pracht in nichts nachstanden.

Irene war die Tochter eines reichen byzantinischen Adligen, der zudem lange Jahre als Hofbeamter dem Basileos gedient hatte. Nach seinem Tod hatte Irenes Bruder das Amt und die Räumlichkeiten übernommen, von denen er einige Zimmer seiner Schwester zur Verfügung stellte.

Eirik kannte sich hier gut aus …

Seit zwei Jahren war er Irenes Liebhaber.

Angefangen hatte es, als sie in die Räumlichkeiten zog. Eirik war damals noch ein junger Offizier, dem viele eine glänzende Karriere prophezeiten. Weil es ihm gelang, einen Giftanschlag auf Irenes Bruder Andronikos zu verhindern, stieg er nicht nur in der Gunst ihrer Familie schnell auf, sondern wurde bald befördert – und fand wenige Zeit später den Weg in Irenes Bett.

Heute aber war er nicht hier, um sich den ganzen Nachmittag mit ihr zu vergnügen, sie zu verwöhnen und ihren Körper mit teuren Essenzen zu salben, wie es ihr oft gefiel. Heute war er gekommen, weil er sich danach sehnte, einer Frau beizuwohnen. Sofort. Er musste das Feuermädchen vergessen, das sich ihm in die Sinne gebrannt hatte.

Eirik betrat das Schlafgemach und legte seine Kleidung ab. Er fühlte sich verschwitzt und dreckig, doch um ein Bad zu nehmen, hatte er keine Zeit. Auf einem Tisch stand ein Wasserkrug mit einer Waschschüssel. Er wusch sich rasch, stand dabei nackt über die Schüssel gebeugt und ließ das kalte Wasser über seine erhitzte Haut rinnen. Es schenkte ihm keine Erlösung. Seine Hände umfassten den Tisch, klammerten sich verzweifelt daran fest. Er schloss die Augen und versuchte, die Bilder zu verdrängen, die ihn nicht losließen.

Warum nennt der Sklavenhändler sie eine Feuerhexe? Sie hat nichts Böses an sich. Und sie wirkte so verletzlich …

Jener Moment, als sie sich ihm ganz öffnete, als ihre Lider flatterten und sich ihrem Mund dieses zarte Stöhnen entrang … Plötzlich war aus Begehren mehr geworden, ohne dass er es wollte. Er musste sie retten, musste sie beschützen …

Doch auch wenn er ein angesehener Warägeroffizier war, reichten seine Mittel nicht aus, um ein Mädchen aus der Sklaverei freizukaufen, das ihm die Sinne verwirrte.

Genau das wollte Eirik aber tun. Und darum war er hier. Er musste Irene um Geld bitten. Geld, von dem er nicht mal wusste, wie er es zurückzahlen sollte. Aber er musste es wenigstens versuchen … Denn wenn er nicht den Versuch unternahm, die Rothaarige vor ihrem Schicksal zu bewahren, würde ihr Blick ihn in seinen Träumen verfolgen. Ihre Augen, die ein so strahlendes Blau hatten wie das Wasser in den Seen seiner Heimat.

„So, mein Lieber, jetzt habe ich alle Zeit der Welt für dich."

Eirik schrak hoch. Auf leisen Sohlen war Irene eingetreten. Von hinten umarmte sie ihn und legte ihren Kopf an seine breite Schulter. „Es tut mir leid, dass ich dich warten lassen musste", flüsterte sie.

„Schon gut", murmelte er und drehte sich zu ihr um. Sie ergriff seine Hände und versuchte, ihn zum Bett zu ziehen. „Ich muss mit dir reden, Irene."

„Später. Ich habe den ganzen Tag Briefe diktiert und mich auf dich gefreut." Sie lächelte so verführerisch. Doch da Eirik sich nicht von der Stelle bewegte, drehte sie sich um und ging mit wiegenden Hüften zum Bett herüber. „Du wirkst heute etwas angespannt", bemerkte sie über die Schulter.

„Findest du? Vielleicht bin ich das."

„Andronikos erzählte mir, du seist zum Sklavenmarkt gegangen. Genüge ich dir nicht mehr, dass du dir ein Mädchen ins Bett holst, das dich in den Nächten wärmt, in denen ich nicht für dich da sein kann?"

Sie lachte und setzte sich aufs Bett. Ihre Hände lösten die Spangen ihres Gewands. „Komm her", lockte sie ihn gurrend. Der Stoff fiel und entblößte ihre kleinen, runden Brüste. Die Nippel waren dunkel und erstaunlich hart, das konnte er sogar auf die Entfernung erkennen. Eirik spürte, wie die Erregung ihn durchzuckte.

Irene lachte. „Nun komm schon, ich sehe doch, wie sehr du mich willst." Sie schob das Kleid über ihre Hüften und ihre Oberschenkel nach unten. Der Stoff sank zu Boden. Nun hockte sie vollkommen nackt auf der Bettkante, die Knie angezogen und die Arme um die Beine geschlungen. Ihre Füße hatte sie geradezu vornehm vor ihrem Schoß gekreuzt.

Eirik schluckte. Ja, Irene ließ ihn nie kalt. Doch in diesem Moment schien es ihm unvorstellbar, sich mit ihr zu vereinigen. Während Irenes dunkle Augen ihn prüfend musterten, ließ ihn die Erinnerung an die blauen Augen der Fränkin nicht los. Und das dunkle Haar, das Irenes Gesicht umspielte, war ihm gleichgültig, seit er seine Hände in der rot glänzenden Pracht der Sklavin vergraben hatte.

Doch durfte er überhaupt einen Gedanken an dieses fremde Mädchen verschwenden? Eine Fränkin, noch dazu eine Sklavin? Was sollte mit ihr geschehen, wenn es ihm wirklich gelang, sie Kallistos abzukaufen? Sie konnte kaum bei ihm in der kargen Kammer in der Kaserne leben, oder? Er müsste ein Haus mieten oder zumindest ein Zimmer, wo er sie unterbringen konnte. Und dann? Sollte sie auf ihn warten, bis es ihm gefiel, sie zu besuchen? Wäre er nicht genauso schlimm wie jeder andere Mann, der sich eine Sklavin kaufte und sie hielt, um sich jederzeit mit ihr vergnügen zu können?

Er hatte ihren feurigen Blick gesehen und vom ersten Augenblick an gewusst, dass sie jeden Mann, der sie erwarb, abgrundtief hassen würde. Es gäbe keine gemeinsame Zukunft, er müsste sie ziehen lassen. Sie wäre am anderen Ende der Welt gestrandet und hätte kein Zuhause mehr …

„Was ist denn los, Eirik?“ Irenes Stimme klang sanft und leise tadelnd. „Ist dir heute nicht danach?“

„Ich muss dich um etwas bitten.“ Es fiel ihm schwer, doch er musste es wenigstens versuchen. „Ich weiß mir nicht anders zu helfen. Und glaube mir, wüsste ich einen anderen Weg, würde ich nicht ausgerechnet dich damit behelligen.“

Sie lächelte. „Setzt du dich zu mir? Dann werde ich mir gerne deine Bitte anhören.“

Er durchquerte den Raum und setzte sich neben sie auf das Bett. Sofort lehnte sie den Kopf an seine Schulter und schmiegte sich an ihn. „Und nun erzähl. Was wünschst du dir von mir?“

Er seufzte. „Ich möchte, dass du mir Geld leihst.“

Einen Moment lang sagte Irene gar nichts. Ihre Hand fuhr in kreisenden Bewegungen über seine Brust und wanderte langsam tiefer. Der Zeigefinger umkreiste seinen Bauchnabel.

„Du musst es nicht tun“, fügte er hinzu. „Und ich wüsste ohnehin nicht, wie ich es zurückzahlen sollte, ich besitze nichts, und mein Lohn als Warägeroffizier … Nun, es würde Jahre dauern, es zurückzuzahlen. Und dass ich kein sparsamer Mann bin, ist dir wohl bekannt.“

„Wofür brauchst du das Geld?“

Eirik stöhnte leise. Ihre Hand hatte gefunden, was sie suchte. Fest schlossen sich die Finger um seinen Penis, der noch nicht vollständig erigiert war. Langsam bewegte sich die Hand auf und ab. Irene wusste sehr genau, was ihm gefiel – und sie schenkte ihm genauso gerne Lust, wie er ihr immer aufs Neue Lust schenkte.

„Ich möchte etwas kaufen“, erwiderte er knapp.

„Mh, was könnte mein starker nordischer Krieger sich wohl wünschen? Ein Pferd, das ihm auf dem Markt ins Auge fiel? Ein Schwert, mit dem er mein Leben verteidigen könnte?“ Ihre Augen glitzerten, während ihre Hand sich immer schneller auf ihm bewegte. Er holte zischend Luft und umklammerte ihr Handgelenk, um sie zu bremsen.

„Also, was ist es? Ich muss schon wissen, für welchen Luxus ich mein Geld gebe.“

„Irene … Bitte, ich kann es dir nicht sagen.“

Er versuchte, sich von ihr zu lösen. Was für eine dumme Idee, Irene um Geld zu bitten!

Ihre Hand verharrte.

„Nun?“

„Für ein Sklavenmädchen“, gestand er schließlich.

Ihre Hand löste sich von seinem Schwanz. „Ach so“, sagte sie nur.

„Nein, Irene. So ist es nicht.“ Er nahm ihr Gesicht in beide Hände. „Dieses Mädchen ist zu stolz, um sich dem Willen eines Mannes zu unterwerfen. Ich habe die Glut in ihren Augen gesehen, und wer auch immer das Gold zahlt, wird es nicht bereuen. Aber *sie* wird dafür bezahlen, sie wird leiden bis in den Tod. Ich möchte sie vor diesem Schicksal bewahren.“

„Ach, Eirik …“ Sie küsste ihn. „Du bist zu gut für diese Welt. Du warst zu gut für die Welt deiner Brüder, die mit ihren Drachenbooten an die fremden Küsten fahren und Mädchen wie dieses rauben. Du kannst die Welt dadurch nicht besser machen. Dies ist der Lauf der Dinge: Es gibt freie Menschen, es gibt Sklaven. Willst du wirklich an dieser gottgegebenen Ordnung rütteln?“

„Es ist nicht die Ordnung meiner Götter“, knurrte er. „Meine Brüder, wie du sie nennst, sind allesamt Söhne, die von ihren Vätern nichts zu erwarten haben und aufs Meer hinausfahren, um dort ihr Glück zu machen. Manche versuchen sich als Händler, allzu viele verlegen sich aufs Kriegshandwerk und handeln mit Menschenleben. Ich weiß, dass es die Ordnung dieser Welt ist. Das bedeutet nicht, dass ich es akzeptieren muss.“

„Also darum versuchst du, dieses Mädchen zu retten?“

Er schwieg. Unmöglich, ihr zu erzählen, wie sich die Fränkin ihm hingegeben hatte. Irene würde es nicht verstehen, dass Lust so plötzlich kommen konnte. Sie hatte Eirik monatelang hingehalten, ehe sie ihm Zugang zu ihrem Bett gewährte. Und auch jetzt war sie es, die die Regeln schrieb.

Das Frankenmädchen aber war anders. Es hatte nicht versucht zu fliehen, als er seine Fesseln löste. Nein, es hatte ihm gestattet, es zu berühren, hatte ihn sogar ermutigt. Die Rothaarige hatte sich ihm ganz hingegeben und seine Leidenschaft geteilt. Sie ließ sich ihren Stolz allen Demütigungen durch den Sklavenhändler und die Männer auf dem Sklavenmarkt zum Trotz nicht nehmen.

Er ertrug es nicht, sich vorzustellen, wie ein anderer Mann sich ihrer bemächtigte. Wie er erst das Geld für sie zahlte, sie in sein Heim führte, ihr einen Schlafplatz zuwies und sie dann Nacht für Nacht in sein Bett holte, wie es ihm gefiel. An Irenes Bruder Andronikos musste er denken, der sich allzu gerne Lustsklavinnen hielt, die nach wenigen Monaten oder höchstens einem Jahr uninteressant waren, und die er dann zu niedersten Arbeiten in seinem Palast zwang oder an ein Hurenhaus verscherbelte.

Nein. Das alles durfte dem Frankenmädchen nicht passieren. Seit er gespürt hatte, wie sie unter seiner Berührung einen Höhepunkt erlebte, fühlte er sich für sie verantwortlich. Und zugleich so hilflos, weil er nicht wusste, ob es ihm gelang, dieser Verantwortung gerecht zu werden.

„Sie ist hübsch“, sagte er einfach.

„Hübsch, ja?“ Irene lächelte müde. Ihre Hände umschlossen seine Wangen, ihre Lippen näherten sich seinen. „Da ist mehr, nicht wahr?“, fragte sie leise. Sie küsste ihn, ganz sacht. Ihre Zunge schob sich in seinen Mund und umspielte seine. Er erwiderte den Kuss, drängte sie auf das Bett. Sie ließ es geschehen, spreizte die Beine für ihn und ließ ihre Hände über seinen Rücken gleiten, während sie einander immer noch küssten.

„Ist da mehr?“, fragte sie noch einmal. Eirik hielt inne. Er nickte knapp, und ihre Gesichtszüge wurden ganz weich, als hätte sie diese Antwort erwartet. „Das ist gut“, flüsterte sie. Ein erneuter Kuss. Sie seufzte in seinen Mund. „Ich gebe dir das Geld."

Überrascht setzte Eirik sich auf. Er kniete zwischen ihren Schenkeln. Ihr Lächeln wirkte so zerbrechlich, dass er beinahe den Blick abwenden musste.

„Warum tust du das?", fragte er nach langem Schweigen.

Sie setzte sich ebenfalls auf, rutschte ein Stückchen zurück und lehnte sich an ein großes Kissen. „Weil du es verdienst, Eirik. Du verdienst eine Frau, die dich liebt."

Darauf wusste er keine Antwort. Irene hatte nie ein Geheimnis daraus gemacht, dass sie zwar die Affäre mit Eirik als lustvolle Bereicherung ihres Alltags begriff, ihr Herz jedoch einem anderen gehörte. Wer dieser andere Mann war, wusste Eirik nicht. Er ahnte, dass es ein Mann am Hofe war, vermutlich mit einer Frau vermählt, die mächtig war und keine Mätresse in seinem Bett duldete, weshalb Irenes Liebe unerfüllt bleiben musste. Warum ihr Bruder sie nicht gegen ihren Willen verheiratete – denn diese Skrupellosigkeit traute Eirik ihm durchaus zu –, wusste er nicht und bot Platz für Spekulationen. Irene würde durch eine Heirat ihrem Gemahl und dessen Familie eine politisch wertvolle Verbindung knüpfen.

Aber im Grunde ging das Eirik nichts an.

„Was wirst du mit ihr machen?", fragte Irene. Sie streckte sich auf dem hellen Laken aus und rekelte sich. Ihre dunkle Haut bildete einen hübschen Kontrast zum Weiß des Stoffs.

„Was soll ich schon mit ihr machen?" Seine Finger strichen über ihren flachen Bauch und tänzelten zu ihren Brüsten hinauf. In Gedanken war er jetzt nicht mehr bei der feuerhaarigen Fränkin, sondern konzentrierte sich ganz auf Irene. Ihr schmaler Körper, das dunkle Haar, das sich wie ein Fächer um ihr Gesicht ausbreitete – er hatte nicht bemerkt, wann sie den Haarschmuck abgelegt hatte. Ihr breiter Mund, der sich zu einem Lächeln verzog.

„Du wirst sie kaum zu deiner Kurtisane machen wollen, oder?", fragte sie. Doch obwohl sie es leichthin bemerkte, konnte Eirik die Anspannung spüren, die ihren Körper erfasst hatte.

„Niemals", murmelte er und beugte sich vor. Sein Mund schnappte nach ihrem Nippel und saugte daran. Lachend wollte Irene ihn abwehren, doch mit der Hand umfing er zugleich ihre andere Brust und massierte sie. Ihr Lachen verlor sich in einem wollüstigen Stöhnen. Ihre Beine hoben sich ihm entgegen, kreuzten sich hinter seinem Rücken, als wollte sie ihn auf sich ziehen. Wie Fischer, die ihren Fang einholten, dirigierten ihre Beine ihn und zogen ihn in ihren Schoß.

Er verharrte kurz über ihr. Sein Schwanz furchte durch ihre Spalte und kostete bereits von ihrer Nässe. Sie hatte die Augen geschlossen, ihre Hände klammerten sich an seine Schultern. Mit einer fließenden, schnellen Bewegung war er in ihr. Sie stöhnte auf, umklammerte ihn mit den Beinen und hielt ihn fest.

„Beweg dich nicht", flüsterte sie.

Er konnte nicht anders. Zu viele Empfindungen hatten sich in ihm aufgestaut, zu lange hatte er auf Erfüllung warten müssen. Er begann langsam, in sie zu stoßen, und achtete darauf, auch ihr Lust zu bereiten. Er wusste, was sie wollte, kannte ihren Körper so gut, dass er im rechten Augenblick das Richtige zu tun wusste, um ihre Lust zu steigern. Langsam steigerte er das Tempo. Er hielt ihr seine Finger vor die Lippen, und sie nahm die Finger in den Mund, saugte an ihnen und machte sie nass, was ihn noch zusätzlich erregte, weil ihm die Vorstellung gefiel, wie ihre Lippen dasselbe mit seinem Schwanz machten.

Er verharrte kurz, legte seine nassen Finger auf ihre Klit und begann, sie in kreisenden Bewegungen zu massieren. Schon spürte er das Pulsieren, das in ihrem Schoß erwachte und sich von dort über ihren ganzen Körper auszubreiten schien. Sie zitterte unter ihm, drückte ihren Körper an seinen, rieb sich an seiner Hand.

Er bedurfte keiner zweiten Aufforderung. Sein harter Schwanz stieß vollends in sie, und ihr Stöhnen war ihm Antwort genug. Wieder und wieder stieß er in sie und spürte, wie sich ihre pulsierende Passage fest um ihn schloss. Er explodierte, und sein dunkles Stöhnen mischte sich mit ihren hellen Schreien.

Danach sank er neben ihr auf die Matratze. Auf Irenes Haut glänzte der Schweiß, und als sie eine dünne Decke über ihren Körper zog und sich an ihn schmiegte, schloss er sie stumm in die Arme und vergrub sein Gesicht in ihrem Haar. Ihr Po ruhte an seinem Bauch, und in dieser Haltung schliefen sie erschöpft ein.

Als Eirik einige Stunden später aufwachte, war sie fort. Neben ihm lag auf der Matratze ein kleiner Geldbeutel, aus geschmeidigem Leder gefertigt. Darin klimperten schwer die Goldmünzen, die Irene ihm versprochen hatte.

Plötzlich kam er sich schäbig vor. Es war, als hätte sie ihn für seine Liebesdienste bezahlt. Als gäbe es kein Zurück mehr – als wäre mit diesem Nachmittag ihre Beziehung vorbei.

Rasch zog er sich an und verließ die Räumlichkeiten. In diesem Augenblick wusste er nicht, ob er je wieder zurückkehren konnte.

Johanna krümmte sich auf ihrem Lager. Seit Ise fort war, fiel ihr alles schwer: Das Gehen, das Sprechen, sogar das Atmen fiel ihr schwer. Es gelang ihr kaum, morgens und abends die Schale mit Essen herunterzuwürgen, das Kallistos den Mädchen bringen ließ.

Dabei hatte sich nach Ises Verkauf die Situation für die meisten anderen Mädchen verbessert. Drei Tage durften sie im schattigen Innenhof von Kallistos' Haus bleiben, so viel Wasser trinken, wie es ihnen beliebte, und jederzeit von den süßen Früchten kosten, die der Sklavenhändler ihnen körbeweise brachte. Sie profitierten von seiner guten Laune. Die schlanke Nubierin kniff er grinsend in die Wange und strahlte das Haselmädchen so gewinnend an, dass sie leicht errötete. Nur für Johanna hatte er weder Blick noch gute Worte, sie starrte er nur finster an, als hätte sie den Moment seines größten Triumphs vergällt.

Andere Mädchen kamen in den Hof. Blond, dunkelhaarig, mit der hellen Haut der Nordmannfrauen, der dunklen Haut der Wüstentöchter, zahlreichen Schattierungen dazwischen. Sie alle kaufte Kallistos offenbar auf den Märkten auf, und er schien wie ein guter Pferdehändler zu sein, der die Juwelen unter Schmutz und Verwahrlosung zu erkennen vermochte. Jedes der Mädchen war auf eine bestimmte Art besonders schön – die Linie der Brüste, die sich unter der Tunika abzeichneten, die Wellen im Haar, die Form der Augen, der zarte Mund. Wiegende Hüften, festes Fleisch. Keines der Mädchen war über zwanzig Sommer alt.

Zunehmend kam Johanna sich vor wie eine alte Gans, die ihre Federn verlor und in einem Hof mit einer Schar prächtiger Hühnchen ihrem Ende entgegenfieberte. Und zumindest für sie schien dies kein gutes Ende zu nehmen.

Dann kam das Fieber.

Sie wusste später nicht, wie lange sie im Delirium auf ihrer Matte lag, um sich schlug und selbst das Haselmädchen, das ihr stumm und unnachgiebig einen Kräutersud einflößte, wüst beschimpfte. In ihren Träumen lebten sie wieder. Ihre

Eltern, ihr Bräutigam – wie hieß er bloß? – und auch Ise war da. Doch sie waren verfault, als hätte die Verwesung eingesetzt, und als Johanna die Hand nach Ise ausstreckte, zerbröckelte deren Haut unter ihren Fingern zu Staub.

Da wachte sie schreiend auf.

Nach einer Zeit, die ihr unendlich schien, schwand das Fieber und ließ sie vollkommen ausgelaugt und erschöpft zurück. Sie erwachte eines Morgens davon, dass Kallistos vor ihr hockte und ihre Wange befühlte. Sie setzte sich abrupt auf und zog sich so weit es ging vor ihm zurück.

Er lachte gutmütig. „Scheint dir wieder besser zu gehen, Feuerhexe. Hast du endlich den schweren Verlust deiner Freundin überwunden?“ Den Spott, der in seiner Stimme mitschwang, konnte sie nicht überhören.

„Ich hab Durst“, flüsterte sie. Die Wut, die sie bisher so offen gezeigt hatte, war verstummt. Ein Feuer, das zu weißer Glut herabgebrannt war.

Wenn er sie verspotten wollte, konnte er das tun. Das würde nur ihren weißen Zorn wachsen lassen. Einen Zorn, der sich auf jeden erstreckte, der sie in diese Situation gebracht hatte. Der Kaiserbruder. Kallistos. Der Waräger. Jeder einzelne Mann auf der Straße. Erst recht jeder auf dem Sklavenmarkt.

Kallistos überraschte sie. Er stand mit einer flinken Bewegung auf und kehrte nach wenigen Augenblicken mit einem Becher Wasser zurück.

„Geht es dir heute gut?“, fragte er, und neben der Besorgnis, die tiefe Falten in sein hässliches Gesicht grub, las sie auch Berechnung in seinem Blick.

„Das Fieber ist weg.“ Durstig trank sie den Becher bis zur Neige, und sie hätte ihn gern um mehr gebeten.

„Gut. Wäre zu schade, wenn du heute Nacht im Delirium aufs Podest hättest steigen müssen.“

Sie verstand nicht, was er damit meinte. Doch ihre Kenntnis seiner Sprache war auch bisher nicht so groß, dass sie alle kleinen Bedeutungsnuancen verstanden hätte.

Er verzog das Gesicht zu einer grinsenden Fratze. „Ich werde heute Abend all die schönen Mädchen versteigern. Siehst du? Heute kommen die letzten. Ich habe sie mit dem Geld gekauft, das der Basileus für deine Freundin gezahlt hat. Habe übrigens gehört, er sei überaus zufrieden mit seiner Ware. Sie stellt sich geschickt an. Das hat sie dir wohl voraus."

Johanna antwortete nicht.

„Wenn du dich nur ein bisschen klüger anstellen würdest ... wärst du nicht so widerspenstig, hätte ich längst einen Käufer für dich gefunden, und bestimmt keinen schlechten. Es gibt auch Männer, die ihre Frauen gut behandeln."

Er zuckte mit den Schultern. „Das kommt davon, wenn man die Hand beißt, die einen füttert."

Johannas Finger zupften an der Strohmatte.

„Nun, wie auch immer. Hab mir sagen lassen, deine Freundin käme auch mit den Brandnarben gut zurecht. Ein Purpurgeborener scheint etwas andere Methoden zu haben, Lust zu empfinden."

Sie schwieg. In ihr brandete der Zorn, der sie auch in den Fieberträumen begleitet hatte. Es war keine Krankheit, die ihr tagelang die Sinne geraubt hatte, sondern der Wunsch, all jenen wehzutun, die ihr wehgetan hatten. Der Purpurgeborene, der ihr Ise wegnahm, war nur der Letzte in einer langen Reihe.

Eirik Hallgrimsson.

Sie hatte sich den Namen des Nordmanns gemerkt, weil sie ihn nachts und tagsüber, im Wachen und im Schlaf, wieder und wieder flüsterte. Ihn hasste sie von allen am meisten. Er hatte sie in Sicherheit gewiegt, hatte ihr Hoffnung geschenkt, dass es eine bessere Welt für sie gab.

Aber vor allem hatte sie sich selbst wehgetan, als sie sich gestattete, an das Gute zu glauben. Daran, dass dieser Nordmann sie vielleicht rettete. Aber das konnte er nicht – das konnte nur sie selbst.

„Ich verfluche dich", flüsterte sie.

Kallistos lachte. „Du machst mir keine Angst mehr, Feuerhexe. Du nicht. Heute Abend werde ich dich meistbietend versteigern, und es kümmert mich nicht, ob du mich verfluchst. Du hättest es oft genug getan. Und wenn du es getan hast, würde ich jetzt kaum mehr leben."

Sie antwortete nicht. Schließlich war er es gewesen, der ihr angedichtet hatte, eine Hexe zu sein, nicht wahr?

„Du wirst gehorsam sein."

„Und wenn ich nicht gehorsam bin?", begehrte sie auf.

„Du wirst gehorsam sein", wiederholte er überzeugt.

„Und wenn ich's nicht bin? Was geschieht dann mit mir?"

Er stand auf und blickte auf sie herunter. „Jene, die ich heute nicht losschlage, schicke ich ins Bordell am Hafen. Und wenn ich dich denen schenken muss. Nach diesem Abend will ich dich hier nicht mehr sehen. Jetzt wasch dich, ich lasse dir eine saubere Tunika bringen."

Er entfernte sich mit raschen Schritten, die sie ihm kaum zugetraut hätte. Einige Meter entfernt hockte die Nubierin auf ihrer Strohmatte. Ihr Körper wiegte sich vor und zurück, und als Kallistos zu ihr trat, blickte sie aus großen unergründlich dunklen Augen zu ihm auf. Johanna beobachtete, wie Kallistos winkte und das Mädchen sich mit einer geschmeidigen Bewegung erhob. Sie runzelte die Stirn. Die Brüste des Mädchens wirkten voller, und unter der Tunika wölbte sich ein kleines Bäuchlein. Mit gesenktem Kopf folgte sie dem Sklavenhändler in das Haus.

Ob er auch die zarte Nubierin verkaufen würde? Ob er sie als Jungfrau anpreisen würde wie all die anderen?

Johanna ließ sich auf ihre Matte sinken. Sie rollte sich auf der Seite ein und umklammerte mit der Linken ihr rechtes Handgelenk. Mit geschlossenen Augen summte sie ein Lied, das ihr plötzlich in den Sinn kam. Ise und die anderen Mädchen hatten es am Hochzeitsmorgen gesungen, als sie Johannas rotes Haar bürsteten. Das war eine andere Welt gewesen, ein anderes Leben.

So wie heute ein anderes Leben für Johanna begann. Aber alles schien ihr verlockender als das Leben, das sie in den letzten Wochen und Monaten gefristet hatte.

Eirik kam in den nächsten Tagen nicht zu ihr. Irene akzeptierte seinen Rückzug, und sie redete sich ein, dass es sie nicht schmerzte, von ihm im Stich gelassen zu werden.

Bereits am nächsten Abend fand sie Andronikos in ihrem Gemach, als sie nach einem ermüdenden Ausflug in den Palastgarten zurückkehrte, bei dem sie mit den Frauen, Schwestern und Töchtern anderer Hofbeamter im Schatten gesessen und dem Plaudern gelauscht hatte, dem sie nichts abgewinnen konnte. Doch dies gehörte ebenso zu ihren Pflichten als Schwester wie die Beantwortung umständlicher Bittschriften, die der Sekretär ihr beinahe täglich vorlegte. Dieser Palast war eine Schlangengrube, in der jeder nur darauf wartete, dem anderen das eigene Gift in die Adern zu träufeln. Jeder Schritt musste sorgsam durchdacht und geplant werden.

Andronikos hatte es sich auf ihrem Bett bequem gemacht, das ihre Dienerin am Morgen auf ihren Befehl hin mit frischen Laken versehen hatte. Dennoch verdrehte ihr Bruder verzückt die Augen, als sie eintrat. Er hielt ein kleines Kissen an die Nase und schnupperte übertrieben.

„Geliebte Schwester, du solltest noch mal überdenken, mit welchen Männern du Umgang pflegst“, verkündete er und rollte sich auf den Rücken. „Ich glaube nicht, dass ein Waräger deinem Stand angemessen ist.“

Sie schnappte das Kissen, doch er entzog sich ihr mit einer geschickten Bewegung.

„Na, wer wird denn da unartig? Lass mich doch den Geruch eurer vergangenen Liebesnächte genießen, solange er noch an deinen Kissen haftet.“

„Du ekelst mich an“, zischte Irene wütend. Es war kein Geheimnis, dass sie mit Eirik das Lager teilte, doch da er als Warägeroffizier in der Gunst des Kaisers sehr hoch stand und zudem seinen Aufstieg unter dem Schutz ihres Bruders begonnen hatte, sorgte sie sich nicht, dass jemand sie deswegen in Schwierigkeiten bringen konnte. Sie war sicher. Zumindest solange es nicht zum Umsturz kam.

„Wer ekelt sich wohl mehr vor dem anderen?“ Scheinbar nachdenklich legte er den Zeigefinger ans Kinn. „Zugegeben, er hat mir das Leben gerettet, aber ob ihm dieser Umstand, zufällig zur richtigen Zeit am rechten Ort gewesen zu sein, das Recht gibt, meine Schwester zu beschmutzen, wage ich zu bezweifeln. Es sei denn, du denkst inzwischen so gering von dir und willst dich von ihm erniedrigen lassen. Soll ja Frauen geben, denen so was gefällt.“

Irene wollte nichts davon hören. Sie trat an die Truhe am Fußende ihres Betts und öffnete den Deckel. Sie ertrug seinen Blick nicht.

Andronikos beobachtete sie, als wüsste er um die Farbe ihrer Nippel unter dem Stoff, als würde er die zarten Grübchen oberhalb ihres Pos kennen, wie tief sie sich rechts und links ihres Rückgrats in die Haut gruben.

Irene erschauderte. Fast glaubte sie seine Daumen zu spüren, die in diese Grübchen eintauchten.

Früher hatte er solche Dinge gemacht.

Früher, als sie das Bett teilten.

„Gefällst du ihm nicht mehr? Ich habe gehört, gestern musstest du ihn bezahlen, damit er dir gibt, was jede Frau von ihrem Mann bekommt, sooft sie will."

„Ich habe ihn nicht bezahlt." Sie drehte ihm den Rücken zu, ehe sie die Schließen des Kleids öffnete und es herunterschob. Darunter trug sie nur ein knappes Hemdchen. Sie fröstelte. Die dicken Palastmauern hielten die flirrende Sommerhitze ab, und zumeist genoss sie die Kühle. Doch jetzt zogen sich ihre Nippel leicht zusammen, und sie spürte, dass Andronikos sie nicht aus den Augen ließ.

„Was gefällt ihm wohl so besonders an dir? Lass mich überlegen. Wenn wir davon ausgehen, dass es nicht das Geld ist, das du ihm nach dem Akt unter das Kopfkissen schiebst ... ah, ich weiß es. Ihm gefällt bestimmt dieses Muttermal so gut, das du am Steißbein hast. Du weißt schon ..."

Sie spürte seine Bewegung. Wie er sich ihr langsam näherte. Zielsicher legte er den Finger auf die Stelle, die plötzlich wie Feuer brannte. Sie zuckte zusammen. Obwohl der dünne Stoff des Unterhemds sie vor der direkten Berührung schützte, kostete es sie Überwindung, sich ihm nicht zu entziehen.

Wie konnte sie je vergessen ...

„Verschwinde."

„Oh nein." Sogar sein leises Lachen brachte in ihr etwas zum Klingen. „Erst wenn du mir sagst, seit wann du deinem Liebessklaven Geld bezahlen musst. Hast du etwas so Perverses von ihm gewollt?"

Sie seufzte. Woher Andronikos davon wusste, dass sie Eirik das Geld gegeben hatte, war letztlich egal; sie hätte schwören können, dass jeder ihrer Diener ihr treu ergeben war. Doch war wenigstens einer Andronikos noch treuer – was daran liegen könnte, dass er Treue mit klingender Münze zu belohnen pflegte.

„Er will etwas kaufen“, sagte sie. „Ich habe ihm das Geld geliehen.“

„Oh, du hast es ihm geliehen, wie knauserig!“

Irene verschwieg ihm, dass sie Eirik das Gold auch geschenkt hätte, wenn er sie darum gebeten hätte. Doch auch wenn sie ihm den Beutel mit den Münzen neben das Kopfkissen gelegt hatte, während er schlief, und obwohl sie seitdem nicht mit ihm gesprochen hatte, wusste sie, dass Eirik irgendwann kommen und ihr alles zurückzahlen würde. Sie hoffte, er tauchte eher wieder bei ihr auf. Doch fürchtete sie, dass sie ihn verloren hatte – an eine Sklavin, die ihm den Kopf verdreht hatte.

Auch sie hatte Spione im Palast, und so erfuhr sie über Umwege von einer rothaarigen Fränkin, die dem Basileus als neue Kurtisane zugeführt werden sollte. Der entschied sich jedoch stattdessen für ein zartes, helles Mädchen, das er seit Tagen stolz durch den Palast führte.

Die Rothaarige aber hatte es Eirik angeblich angetan, sodass der Händler sie ihm sogar zum Kauf anbot.

„Was will er sich bloß mit so viel Gold kaufen? Das genügt für ein eigenes Königreich. Aber die Nordmänner sind ja nicht gerade dafür bekannt, stabile Reiche zu gründen und nachhaltig zu wirtschaften.“

Irene verkniff sich die Bemerkung, dass auch Byzanz nicht gerade ein Reich war, das sich durch innere Stabilität und eine fortdauernde Dynastie auszeichnete.

„Würdest du jetzt bitte gehen?“ Ihre Stimme war nur ein leises Flüstern. Sie ertrug seinen Spott nicht. Vor allem aber fürchtete sie seine Nähe, da sie halb nackt vor ihm stand.

„Schade.“ Jetzt stand er ganz dicht vor ihr. „Ich hätte so gerne noch ein paar schmutzige Details gehört. Knabbert er an deinem Ohrläppchen? Wie ich es früher so oft getan habe?“, wechselte er abrupt das Thema.

Sie fuhr zu ihm herum und versetzte ihm eine schallende Ohrfeige. „Geh mir aus den Augen, Andronikos“, zischte sie.

Er erwiderte ihren Blick. In seinen Augen loderte etwas, das sie nicht benennen konnte. Hass?

Sie glaubte, ihn zu verstehen.

Weil sie Eirik in ihr Bett geholt hatte. Weil sie ihm half. Weil Andronikos seit über zwei Jahren nicht mehr ihr Geliebter war, sondern sich mit der Rolle als Bruder zu bescheiden hatte.

„Ich verabscheue dich, Nordmannhure“, flüsterte er. Seine Stimme klang so unbeteiligt, als würde er die Inventarliste eines Lagerhauses verlesen. „Wenn es nach mir ginge, hätte man deinen Waräger schon vor Jahren aufgeknüpft, weil er es gewagt hat, sich dir zu nähern.“

„Du scheinst zu vergessen, dass er dir das Leben gerettet hat.“

„Auf dieses Leben kann ich verzichten, wenn nicht mal meine eigene Schwester es mit mir teilen will.“

Sie zuckte zusammen. „Es war nicht richtig“, murmelte sie.

„Trotzdem hast du es genossen, nicht wahr?“ Jetzt war sein Mund so nah an ihrem Ohr, dass sie seinen warmen Atem spürte. Irene konnte sich nicht rühren. Dies war der Grund, warum sie Andronikos nicht mehr ertrug: Seine Gegenwart lähmte sie mit all den Erinnerungen an schönere Stunden, die sie einst geteilt hatten. Obwohl sie wusste, dass es verboten war. Andronikos jedoch hatte jene Zeit besonders genossen. *Weil* es verboten war. Weil sie damit eine der schrecklichsten Sünden begingen.

„Weißt du, was mich daran besonders ärgert? Du würdest jederzeit wieder das Lager mit mir teilen. Es ist nicht die Sünde, die mich zwang, dich zu verbannen."

Sie widersprach nicht.

„Also? Wofür das Gold?"

Irene schreckte hoch. Wieder hatte er sie mit einem abrupten Themenwechsel auf dem falschen Fuß erwischt.

Er lächelte, hob seine Hand und legte sie auf ihre Brust. Irene hielt den Atem an. Unter dem Stoff war ihr Nippel hart und heiß. Er lächelte maliziös. „Siehst du? Dein Körper weiß es besser. Wir gehören zusammen, Irene. Ich habe es satt, zusehen zu müssen, wie dieser Waräger es dir besorgt. Ich war ja durchaus gewillt, dir diesen Spaß zu lassen. Aber jetzt ist es an der Zeit, dass du in mein Bett zurückkehrst, findest du nicht?"

Sie wollte den Kopf schütteln. Ihr Körper drängte sich seiner Hand entgegen.

„Dieser Mann soll seines Lebens nicht mehr froh werden", flüsterte er.

Ihr Blick hielt seinem stand. Doch dann brach etwas in ihr.

„Da ist dieses Mädchen", wisperte sie. „Eine Sklavin. Man brachte sie mit den anderen zum Basileus. Sie hat rote Haare." Sie schluckte schwer. „Man sagt von ihr, sie sei eine Feuerhexe."

„Ah", sagte Andronikos. Seine freie Hand legte sich an ihre Wange. „Siehst du, so schwer ist es doch gar nicht, zum Verräter zu werden."

Sein Daumen fuhr über ihre Unterlippe. Sie schnappte nach ihm.

„Ich glaube, ich werde ihm den Spaß verderben. Er soll dieses Mädchen nicht bekommen. Er soll doppelt und dreifach dafür büßen, dass er dich aus meinem Bett ferngehalten hat. Gute Nacht, meine geliebte Schwester."

Er beugte sich vor und küsste sie auf die Wange. Unglaublich kalt fühlten sich seine Lippen auf ihrer Haut an, die wie von einem inneren Fieber glühte. Andronikos verließ mit leichten Schritten ihr Schlafgemach.

Die Stille senkte sich schwer auf sie. Es dauerte eine Weile, ehe Irene sich rührte. Dann ging sie die wenigen Schritte zum Bett und sank auf die Matratze. Sie rollte sich ein, zog die dünne Decke über ihren zitternden Leib. Sie wartete, dass das Zittern aufhörte.

Doch es geschah nicht.

Sie konnte nicht um Eirik weinen. Er verlor, weil er sie um Hilfe gebeten hatte. Das Sklavenmädchen war verloren, weil Eirik es begehrte und besitzen wollte.

Aber Andronikos würde mehr zahlen. Dies war seine Rache, weil sie ihn jahrelang verschmäht hatte, obwohl ihr Körper nichts mehr ersehnte als diesen widernatürlichen Akt der Leidenschaft zwischen Bruder und Schwester.

Eirik hatte nicht vermocht, dieses Verlangen in ihr auszulöschen. Und nun bezahlte er teuer, weil er Andronikos einst die genommen hatte, die er am meisten begehrte.

Seine eigene Schwester.

Es war der Preis, den er für seine Rache zahlen wollte. Rache, weil Eirik mit Irene das Lager teilte. Der einzigen Frau, die Andronikos je geliebt hatte.

Er begehrte seine eigene Schwester.

3. KAPITEL

Am Nachmittag wurden die letzten Mädchen gebracht.

Sie waren zu dritt: Ein Zwillingspärchen mit schwarzem Haar, das man ihnen auf Fingerlänge abgeschnitten hatte. Und eine Frau, die ihr linkes Bein nachzog.

Johanna saß mit dem Haselmädchen unter einem Sonnensegel. Da sich die andere nie die Mühe gemacht hatte, die Sprache der Byzantiner zu lernen, hatte sie jetzt Probleme, sich überhaupt zu verständigen, und Johanna versuchte, ihr wenigstens ein paar Brocken beizubringen, bevor sie endgültig getrennt wurden. Als die neuen Frauen von drei Wachen in den Innenhof geführt wurden, scharten sich sogleich die anderen Mädchen um die Neuankömmlinge. Johanna blieb sitzen. Was brachte es ihr, jetzt noch andere Leidensgenossinnen kennenzulernen oder gar Freundschaften zu schließen? Heute Abend trennte man sie ja doch wieder. Der Verlust von Ise schmerzte noch immer. Nein, sie wollte nichts von diesen Frauen wissen. Hier kämpfte jede für sich selbst.

Kallistos' brüllende Stimme aus dem Innern des Hauses trieb die Frauen auseinander, bis nur noch die drei Neuankömmlinge in der Mitte des Hofs standen. Die Wachen waren an die Wand zurückgewichen und unterhielten sich flüsternd, zeigten auf einzelne Sklavinnen und grinsten anzüglich. Kallistos hatte sie bezahlt, dass sie die Mädchen bewachten. Keine wurde mehr gefesselt, nicht mal Johanna. Die Schürfwunden an den Handgelenken waren fast verheilt.

Dennoch hatte sie sich noch nie so gefangen gefühlt.

Nun trat Kallistos auf: Klein und dick, die Glatze glänzte rötlich in der Nachmittagssonne. Er umkreiste die drei Frauen. Die Zwillinge senkten den Kopf, und der Sklavenhändler nickte zufrieden. Ihm schien ihre Demut zu gefallen. Doch das dritte Mädchen, dem das blonde Haar bis zur Hüfte reichte und das so klare helle Augen hatte, als wären sie Gestirne, musterte Kallistos ebenso prüfend.

„Beweg dich“, fauchte er und machte mit der Gerte eine Geste. „Los! Lauf einmal im Hof auf und ab.“

Sie drehte sich abrupt um und machte drei schwerfällige Schritte. Die Hüften wiegten sich, doch ihr linkes Bein schien nahezu leblos und steif an ihr zu hängen, ein Fremdkörper, der ihr sichtlich Schmerzen bereitete, denn als sie sich umdrehte und zurückhumpelte, verzog sie das Gesicht.

Aber sie senkte den Kopf nicht.

Johannas Neugier war geweckt. Diese Frau war anders. Sie ergab sich nicht in ihr Schicksal.

„Für ein Hurenhaus wird’s reichen. Setz dich da vorne zu den anderen.“ Er wies in eine Ecke, in der sich andere Mädchen drängten, die allesamt einen Makel hatten – manche mehr, manche weniger.

Kallistos hatte in den letzten Tagen so viele Mädchen wie nur möglich gekauft. Er wollte doppelten Profit aus dem Beutel Goldmünzen schlagen, den er für Ise bekommen hatte. Johanna stand mit einer geschmeidigen Bewegung auf und durchquerte den Hof. Kallistos ging, und das leise Stimmenmurmeln setzte wieder ein, das wie die Meeresbrandung an- und abschwoll und selbst nachts nicht mehr vollständig erstarb.

„Ich bin Johanna.“ Sie hockte sich neben die Frau mit dem lahmen Bein. Diese schaute nur kurz auf, reagierte aber nicht.

„Verstehst du diese Sprache?“

Ein schmales Lächeln umspielte ihre Lippen. „Natürlich verstehe ich diese Sprache“, antwortete sie leise. „Sie halten uns gerne für dumm, aber das sind wir nicht.“

„Wie heißt du?“

„Sie nennen mich Livia.“

Johanna brauchte nicht nachzufragen. Livia war nicht ihr richtiger Name. Sie schien auch aus dem Norden zu stammen. Mit schmerzverzerrter Miene massierte Livia ihr linkes Bein.

„Ist das eine Verletzung, die dich plagt?“

„Diese *Verletzung* plagt mich seit Jahren“, erwiderte Livia. „Mein erster Besitzer hat sie mir zugefügt, ja, schau mich nicht so an. Er liebte es, sich am Schmerz anderer zu weiden, und er war darin sehr geschickt. Am liebsten waren ihm die ganz jungen Mädchen, und so geriet ich in seine Hände. Er hat mich zwei Jahre gequält, aber als er mich lahm schlug, hat er mich verkauft.“

„Das ist nicht dein erster …“

„Du meinst, mein erster Besitzer? Nein. Ich habe irgendwann vergessen, sie zu zählen. Und besser wurd's selten.“ Livia lehnte sich zurück und schloss die Augen. „Lass mich schlafen, Schwester. Heute Abend werden wir der Meute vorgeführt, und wenn ich ausgeschlafen bin, habe ich vielleicht Glück und mein Blick gefällt einem byzantinischen Adligen so gut, dass er ein paar Münzen drauflegt, um mich vor einem dieser schäbigen Hurenhäuser im Hafen zu bewahren.“ Ihr Blick verlor sich in der Ferne. „Das ist wohl im Moment meine einzige Hoffnung“, flüsterte sie.

Mit einem Seufzen sank Livia auf die Matte und rollte sich zusammen. Im nächsten Moment verrieten ihre tiefen Atemzüge, dass sie schlief.

Johanna saß wie erstarrt neben ihr.

Wie kann es ein Glück sein, verkauft zu werden?

Hatte sich Livia bereits in ihr Schicksal gefügt? War denn Johanna die Einzige, die hoffte, irgendwie dieser Bestimmung zu entkommen?

„Und nun, meine Herren, eine ganz besondere Schönheit. Ihr Haar hat den Glanz von Rubinen, ihr Gesicht das Schimmern von Perlmutt. Sie kommt vollends unberührt zu dem, der den Mut hat, sie zu zähmen. Wer will nicht eine feurige Bettgefährtin für sich gewinnen? Tretet ruhig näher, diese Frau ist es wert, einen zweiten Blick zu riskieren!"

Johanna war eines der letzten Mädchen. Sie wurde von zwei Wachen, die Kallistos für diesen Abend engagiert hatte, auf das Podest geführt, das von Fackeln beleuchtet wurde.

Die letzten Stunden waren schrecklich gewesen. Die Mädchen waren in einem fensterlosen Schuppen eingepfercht worden und warteten darauf, dass man sie holte. Eine nach der anderen verschwand und kehrte nicht zurück. Auch Livia verschwand irgendwann. Sie hatte zuvor stumm neben Johanna gehockt. Zuletzt waren nur noch fünf Mädchen im Schuppen: die Zwillinge, die Nubierin, eine Wüstentochter und Johanna.

Als sie auf das Podium geführt wurde, blinzelte sie und versuchte, in der Menge irgendwelche Gesichter auszumachen. Es schienen weit über hundert Männer zu sein, die sich an diesem Abend versammelt hatten. Viele Adlige in teurer Kleidung, aber auch schmerbäuchige, widerlich grinsende Typen, die sich angetrunken an die Frauen klammerten, die sie bereits ersteigert hatten.

„Ich höre Eure Gebote, meine Herren! Bedenkt, sie wird jedem, der sie in sein Haus holt, Ehre machen. Man wird Euch bewundern, weil Ihr einen solchen Schatz zu erkennen vermögt!"

Einen Moment passierte nichts. Kallistos trat neben Johanna und packte sie am Arm. „Sie wird zahm sein, sobald Ihr sie eingeritten habt!", lockte er die Käufer. „Lasst Euch nicht von ihrem wilden Blick verschrecken!"

Aus den hinteren Reihen wurde das erste Gebot gerufen. „Fünf Solidos!"

Die Köpfe der anderen Männer fuhren herum. Einige traten beiseite, sodass auch Johanna den Mann sehen konnte, der dieses hohe Einstiegsgebot gemacht hatte.

Ihr stockte der Atem.

Es war Eirik Hallgrimsson.

An diesem Abend trug er nicht die Uniform des Warägeroffiziers. Er stand mit verschränkten Armen breitbeinig da. Sein finsterer Blick schien sie förmlich zu durchbohren. Johanna schwankte. Hätte Kallistos sie nicht so fest am Arm gepackt, wäre sie auf die Knie gesunken, hätte ihre Hände zum Gebet gefaltet und hätte gefleht, dass er ihr diese Schmach nicht antat. Ihr Körper aber erinnerte sich sogleich wieder an die Hände des Nordmanns. Ein Pulsieren durchzuckte ihren Schoß. Die Vorstellung, schon bald ganz ihm zu gehören, versetzte sie in Panik und ließ sie zugleich glauben, ihre Rettung sei nahe …

Tränen verschleierten ihren Blick, während Kallistos erfreut rief: „Fünf Solidos, wenn das kein Gebot ist, meine Herren! Dieser Mann versteht etwas von Frauen und erkennt Leidenschaft, wenn sie ihm begegnet. Lasst Euch nicht von ihrem wilden Blick verhexen!"

Einen Moment herrschte Stille, und Johanna glaubte schon, ihr schlimmster Albtraum und größter Wunsch könnte sich erfüllen. Da rief ein Mann: „Ich biete zehn Solidos!"

Seine Stimme war nicht besonders laut, doch alle hatten ihn gehört. Ein Raunen ging durch die Menge, wieder drehten sich Köpfe, und auch Johanna versuchte, einen Blick auf ihn zu erhaschen. Kallistos' Hand krallte sich in ihren Nacken und zwang sie, den Kopf zu senken. Doch genügte ihr ein kurzer Blick auf den zweiten Interessenten.

Er war klein, besaß die stolze Haltung eines Byzantiners und war, soweit sie erkennen konnte, in die Kleider eines Edelmanns gehüllt. Trotz der Hitze trug er eine mit zartem Hermelinpelz verbrämte Tunika. Und neben ihm … Jäh hob Johanna den Kopf, als könnte sie es nicht glauben. Neben ihm stand, den Kopf stolz erhoben, das Gesicht von einem triumphierenden Lächeln erhellt, Livia. Als sich ihre Blicke kreuzten, schien es, als wollte Livia ihr etwas zurufen. Der Mann wirkte längst nicht so Furcht einflößend wie Eirik Hallgrimsson. Er war höchstens ein paar Jahre älter als sie, hatte jedoch das zarte Gesicht eines Kindes, glatt rasiert und geradezu rosig; der dunkelbraune Schopf wirkte weich und zart wie alles an ihm. Nein, der fügte keiner Frau ein Leid zu. Das meinte Livia also, als sie sagte, dass sie von einem byzantinischen Adligen gekauft werden wollte.

Ohnedies schien ihr alles verlockender, als noch einmal in die Hände dieses widerlichen Nordmanns zu fallen, der ihr Lust schenkte und sie im nächsten Moment erniedrigte, weil er sie wieder daran erinnerte, dass sie nichts weiter als eine Sklavin war! All ihre Hoffnung richtete sich nun auf den Byzantiner. Hoffentlich trug er mehr Gold im Beutel und war bereit, es für sie auf den Tisch zu legen.

Johanna lächelte ihn an. Sie bewegte sich leicht, wiegte sich und ließ ihre Wimpern über den Augen flattern. Mit einer fließenden Bewegung warf sie ihr rotes Haar zurück, sodass der Fackelschein es zum Funkeln brachte.

Der Byzantiner schien leise zu lachen. Er wandte sich an Livia und flüsterte ihr etwas zu.

Etwas Seltsames geschah mit Livia. Ihr Lächeln wurde starr, der Blick flackerte, irrte unruhig hin und her.

„Fünfzehn Solidos!“, rief Eirik Hallgrimsson in diesem Moment.

„Fünfzehn Solidos sind geboten!“ Kallistos' Stimme überschlug sich förmlich. Die Aufmerksamkeit aller richtete sich wieder auf den Byzantiner.

„Zwanzig Solidos“, sagte dieser nur und inspizierte gelangweilt seine Fingernägel. Für ihn schien der Preis keine Rolle zu spielen.

„Zwanzig Solidos sind geboten! Wer bietet mehr?“, frohlockte Kallistos.

„Fünfundzwanzig!“

„Dreißig!“

„Fünfzig!“, rief Eirik.

Einen Moment lang schwieg der Byzantiner. Dann umspielte ein feines Lächeln seine Lippen, als wüsste er, dass ihm der Zuschlag gewiss war. Johanna atmete erleichtert auf. Dieser Mann wollte sie.

„Ich biete hundert Solidos.“

Johannas Blick ging zu Eirik hinüber. Dessen Miene hatte sich verfinstert, und als der Byzantiner sein letztes Angebot vorbrachte, verzerrten sich seine Gesichtszüge heftig und wurden zu einer furchterregenden Maske des Zorns.

„Hundert Solidos!“ Kallistos' Stimme überschlug sich. „Bietet mehr also hundert Solidos, meine Herren, dies ist eine außergewöhnliche Sklavin, die Euch jeden Wunsch von den Lippen ablesen und sogleich erfüllen wird. Sie ist noch gänzlich unberührt. Hundert Solidos sind geboten, möchte niemand mehr als hundert Solidos bieten?“

Eirik Hallgrimsson wandte sich ab und schob sich zum Ausgang. Johanna blickte ihm nach. Erleichterung durchflutete sie. Sie hörte kaum, wie der Sklavenhändler ein letztes Mal die Männer aufforderte, ein Gebot abzugeben, ehe der Byzantiner den Zuschlag bekam. Kallistos drückte ihren Arm so fest, dass sie fast vor Schmerz aufstöhnte. Er beugte sich zu ihr herüber und flüsterte ihr ins Ohr: „Ich hätte dir ein besseres Los gewünscht. Es tut mir leid."

Überrascht blickte sie ihn an, und in seinem Blick las sie etwas, das sie noch nie bei Kallistos hatte erleben dürfen: Mitleid. Doch ehe sie fragen konnte, wurde sie schon von zwei Wachleuten vom Podium geschoben und zu ihrem neuen Besitzer geführt.

Der dritte Wachmann brachte die Nubierin, und Johanna hörte Kallistos' schrille Stimme, mit der er sein Liebchen anpries. „Diese schwarze Schönheit ist die Prinzessin eines Reichs tief im Süden. Unter dem Herzen trägt sie den Erben ihres Reichs, der seinem Besitzer eines Tages große Schätze und Reichtümer erbringen wird, wenn er beide zurück in ihre Heimat bringt. Diese Frau wird Euch mit herrlichen Liedern aus ihrer Heimat beglücken."

Was um alles in der Welt meinte Kallistos nur mit dieser Bemerkung? Trieb er ein Spiel mit ihr oder meinte er seine Worte ernst? Warum sollte es kein gutes Los sein, diesem byzantinischen Adligen zu gehören? Er würde nichts anderes mit ihr tun als all die anderen Männer. Und dieser Mann war allemal besser, als wenn sie Eirik Hallgrimsson in die Hände geraten und ihm für immer ausgeliefert wäre.

Doch sie war auf der Hut. Kurz hatte die Freude überwogen, nicht mit Eirik gehen zu müssen.

Sie fragte sich, warum dieser Adlige ein so großes Interesse daran hatte, sie zu besitzen. Warum er einen Preis für sie zahlte, der um ein Vielfaches das überstieg, was für andere Mädchen gezahlt wurde. Warum er ein Vielfaches dessen zahlte, was Ise dem Basileus wert gewesen war.

Er hätte jede haben können. Doch er wollte ausgerechnet sie.

Warum?

Eirik verließ den Sklavenmarkt so schnell wie möglich. Er riss einem Wachmann die Fackel aus der Hand und stapfte wütend davon. Seine Schritte lenkten ihn zum Hafenviertel. In zahlreichen Schenken und Hurenhäusern lockte ihn das Vergessen. Und er wollte vergessen.

Bereits als er den Versteigerungsort erreichte, hatte sich ein ungutes Gefühl seiner bemächtigt, das sich noch verstärkte, als er Andronikos erkannte, der mit einigen Freunden beisammenstand, aufmerksam bewacht von drei Warägergardisten, die Eirik erstaunt zunickten, als sie ihn erkannten.

Er hatte gehofft, seine Vorahnung würde ihn trügen. Und er hatte sich erlaubt, an ein gutes Ende zu glauben, als Andronikos für wenige Silbermünzen ein hübsches Mädchen ersteigerte, das ein Bein nachzog.

Doch dann wurde die Fränkin auf das Podest geführt. Sie stand stolz und aufrecht da, mit trotzigem Blick, und er hatte sich seinem Ziel so nahe gewähnt. Voller Euphorie hatte er sein erstes Gebot ausgerufen. Stille folgte, die ihn frohlocken ließ, dass seine Befürchtung unbegründet war.

Bis Andronikos sein Gebot abgab.

In diesem Augenblick wusste Eirik, dass die Fränkin für ihn verloren war. Dennoch versuchte er, dagegenzuhalten. Versuchte, mit einem besonders hohen Gebot alles zum Guten zu wenden. Fünfzig Solidos, eine unvorstellbare Summe, die Andronikos um das Doppelte überbot. Mehr hatte Eirik nicht, mehr war nicht in dem Beutel gewesen, den Irene ihm aufs Kopfkissen gelegt hatte.

Er hatte verloren. Nicht nur Irene schien für immer in weite Ferne gerückt zu sein, sondern auch die rothaarige Fränkin. Sie zu betrachten und sich daran zu erinnern, wie sie sich unter seinen Händen angefühlt hatte, wie das Zittern unter ihrer Haut getanzt hatte ... nein. Den Gedanken ertrug er nicht.

Kurzerhand betrat Eirik die nächste Schenke. Er setzte sich allein an einen Tisch und winkte das Schankmädchen heran, dass sie ihm einen Krug Wein brachte. Und begann zu trinken.

Irgendwann verschwamm die Welt vor seinen Augen. War es der zweite Weinkrug, den er leerte? Der Wein schmeckte plötzlich ganz schön bitter, und alles schien sich um ihn zu drehen. Halt suchend klammerte er sich an den Tisch, als das Schankmädchen plötzlich wieder neben ihm stand.

„Was ist mit mir los?“, wollte er sagen, doch drang nur unverständliches Gebrabbel über seine Lippen. Er runzelte die Stirn. Bei dem Versuch aufzustehen drehte sich die Welt um und stand kopf.

„Keine Sorge, mein Herr. Unser Wein ist recht stark, das verträgt nicht jeder. Wenn Ihr mögt, gebe ich Euch ein Nachtlager.“

Sein Blick irrte umher. Sie drängte ihn zu einer schmalen Stiege, die zum oberen Stockwerk führte. Durch eine Tür gelangten sie in eine Kammer. Er stützte sich schwer auf ihre Schulter, machte zwei wankende Schritte in die Kammer und ließ sich auf die Strohmatratze fallen, die auf dem Boden lag. Eine schmutzige Decke wurde über ihn gebreitet, und plötzlich spürte er, wie sich ein fremder Körper an seinen drängte.

„Bist du meine Fränkin?“, flüsterte er.

Das Schankmädchen lachte glockenhell, dass es in den Ohren schmerzte. „Für dich bin ich heute Nacht sogar eine Fränkin“, flüsterte sie. Ihre Hand nestelte an seinen Beinlingen, verschwand in den Falten der Bruche und fand schon bald, wonach es sie offenbar gelüstete.

„Ich mach es dir, wie es eine Fränkin zu tun pflegt", versprach sie.

Er stöhnte verhalten. Die Sehnsucht nach der Rothaarigen hatte ihn die ganze Zeit nicht losgelassen, und als die Frau ihn jetzt berührte, spürte er, wie das Blut in seinen Schwanz schoss. „Nicht", flüsterte er, doch da hatte sie sich schon über ihn gebeugt und die Decke über ihren Kopf gezogen. Er hörte sie gedämpft etwas murmeln, und dann spürte er, wie sich ihre Hand fest um seinen Penis schloss. Ihr Mund legte sich auf seine Schwanzspitze, die Zunge schnellte vor und leckte ihn sanft.

„Nein, nein, nein." Seine Proteste wurden jedoch immer schwächer, und dann umschlossen ihre Lippen seinen Schwanz zur Gänze. Sie begann, sich rhythmisch auf- und abzubewegen. Unter der Decke konnte er im dämmrigen Licht das Wippen ihres Kopfs beobachten. Er wollte die Hand nach ihr ausstrecken und sie von sich herunterschieben, doch bereits im nächsten Moment wurde sein Schwanz so hart, dass es für ihn nur noch einen Ausweg gab. Er suchte Erlösung, Vergessen, er suchte einen Weg, sich von seiner Obsession für die Fränkin zu befreien. Und einen kurzen Augenblick lang konnte er klar denken. Ihm fiel der Beutel mit Goldmünzen ein, den er noch am Gürtel trug. Was, wenn dieses Mädchen den Männern nicht bloß für ein paar Kupfermünzen Befriedigung verschaffte, sondern sich auch darauf verlegte, ihre Freier auszurauben? Er musste einen kühlen Kopf bewahren, durfte nicht …

Als er versuchte, sich aufzurichten, tauchte sie unter der Decke auf. Ihr Gesicht war leicht gerötet. Schweißperlen glänzten auf ihrer Oberlippe. Kurz glaubte Eirik, sie hätte das Gesicht der Fränkin. Aber der Moment verflog. Die Augen waren dunkel und unergründlich, das Haar von einem stumpfen Braun. Verglichen mit dem Frankenmädchen war sie allenfalls nicht allzu hässlich. Aber ihr Lächeln war recht nett, und ihr fehlten keine Schneidezähne. Diese Hure war für ihn die Frau, die er am meisten begehrte. Er wollte sich ganz in ihr versenken, sie ganz erfahren und spüren.

„Gefällt dir nicht, wenn ich dich verwöhne?“, fragte sie und verzog den Schmollmund. Ihre Hände wanderten zum Ausschnitt ihres Kleids, und sie begann, ihre Brüste unter dem Stoff zu kneifen und zu massieren. Deutlich konnte er ihre Nippel erkennen, die sich hart gegen den Stoff drückten.

„Es gefällt mir“, sagte er knapp.

„Möchtest du, dass ich mich für dich ausziehe?“, fragte sie.

Er nickte nur, und sie zog sich einfach das Kleid über den Kopf. Darunter trug sie nicht mal ein Unterhemd. So kniete sie vor ihm, nackt vom Scheitel ihres unordentlichen Haars bis zu den Sohlen ihrer verdreckten Füße. „Wie willst du es?“

Er lachte rau. „Ich will es schnell.“ Mit einer Bewegung richtete er sich auf, und sie knieten voreinander. Seine Hände legten sich auf ihre Hüften, als er sie umdrehte, damit sie vor ihm kauerte. Mit einer Hand schob er die Beinlinge herunter und öffnete die Bruche, während die andere nach vorne glitt und sich in ihrem Schamhaar vergrub. Er fand ihre Spalte, die nass und mehr als bereit für ihn war. Sie stöhnte lustvoll auf. Mit einem Finger glitt er in ihre Möse und begann, sie rhythmisch zu stoßen. Es schien ihr zu gefallen, denn aus ihrem Stöhnen wurden spitze Schreie. Sie fühlte sich so unglaublich eng und geil an.

Als sie begann, sich mit ihrem Hintern an ihm zu reiben, wollte er nicht länger warten. Für eine Hure war sie erstaunlich eifrig darum bemüht, ihm ihre Lust vorzutäuschen. Es war alles egal. Sie war bereit für ihn, nur das zählte.

Er schloss die Augen, als er seinen Schwanz von hinten in ihre Vagina schob und sogleich begann, sich schnell zu bewegen. Sosehr er diesen Moment ersehnt hatte, wünschte er jetzt, es wäre schnell vorbei. Sie kam ihm mit jedem Stoß entgegen.

Es dauerte nicht lange. Nach wenigen Stößen spürte er bereits seinen Höhepunkt. Eirik hätte vielleicht unter anderen Umständen versucht, den Moment höchster Lust hinauszuzögern, wenn sich nicht zugleich auch ihre Möse pochend um ihn zusammengezogen hätte. Er konnte sich nicht länger beherrschen. Der Gedanke, eine Hure könnte beim Liebesspiel einen Orgasmus erleben, steigerte seine Lust. Hart stieß er ein letztes Mal in sie und brach über ihr zusammen.

Ihre spitzen Schreie verstummten. Einen Moment war es in der Kammer still, und nur die Geräusche aus der Schankstube drangen zu ihm herauf. Dann bewegte sie sich. Er fiel neben ihr auf die Matratze und widerstand dem Impuls, sie in die Arme zu nehmen. Sie war nur eine Hure – wenn auch eine, die mit Leidenschaft bei der Sache war und ihren Lohn verdiente.

Sie kuschelte sich an ihn und zog die Decke über ihre Körper. Im nächsten Moment verrieten ihm ihre tiefen Atemzüge, dass sie eingeschlafen war.

Er lag wach, eine Hand hinter den Kopf gelegt, während die andere auf ihrer Hüfte ruhte. Die Fränkin ging ihm nicht aus dem Kopf.

Sie war verloren. Ausgerechnet Andronikos …

Er wollte nicht daran denken, was Andronikos mit seinen Sklavinnen tat …

Und eines wog besonders schwer, wenn er an das Schicksal des Frankenmädchens dachte. Er ahnte, dass dies Andronikos' Rache war.

Eirik wusste nicht, was genau Irene und ihren Bruder aneinander band und warum Andronikos keine Anstalten machte, sie zu verheiraten noch sich selbst eine Frau zu suchen. An Bewerbern mangelte es beiden nicht. Eirik ahnte zwar, dass da mehr als geschwisterliche Zuneigung war. Doch sein Eid als Waräger verbot ihm, darüber genauer nachzudenken.

Wenn er aber diesen Gedanken gestattete, Platz einzufordern, glaubte er, Andronikos zu verstehen.

Eirik hatte ihm vor zwei Jahren Irene genommen.

Eirik konnte nicht länger bleiben. Er fühlte sich schuldig. Plötzlich schien alles Sinn zu ergeben – Irene hatte ihm das Geld gegeben. Sicher hatte Andronikos irgendwie davon erfahren, vielleicht sogar von ihr. Danach kostete es Irenes Bruder vermutlich nicht viel Mühe, herauszufinden, was er mit dem Geld vorhatte. Nur aus einem Grund hatte Andronikos die Fränkin ersteigert.

Weil er Eirik hasste.

Er schlüpfte unter der Decke hervor und griff nach seinen Beinlingen. Das Hurenmädchen bewegte sich leise. Als Eirik in seinen Geldbeutel griff und einen klingenden Solido herauszog, erwachte sie und richtete sich benom men auf.

„Was tust du da?", flüsterte sie und packte seine Hand. Sie sah die Goldmünze und runzelte die Stirn. „Was soll ich damit?"

„Dein Lohn", sagte Eirik mit rauer Stimme. „Du hast ihn dir redlich verdient.

Sie schwieg. Ihr Schweigen dauerte zu lange, und mit diesem Schweigen, das den Raum ausfüllte wie dicker Rauch, erkannte Eirik plötzlich die Wahrheit.

„Du bist keine …“

Sie stand auf, die Decke um ihren Körper gewickelt. Ihre schmutzigen Finger streckten ihm die Goldmünze entgegen. „Nein“, sagte sie nur. Sie bückte sich, raffte ihr Kleid und verließ vor ihm die Kammer. Aus dem Schankraum drang das Grölen der Besoffenen herauf.

Eirik zögerte. Dann steckte er den Solido wieder ein, band seine Beinlinge zu und verließ rasch die Schenke.

Wieder hatte er einer Frau wehgetan. Wieder musste er mit der Schuld leben, weil er die Wahrheit nicht sah.

Mit dem Frankenmädchen sollte ihm das nicht passieren. Wenn es ihm gelang, sie vor Andronikos und dessen Grausamkeiten zu bewahren, wollte er sie niemals anrühren. Das hatte sie verdient.

Und er hatte nach dieser Nacht erst recht nicht verdient, in ihren Armen Erfüllung zu finden.

4. KAPITEL

Johanna hatte halb erwartet, man würde Livia und sie in den Palastbezirk bringen. Doch ihr neuer Besitzer hatte anderes mit ihnen vor. Er hatte offensichtlich vorgesorgt, denn als sie nach der Versteigerung den Sklavenmarkt verließen, wartete vor dem Tor eine Sänfte auf die beiden Frauen.

Johanna hielt sich dicht an Livias Seite, die bei jedem Schritt offenbar Schmerzen litt und daher nur langsam vorankam. Immer wieder hielt Livia an und atmete tief durch. Dabei musterten ihre hellen Augen den Mann, der sich ihnen als Andronikos vorgestellt hatte und gemächlich voranschlenderte. „Ich bin euer Freund", hatte er mit dieser samtigen, hellen Stimme verkündet und dabei gelächelt.

„Glaub ihm kein Wort", flüsterte Livia, als sie zum wiederholten Male stehen blieb. Ein Waräger stand einige Schritte hinter ihnen und wartete geduldig, bis Livia genug Kraft geschöpft hatte, um weiterzugehen. „Dieser Mann ist böse."

Johanna konnte an ihm nichts Böses finden. Er ging voran, blickte sich immer mal wieder um und schien ausgezeichneter Laune zu sein. Natürlich hatte sie Angst, was sie erwarten würde, aber warum glaubte Livia, er könnte böse sein?

„Warum?", fragte sie.

„Ich weiß es. Und du tätest gut daran, meinen Worten Glauben zu schenken. Sei auf der Hut, Feuerhexe." Das Lächeln, mit dem Livia sie bedachte, war müde. „Ich habe schon zu oft Männer wie ihn erlebt, die sich im Bett als wahre Monster entpuppten."

Ein Schauer rann über Johannas Rücken. Nicht nur, weil Livia sie Feuerhexe nannte, sondern weil Andronikos sich ausgerechnet in diesem Moment zu ihnen umdrehte und sie so intensiv musterte, als könnte er auf den Grund ihrer Seele blicken.

Er hatte sie davor bewahrt, dem Nordmann in die Hände zu fallen. Da musste sie ihm doch dankbar sein. Auch wenn sie ahnte, dass es sie viel Überwindung kosten würde, ihm ihre Dankbarkeit auf die Art zu zeigen, die er von ihr erwartete.

Das Lager mit ihm zu teilen ... Nein. Daran wollte sie jetzt noch nicht denken. Sie wollte sich damit trösten, dass sie gerettet war.

Sie erreichten die Sänfte. Acht Nubier standen um die Sänfte herum, vier von ihnen hielten Fackeln in den Händen, und jeder war groß und stark. Hätte Johanna einen Fluchtversuch erwogen, wäre ihr spätestens jetzt bewusst geworden, dass sie keine Chance hatte.

Andronikos machte eine herrische Handbewegung und befahl ihnen, in die Sänfte zu steigen. Johanna wartete, während Livia sich mit einem leisen Stöhnen in die Polster fallen ließ. Dann bückte sie sich und wollte ebenfalls in die Sänfte steigen.

„Warte." Unbemerkt war Andronikos herangetreten und berührte sie am Arm. Seine Berührung war ganz sanft. Dennoch erschrak sie. „Keine Angst. Verrätst du mir deinen Namen?"

Sie senkte nicht bloß den Blick, sondern auch den Kopf, denn sie war eine Handbreit größer als er und fühlte sich dennoch so viel kleiner. „Johanna." Ihre Stimme war nur ein Wispern, wie der Wind, der heiß durch die Gassen von Byzanz fauchte.

„Johanna. So ein schöner Name." Er zückte seinen Dolch und durchschnitt ihre Fesseln. „Ihr werdet auf meinen Landsitz vor den Toren der Stadt gebracht. In ein paar

Tagen komme ich nach. Bis dahin wünsche ich, dass du dich erholst und auf meine Ankunft vorbereitest."

Sie zitterte. Auf seine Ankunft vorbereiten … Das konnte nur eins bedeuten.

„Ja, Herr", zwang sie sich, ihm gehorsam zu antworten. Die Abscheu stieg ihr wie bittere Galle in die Kehle.

„Gut. Ich freue mich auf dich." Ein letztes, aufmunterndes Lächeln, dann drehte er sich um und ging rasch zu seinem Pferd. Ein schwarzer Hengst, der von einem Nubiersklaven gehalten wurde. Mit einem geschmeidigen Satz sprang er in den Sattel, riss das Pferd am Zügel herum und war im nächsten Augenblick in der dunklen Nacht verschwunden. Ein Waräger blieb bei ihnen, die anderen beiden bestiegen ihre Pferde und folgten Johannas neuem Herrn.

Gedankenverloren rieb Johanna ihre Handgelenke, die von den Fesseln aufgeraut und gerötet waren. Sie kannte ihr Schicksal. Nun musste sie nur noch bereit sein, es anzunehmen. Aber nein, dafür würde sie nie bereit sein.

Spät in der Nacht erreichten sie ihr Ziel. Livia und Johanna hatten sich aneinandergekuschelt, um sich zu wärmen. Kühl war die Nachtluft, doch es waren vor allem die kurzen Hemden, die sie frösteln ließen.

Ein fremder Wachmann beugte sich über sie. „Aufwachen!", bellte er.

Verschlafen regten sie sich. Trotz der Dunkelheit erahnte Johanna die Pracht der Villa, in deren Innenhof ihre Sänfte abgestellt worden war. Sie folgte dem Wachmann langsam in das Innere des Gebäudes. Zielstrebig steuerte er eine hohe Tür an, vor der zwei riesige Männer Wache standen. Sie traten beiseite und grinsten, als sie Johanna und Livia kommen sahen.

„Schau mal – neue Vöglein für den Taubenschlag", sagte der eine. Er lipselte, weil ihm die vier oberen Schneidezähne fehlten.

Der andere antwortete nicht. Hatte man ihm die Zunge herausgeschnitten und ihn damit noch grausamer verstümmelt als den anderen?

„Hereinspaziert!" Sein anzüglicher Blick schien direkt unter Johannas kurze Tunika zu schlüpfen. Die Tür wurde aufgestoßen, und die beiden Frauen betraten eine vollkommen neue Welt. Ihr neues Zuhause.

„Wenn ihr etwas braucht, lasst es Ermingard wissen", sagte der Waräger knapp. „Ihr bekommt neue Kleider und jede ein eigenes Gemach." Er zögerte. „Eure einzige Aufgabe ist, euch für den Herrn bereitzuhalten."

Ein letztes knappes Nicken, dann verließ er den Vorraum. Verblüfft blickte Johanna ihm nach. Die Tür knallte zu. Er schien geradezu erleichtert zu sein, die Frauen allein lassen zu dürfen.

„Hübsch", sagte Livia. Sie hinkte zu einem Durchgang, der zur Rechten in den nächsten Raum führte. „Wenigstens wird es uns an nichts fehlen."

Durch eine Tür zur Linken betrat nun eine ältere Frau den Vorraum. Ihre Augen huschten rastlos hin und her. „Ich bin Ermingard", sagte sie leise und neigte den Kopf. „Ich bin von nun an eure Dienerin."

„Dienerin?", echote Johanna, doch etwas anderes schoss ihr zugleich durch den Kopf. Ermingard war ein fränkischer Name. Stammte diese Frau etwa aus ihrer Heimat?

„Der Herr kümmert sich um manche seiner Sklaven besonders gut", erwiderte Ermingard müde. Das graue Haar hatte sie streng zurückgekämmt und zu einem Zopf geflochten, der über ihre Schulter nach vorne fiel. Die braunen Augen musterten Johanna prüfend. „Du bist eine Fränkin."

„Ja, ich stamme aus einem Dorf am Fluss …"

„Nein, erzähl es mir nicht", unterbrach Ermingard sie beinahe feindselig. „Ich will es gar nicht wissen." Johanna schwieg verwirrt. „Folgt mir. Ihr seid bestimmt müde und hungrig."

Tausend Fragen brannten Johanna auf der Zunge, doch machte Ermingard nicht den Eindruck, besonders auskunftsfreudig zu sein. Livias Gesicht, das schon zuvor zu einer Maske erstarrt war, wirkte inzwischen wie ein Schatten. Als versuchte sie, jedes Gefühl auszublenden und sich unsichtbar zu machen. Sogar ihr Hinken war plötzlich nicht mehr so ausgeprägt, obwohl sie bei jedem Schritt leicht zusammenzuckte, als bereitete es ihr mehr Schmerzen, so zu laufen.

Ermingard führte sie in einen großen Raum. Am Ende des Raums stand ein Tisch, auf den zwei Sklaven gerade Platten und Schüsseln mit Köstlichkeiten abstellten. Johannas Magen knurrte vernehmlich. Irrte sie sich, oder huschte ein zartes Lächeln über das Gesicht der älteren Frau? Doch sogleich hatte sie wieder ihre starre Maske aufgesetzt, hinter die niemand blicken durfte.

„Esst", sagte sie knapp. „Ich hole die Kleider und lasse euch ein Bad richten. Ihr stinkt nach Dreck und Sklavenmarkt."

Ihre Schritte verhallten auf dem Steinfußboden, begleitet vom leisen Wischen ihres bodenlangen Kleids.

Aufseufzend ließ Livia sich auf einen Hocker fallen und zog eine der Schüsseln heran. Kaltes Hühnchen, Früchte in allen nur erdenklichen Farben und Formen, weiches Brot und ein dampfender Eintopf warteten auf ihren Hunger. Johanna ließ sich zögernd neben Livia nieder.

„Was ist das hier?“, fragte sie.

„Das, Schwester, ist unser neues Gefängnis. Bisschen luxuriöser als unser altes beim guten Kallistos, aber immer noch ein Gefängnis.“ Gierig biss Livia in einen Hähnchenschenkel. Kaltes Fett troff auf ihr Kinn, doch sie machte sich nicht die Mühe, es abzuwischen.

„Gefängnis?“

„Stell dich nicht so dumm an. Hier wird es dir nichts nutzen.“ Seufzend legte sie das Hühnchen beiseite und griff nach einem aufgeschnittenen Granatapfel. Während sie die Kerne herauspulte und von den Fingern leckte, verhärteten sich ihre Gesichtszüge. „Die Nubierin hat mir letzte Nacht erzählt, du wärst stets die Stärkste von euch gewesen. Hättest ihm die Stirn geboten.“

„Ist das so?“ Livias Worte überraschten Johanna. Mit der Nubierin hatte sie nie viel zu schaffen gehabt.

„Beim Sklavenhändler wären wir besser aufgehoben. Der hier sorgt zu gut für uns. Der wird uns jemanden schicken, der unsere Glieder und Rücken mit Duftölen massiert, er wird uns in teure Stoffe hüllen, die unsere Narben verbergen, wenn er beginnt, seine Lust an uns auszuleben. Hast du die Dienerin gesehen?“

Johanna nickte bang.

„Sie hat schon viele wie uns kommen sehen. Und genauso oft sind sie wieder verschwunden. Aber“, Livia beugte sich vor, „die wenigsten gehen so, wie sie gekommen sind.“

„Das versteh ich nicht.“

Livia seufzte. „Ich kann's mir denken. Du weißt eben nichts über die Grausamkeit dieser Welt.“

Johanna wollte protestieren.

„Wie auch immer“, kam Livia ihr zuvor. „Du darfst dich nicht blenden lassen. Es scheint nur das Paradies zu sein. Vergiss das nicht!“

Es fiel Johanna schwer, den Worten Glauben zu schenken. Zumal ihr neuer Besitzer so anders gewirkt hatte. So als machte er sich wirklich Sorgen um ihr Wohlergehen.

„Das alles tut er nur, weil es ihm um das eigene Vergnügen geht", sagte Livia, als könnte sie ihre Gedanken lesen. „Ja, brauchst mich gar nicht so anzuschauen. Ich seh doch, wie du verzweifelt versuchst, dich in ihn zu verlieben, damit es dir leichter fällt, das Bett mit ihm zu teilen. Ich war früher auch so, ich habe meinen Stolz runtergeschluckt und wollte ihnen gefallen."

„Aber ich ..."

„Du bist froh, dass er dich ersteigert hat, denn er ist nicht so abstoßend wie diese fetten Hurenhausbesitzer, die dich heute Nacht erst eingeritten und anschließend auf einem Strohlager hätten schlafen lassen, das von der Pisse deiner Vorgängerin stinkt. Und natürlich, hier ist es *schön*, aber du darfst nie vergessen, dass du sein Eigentum bist. Du bist nicht frei, ihn zu lieben, Schwester. Du bist seine Sklavin und wirst es immer bleiben, wenn du nicht deinen Geist vor den Schönheiten verschließt, mit denen er dich verführen will." Sie stürzte einen Becher Wein herunter. „So sieht's nämlich aus. Du magst ihn nicht, weil er so nett ist, sondern weil er's dir bequem macht. Und dann erträgst du's, dass er Nacht für Nacht zwischen deinen Schenkeln liegt, bis du wund bist, und dir danach mit Ölen die Rosette geschmeidig reibt, um dich in den Arsch zu ficken. Du wirst ihm dankbar sein, wenn er das tut, weil du glaubst, er würde es deinetwegen tun, um deiner wunden Möse eine Pause zu gönnen, und in der nächsten Nacht wirst du dankbar sein, weil du seinen Schwanz lutschen darfst, denn das andere hat dir auch nicht gefallen. Und so wird's immer weitergehen, du wirst ihm ständig dankbar sein, dabei ist Dankbarkeit beileibe nicht das, was

Mann und Frau verbinden sollte. Leidenschaft, verstehst du überhaupt etwas davon?“ Sie schenkte sich aus einer Silberkanne Wein nach.

„Ich weiß nicht“, stotterte Johanna. Sie war bei den deutlichen Worten knallrot geworden und zitterte. Fröstelnd schlang sie die Arme um ihren Körper. Sie hatte eine ziemlich genaue Vorstellung von dem, was Mann und Frau taten, ja. Nicht zuletzt jene Abende mit Konrad hinterm Backhaus hatten sie davon kosten lassen. Aber Livias deutliche Worte machten ihr Angst.

„Er wird dich so lange nehmen, bis ihm die Lust daran vergeht. Er wird deinen Körper loben, dich für deine Schönheit preisen, aber du wirst deinen Körper hassen, weil er ihn begehrt. Du wirst beginnen, dich selbst nicht mehr zu achten. Das wird passieren. Du wirst dir wünschen, hässlich zu sein, damit er dich endlich in Ruhe lässt.“

„Hör auf!“, kreischte Johanna. Keinen Moment länger ertrug sie diese Schilderungen. Sie sprang auf.

„Setz dich wieder hin.“ Eine dunkle Stimme erklang von der Tür.

Sie fuhr herum. Im Durchgang stand eine Frau. Ihre Schönheit strahlte so hell, obwohl sie nicht im Licht der Lampen stand, die im ganzen Raum verteilt waren. Geschmeidig schritt sie auf den Tisch zu und stellte sich an das Kohlebecken, das neben dem Tisch stand und Wärme verbreitete.

Sie wandte ihnen das Profil zu und hielt ihre Hände über die glühenden Kohlen.

Johanna sank zurück auf die Bank.

„Ihr seid die neuen Mädchen?“

Sie schien keine Antwort zu erwarten, also schwieg Johanna und wartete,bis sie weitersprach.

„Ich heiße Theodora.“ Ein feines Lächeln umspielte ihre Lippen, als sie den Kopf wandte und nacheinander Livia und Johanna musterte. Der Fackelschein tanzte auf ihrem Gesicht und ließ die Haut ihrer linken Gesichtshälfte wie eine Kraterlandschaft aus Linien und Furchen flirren. Es dauerte einen Moment, bis Johanna begriff, dass es keine Illusion war, sondern entstellende Narben, die sich bis zum Ausschnitt des Kleids hinabzogen und darunter vermutlich noch fortsetzten. Sie keuchte auf.

„Na, jetzt hältst du mich wohl für ein Monster.“ Theodora wandte sich ihr zu, sodass Johanna das ganze Ausmaß der Entstellung sehen konnte. Prüfend musterte sie die beiden Frauen. „Welchen Makel habt ihr?“

„Ich ziehe mein Bein nach. Ist passiert, als ich verprügelt wurde.“

Theodora nickte, als überraschte sie das nicht.

„Und du?“

„Ich verstehe nicht …“ Nein, soweit Johanna wusste, hatte sie keinen Makel. Oder war ihr rotes Haar ein Schandfleck?

„Du hast keinen Makel? Keine Narbe? Nichts?“ Theodora war überrascht.

Kurz dachte Johanna an die Narbe, die ihren Bauch entstellte. Aber das konnte Andronikos nicht wissen, er hatte sie nicht nackt gesehen.

„Es gibt da was“, gestand sie schließlich. „Doch davon kann er nicht wissen.“

„Es wird ihn freuen, wenn er’s sieht. Aber wenn er dich nicht aus dem Grund wollte, weshalb dann?“ Sie wirkte nachdenklich. Ihre Hände zupften am Stoff des blauen Kleids herum. „Nun, wir werden es herausfinden.“

Leise war Ermingard zurückgekehrt und wartete still im Hintergrund, bis Theodora sie bemerkte.

„Ermingard wird euch jetzt eure Gemächer zeigen. Ihr bekommt neue Kleider und könnt euch ausschlafen. Morgen ist genug Zeit, um eure Fragen zu beantworten. Ihr habt bestimmt einige."

Johanna begriff, dass ihre Mahlzeit beendet war. Sie hatte die Speisen kaum angerührt, und sehnsüchtig ging ihr Blick zu den Platten und Schüsseln. Zu viele Gedanken hatten sie vom Essen abgelenkt.

Ohne etwas zu sagen, nahm Theodora aus einer Schüssel ein Stück weißes Hühnchenfleisch, an dem noch die krosse Haut klebte, und aus dem Korb eine dicke Scheibe vom Brot. Sie reichte beides Johanna. Auch ihre Hand war von Brandnarben entstellt. Johanna nahm die Gabe und wollte etwas fragen, doch stumm schüttelte Theodora den Kopf.

„Morgen", wisperte sie. „Geh jetzt."

Als sie an der Tür waren, drehte Livia sich noch einmal um. Johanna wandte den Kopf. Noch immer stand Theodora reglos am Tisch, wandte ihnen den Rücken zu und starrte ins Leere.

„Wie lange bist du schon hier? Wie viele Mädchen hast du kommen und gehen sehen?"

Schweigen. Dann, mit einer Stimme, die rau und brüchig klang, antwortete sie: „Zu lange. Zu viele."

„Kommt", sagte Ermingard. „Bald wird es schon wieder hell."

Das war vermutlich eine Hoffnung, die einen so manch dunkle Nacht durchstehen ließ, dachte Johanna, als sie der älteren Frau folgte. Diese Welt war nun ihr Zuhause. Vieles war ihr fremd, und manches ängstigte sie. Ihre Hand drückte Brot und Fleisch an die Brust, und sie spürte ihr Herz unnatürlich laut und schnell.

„Erwarte keine Liebe", sagte Theodora. Noch immer stand sie reglos. „Dann kannst du hier überleben."

Das Gemach, in das Ermingard sie führte, war überraschend groß. Ein breites Bett – ein richtiges Bett mit gedrechselten Pfosten, einem Betthimmel, der sich samtblau über der Bettstatt spannte, einer weichen Matratze, Kissen und Decken – und eine Truhe, zwei Sessel vor dem Kamin, ein kleines Tischchen. Das war die Einrichtung. Es gab einen Balkon, Fenster und Tür waren durch leichte Vorhänge verschlossen, die der Wind mit jedem Hauch leise blähte.

Auf dem Bett lagen drei Kleider ausgebreitet. Ein Waschzuber stand bereit, mit dampfend heißem Wasser gefüllt. Der Duft blumiger Essenzen erfüllte den Raum, und auf einem Hocker lagen Badetücher bereit, darauf ein Schwamm.

Ermingard hatte es eilig, ihr alles zu erklären. „Wenn du etwas brauchst, schlägst du diesen kleinen Gong." Sie nickte zum Tischchen, auf dem ein kleiner Gong stand. Ein Bronzeklöppel lag daneben. „Morgen früh hole ich dich ab. In Zukunft darfst du dein Gemach jederzeit verlassen und dich frei im Trakt bewegen, darfst jederzeit in den Garten. Halte dich zur Verfügung, falls man nach dir ruft." Sie zögerte. „Gute Nacht."

„Gute Nacht."

So gerne hätte Johanna die Ältere ausgefragt. Aber Ermingard ging, und ihr Rücken war steif und abweisend. Dann war es zu spät. Johanna war allein.

Sie sank zuerst auf einen der Sessel. Ihre Finger zupften Stückchen vom Fleisch, steckten sie in den Mund. Es war köstlich. Das beste Hühnchen, das sie je gegessen hatte. Das Brot war so weich und hell, dass es im Mund zerging. Sie kaute und schluckte mit Bedacht, während sie sich im Raum umschaute.

Dies war also ihr neues Zuhause. Hier sollte sie leben. Und warten.

Wann wohl Andronikos das erste Mal zu mir kommt?

Der Gedanke an den höflichen jungen Mann, der von nun an über ihr Leben bestimmte, ließ sie erschaudern.

Sie zog die dreckige Tunika über den Kopf und warf sie achtlos zu Boden. Dann stieg sie in den Zuber. Das Wasser war wohltuend heiß, und sie streckte sich aus. Schon spürte sie, wie sich ihre Muskeln lockerten. Die Duftöle, die dem Badewasser zugefügt waren, entspannten ihren Geist. Ihr Herzschlag verlangsamte sich. Die beständige Aufregung, die sie seit Tagen erfasst hatte, wich entspannter Ruhe. Müde schloss sie die Augen und versuchte, sich an das Gesicht des Byzantiners zu erinnern. Gab es irgendwelche Anzeichen für das Böse in ihm, das Livia und Theodora sehen wollten? Aber warum war sie bei ihm von der Hoffnung beseelt, er könnte anders sein?

Nur weil er sie vor Eirik Hallgrimsson bewahrt hatte?

Doch sein zartes Jungengesicht verschwamm und machte den kantigen Gesichtszügen Eirik Hallgrimssons Platz. Sie erschrak. Nein, das durfte nicht sein, er gehörte nicht hierher. Er sollte doch endlich aus ihrem Leben verschwinden!

Es ist allemal besser, bei diesem Byzantiner zu leben, als Sklavin eines Nordmanns zu sein, dachte sie. Verschwinde, Waräger. Du hast in diesem Leben nichts zu suchen.

Eirik kam näher. Er wirkte so traurig, verletzlich. Geschmeidig glitt er neben ihrem Zuber auf die Knie. Sie wandte den Kopf, blickte ihn fragend an. So viel Schmerz in seinen Augen …

„Warum siehst du mich so an?“, fragte sie leise. Kalte Luft ließ ihre Nippel hart werden.

„Weil ich dich verraten habe. Es ist meine Schuld, dass du nun bei ihm bist. Es tut mir leid. Ich wünschte, ich könnte es wiedergutmachen.“

„Es gibt nichts, das wiedergutgemacht werden müsste." Sie streckte die Hand nach ihm aus und strich über sein blondes Haar. Plötzlich war alles ganz einfach. Sie spürte keine Angst, und als er sich über sie beugte, umfassten seine Hände ihr Gesicht. Seine Lippen legten sich zart wie Schmetterlingsflügel auf ihren Mund, und sie seufzte vor Wollust.

Sie wusste nicht, wie es geschah, doch er hob sie aus der Wanne. Sie schlang ihre Arme um seinen Hals, küsste ihn. Jetzt war ihr Hunger erwacht, jener Hunger, vor dem sie immer Angst gehabt hatte.

Sie verstand ihre Angst, als Eirik sie nackt und nass wie sie war auf das Bett legte und sich über sie beugte. Seine Hände fuhren über ihre Haut, entfachten das Feuer in ihr, von dem sie wusste, dass es nie wieder verlöschen würde.

Aber wir dürfen nicht …

Den Gedanken konnte sie nicht zu Ende denken. Sein Blick suchte in ihren Augen nach Antworten.

„Johanna, willst du lieber bei ihm bleiben?"

Sie wollte antworten, doch als sie den Mund aufmachte, fuhr ein stechender Schmerz durch ihre Lippen. Sie versuchte es erneut. Jetzt war Eiriks Gesicht ihrem ganz nah. Und obwohl sie sich zuvor geküsst hatten, legte sich sein Finger auf ihren Mund und fuhr die Linien eines harten Fadens nach, der zwischen ihren Lippen vernäht war und ihren Mund versiegelte.

Sie wollte schreien, doch alles, was sie hervorbrachte, war ein Wimmern. Eirik zog sich zurück, stand über ihr. Überragend groß war er, während sie sich auf dem Bett wand und versuchte, ihre Lippen auseinanderzubekommen. Ihre Finger tasteten in fiebriger Hast nach dem Faden, sie spürte verkrustetes Blut und bekam keine Luft mehr, weil sie verzweifelt versuchte, durch den Mund zu atmen.

„Willst du lieber bei ihm bleiben?"

Seine hochgewachsene Gestalt wuchs und wurde übergroß, ging in die Breite und füllte ihr ganzes Gesichtsfeld aus, während Johanna verzweifelt an den Fäden zupfte, mit denen ihr Mund vernäht war.

„Antworte mir!“

Seine Stimme war ein Tosen und Brausen. Sie konnte nicht antworten, obwohl ihr Körper die Antwort wusste. Sie hatte falsch gehofft. Nicht der Byzantiner war es, der ihr Rettung brachte.

Eirik beugte sich zu ihr hinab. Seine Finger strichen tröstend über ihre Wange.

„Ersehnst du immer, was du nicht bekommst?“

Mit einem Schrei erwachte sie und zappelte mit Armen und Beinen, weil sie das Gefühl hatte, zu ertrinken.

Das Wasser im Zuber war kaum mehr lauwarm. Sie fröstelte. Der Traum klebte an ihr und nahm ihre Gedanken gefangen. Noch immer hatte sie das Gefühl, von Eirik beobachtet zu werden. Aber der Raum war leer. Im Osten wurde es bereits wieder hell.

Übermüdet und mit schmerzenden Gliedern wusch Johanna rasch ihr Haar aus und kletterte aus dem Zuber. Sie fröstelte in der kalten Nachtluft, trocknete sich ab und schlüpfte unter die Decke. Dann lag sie wach und spürte den Traumbildern nach. Ihre Hand fuhr über die Lippen. Fast erwartete sie, die Einstiche der Nadel zu spüren, mit der ihr Mund vernäht worden war. Doch da war nichts.

Stimmte es? Begehrte sie stets, was sie nicht bekam? Oder war es anders?

Hatte sie von Anfang an Eirik Hallgrimsson begehrt? Mehr noch, wollte sie ganz die Seine sein, sich allein ihm hingeben? Sie konnte diesen Gedanken nicht zu Ende denken. Es schmerzte sie zu sehr.

Sie war verloren. Denn sie würde ihn nie wiedersehen.

„Schau, da kommt unsere Unversehrte."

Theodoras Stimme klang sanft und nicht spöttisch, wie Johanna es vielleicht erwartet hatte. Johanna verharrte unter dem Torbogen und blinzelte in das gleißende Sonnenlicht.

„Möchtest du dich nicht zu uns setzen?"

Doch, das würde sie gerne tun. Aber in Johannas Kopf rangen so viele Gedanken um ihre Aufmerksamkeit, dass sie glaubte, den Verstand zu verlieren. Sie dachte an Eirik. Sie dachte an Andronikos, seine sanfte Stimme und seine weiche Hand. Es schien ihr unvorstellbar, was Theodora am Vorabend angedeutet hatte. Doch obwohl die anderen beiden Frauen in der Sonne saßen und der Wind mit ihren Kleidern aus bunten, zarten Seidenstoffen spielte, lag eine Traurigkeit zwischen ihnen, als fügten sie sich in ein schreckliches Schicksal. Als fände Theodora nur deshalb diese liebevollen Worte, weil sie Schwestern waren. Sie teilten dasselbe grausame Schicksal.

Zögernd trat Johanna ins Sonnenlicht. Die Wärme verfing sich in ihrem roten Haar, und die taubengraue Seide ihres Kleids schimmerte grünlich. Ihre Hände strichen über den Stoff; es war ihr unangenehm, nach all den Wochen in ihrem kurzen Kittel aus grobem Stoff plötzlich in ein Gewand gekleidet zu werden, das einer Adligen würdig war.

Livia blinzelte gegen die grelle Sonne und wandte sich wieder an Theodora. „Erzähl mir mehr von ihm."

„Du willst gar nicht alles wissen", erwiderte Theodora. Müdigkeit lag in ihrer Stimme und ihrer Bewegung, als sie sich eine Strähne ihres offenen Haars aus der Stirn strich.

Johanna hockte sich den anderen beiden gegenüber auf die zweite Steinbank. Es war still im Garten; nach dem Lärm des Sklavenmarkts konnte sie hier endlich durchatmen. Vorsichtig sog sie die warme, angenehm saubere Luft ein, nahm den Duft der Rosenblüten in sich auf, die an den Steinwänden emporrankten und ihre Blüten zu voller Pracht entfalteten.

„Er wird es mögen, mit dir zu spielen. Mit deiner Angst."

Ein Klappern hinter Johannas Rücken ließ sie herumfahren, ehe sie Theodora fragen konnte, was sie damit meinte. Ermingard eilte durch den Garten, drei junge Männer folgten ihr hastig und trugen kleine, gedeckte Tischchen vor sich her.

„Ich habe euch doch gesagt, ich werde euch holen." Ermingard baute sich vor ihnen auf, stemmte die geballten Fäuste in die runden Hüften und maß nacheinander Theodora, Livia und Johanna mit Blicken. Was sie sah, fand ihre Zustimmung, denn sie nickte knapp und wandte sich ab. „Unser Herr kommt heute Nachmittag aus Byzanz. Seid für ihn bereit, wenn er nach euch schicken lässt."

Sie ging. Johanna starrte ihr nach; der Rücken schien ihren Unmut auszusprechen, wie es ihre Lippen nicht vermochten.

„Ermingard ist eine gute Frau." Wieder Theodoras sanfte Stimme, die so wenig von dem verriet, was sich hinter den Narben verbarg, die ihr Gesicht in zwei Hälften zerrissen. „Sie kümmert sich auch spät in der Nacht noch um eure Blessuren."

Ein Schweigen legte sich über den Garten, und Johanna fragte sich, warum niemand aß.

„Aber er will doch lange …" Livia verstummte.

„Du meinst, er will lange seinen Spaß mit uns haben? Wenn's so einfach wäre. Mädchen wie wir sind auf dem Sklavenmarkt billig und leicht zu bekommen. Wenn ihr wüsstet, wie viele ich schon kommen und gehen sah."

Johannas Kopf ruckte hoch. „Wie meinst du das?“, fragte sie, ihren ganzen Mut raffend. „Was heißt das, dass die Mädchen verschwinden, dass sie billig zu bekommen sind?“

Livia und Theodora wechselten stumm einen Blick, als rangen sie, wer von ihnen Johanna die Wahrheit sagen sollte. In Johannas Bauch ballte sich plötzlich die Angst, und fröstelnd schlang sie die Arme um ihren Oberkörper.

Theodora nahm ein Stück vom Brot, das auf ihrem Tischchen in einer Schale lag. Weißes, weiches Brot aus fein gemahlenem Mehl, das sie mit einer gezierten Bewegung in ein Schälchen mit süßem Honig tunkte. „Was weißt du?“, fragte sie.

„Wir sind seine Sklavinnen. Er wird uns benutzen, um …“ Sie sprach nicht weiter.

„Ja, wir sollen ihm Lust bereiten, sprich's ruhig aus. Für ihn sind wir nichts außer Huren. *Seine* Huren. Er nimmt uns, wie es ihm gefällt.“

Theodora beugte sich vor. „Er weidet sich an unserem Schmerz.“

Johanna runzelte die Stirn. Sie versuchte, diese Worte mit dem Mann in Einklang zu bringen, dem sie in der Nacht begegnet war. Seine kindliche Stimme, seine weichen Hände, seine zarten Bewegungen … Und dieser Mann liebte es, Schmerzen zu bereiten?

„Und wenn du wimmernd vor ihm am Boden liegst, wenn du ihn anflehst, endlich damit aufzuhören, wenn du ihn anbettelst, dass er dich erlöst, und wenn für dich der Tod die einzige Erlösung ist, die du zu erhoffen glaubst, dann tröstet er dich, dann trägt er Salben auf deine Wunden auf, lässt einen Bader kommen, der deine Brüche richtet, er lässt Ermingard kommen, dass sie dich pflegt. Dann ist er ganz um dich besorgt und bedauert, dass er dir so wehtun musste. Aber du spürst noch seinen klebrigen Samen auf deinem Bauch und deinen nackten Brüsten, den er auf dich abgespritzt hat, als deine Schmerzen ihm größte Lust bereiteten."

„Hör auf, hör auf!" Johanna legte ihre Hände auf die Ohren. Sie spürte das Blut in ihren Adern rauschen. Wie konnte ein Mann so grausam sein? Wie konnte ihm etwas Lust bereiten, das andere so sehr schmerzte?

Sie erinnerte sich all der Schmerzen, die sie auf ihrem Weg in diesen Palast erlitten hatte. An den Verlust ihrer Familie, den Verlust ihres Bräutigams ... Nein, nicht weiter nachdenken, sie spürte bereits, wie ihr die Galle aufstieg und ihren Mund bitter überflutete, weil die Erinnerung sie zurück an den nassen, kalten Strand brachte, wo sie über dem Leichnam des Mannes kauerte, mit dem sie nie das Ehebett hatte teilen dürfen.

Livia begann nun auch zu essen und pickte einzelne Stücke Obst aus der Schale. Sie kaute, der rote Saft einer Frucht, die Johanna nicht kannte, rann ihr am Mundwinkel herab.

Sie ließ die Hände in ihren Schoß fallen und starrte Livia stumm an. Theodora hatte es nicht gesehen, und wenn sie es gesehen hatte, so kümmerte es sie nicht, dass Livia gerade aussah wie eine, die verblutete.

„Wie schlimm ist es?", fragte Livia, wischte mit dem Handrücken über ihren Mund und nahm sich auch vom Brot, griff mit der anderen Hand nach dem silbernen Kelch, in dem der Wein blutrot schimmerte.

Johanna stand auf. Sie ertrug es nicht länger. Sie glaubte, in einem Traum gefangen zu sein wie schon letzte Nacht, und ihre Finger tasteten erneut über die Lippen, ob sie vernäht waren. Damit sie nicht schrie.

„Nun, ich würde sagen: sehr schlimm. Es gelingt mir

manchmal, ihn davon abzulenken, er mag es nämlich, zwei Frauen beim Liebesspiel zuzusehen, das ist ihm manches Mal genauso lieb, und dann schnappe ich mir einfach ein Mädchen. Die letzten Wochen war ich allein. Aber er war selten hier." Nach kurzer Pause fügte Theodora hinzu: „Das wird sich vermutlich ändern, wenn er euch hergeschickt hat."

„Mir ist es lieber, es mit einer Schwester zu tun, als mir von ihm meine makellose Haut in Stücke reißen zu lassen."

„Er merkt bloß, wenn's dir nicht gefällt. Dann ist er um ein Vielfaches gnadenloser."

Johanna verstand nur die Hälfte von dem, was die beiden da redeten, aber das wenige ließ sie erröten. Ihre Finger krampften sich in den Stoff ihres Kleids. Sie wäre in diesem Moment gerne weggelaufen, hätte das Geschwätz der beiden anderen Frauen gerne hinter sich gelassen, hätte es allzu gerne vollständig ausgeblendet.

Aber Theodoras Stimme grub sich unnachgiebig in ihre Eingeweide. „Du musst es mögen, eine Frau zu küssen und sie zu berühren. Du musst darin gut sein, musst ihr Lust schenken und auch dir Lust schenken lassen. Er weiß, wann du ihn darum betrügst. Es hat schon mal ein Mädchen das Leben gekostet." Ihre Stimme, die zuvor so vogelleicht gewesen war, senkte sich zu einem Flüstern.

„Ich vermag es wohl, und du wirst es auch können, denke ich", erwiderte Livia. Ein Weinkelch klapperte auf dem Tischchen. „Aber was ist mit dir, Unversehrte?"

Johanna drehte sich nicht um. Sie wollte nicht den Spott in den Blicken lesen, nicht die Verachtung in den Bewegungen der beiden spüren.

„Hast du schon mal ein Mädchen geküsst?"

Johanna spürte eine Bewegung hinter sich. Theodora war aufgestanden und trat zu ihr; ihre Stimme war beinahe zärtlich. Sie wagte nicht, sich zu rühren, als Theodora ihr die Hand auf die Schulter legte und sie mit sanftem Nachdruck zu sich herumdrehte. „Es kann in diesem Palast überlebensnotwendig sein. Willst du leben?"

„Wie schaffst du es, zu überleben?", stellte Johanna die Gegenfrage.

Theodora zog die Hände zurück, als hätte sie sich an Johannas Haut verbrannt.

Sie hörte die Vögel zwitschern und vermeinte sogar das Wispern des Winds auf ihrer Haut zu spüren.

„Ich habe gelernt, zu leiden", flüsterte Theodora.

Johanna wusste, dass sie das nie lernen konnte. Wenn ihr Hass starb, wenn sie sich fügte, sich ergab, war das ihr Tod. Wenn sie verstummte, verlor sie. Das durfte nie geschehen.

„Da sterbe ich lieber, statt mich ihm zu ergeben." Sie fröstelte, als ahnte sie Theodoras Antwort.

„Es wird schneller gehen, als dir lieb ist. Es wird länger dauern, als du zu ertragen bereit bist."

Theodora wandte sich ab. Sie nickte Livia knapp zu, und die beiden versehrten Frauen verließen den Raum.

Die Stille brandete überlaut in Johanna. Und diese Stille flüsterte einen Namen. Eine Hoffnung, die längst verloren war.

Eirik.

5. KAPITEL

Die Stille der Nacht wog schwer.

Theodora lag wach und lauschte. Die Decke lag über ihren Körper gebreitet, keine Falte, nichts Asymmetrisches. Nichts Unordentliches außer der Kraterlandschaft ihrer linken Gesichtshälfte, die der Tür abgewandt war. Wenn er kam, sah er zuerst ihre schöne rechte Seite.

Sie wünschte so sehr, dass er kam. Darum konnte sie nicht schlafen. Und weil sie lauschte, ob sich irgendwo im Palast etwas regte. Ob sie Geräusche aus einem der anderen Gemächer hörte, in denen die Neuen untergebracht waren. Livia, das war eine, die ihm gefallen würde, davor hatte sie Angst. Sie fürchtete, er könnte Gefallen daran finden, ihr kaputtes Bein mit Küssen und Liebkosungen zu überschütten.

Vor Johanna fürchtete sie sich nicht. Sie hatte eher Angst *um* Johanna, denn mit so viel Wut war sie zwar gesegnet, Kampfgeist und Hass, aber das überdeckte kaum die Schwäche darunter. Naivität.

Das brachte ihr schnell den Tod. Theodora gab ihr kaum mehr Zeit als den kompletten nächsten Mondlauf.

Sie lag wach. Sie lauschte. Sie flehte still, dass er endlich zu ihr kam.

Er war in den späten Nachmittagstunden gekommen, sie hatte es gehört. Sein Gefolge überschwemmte die Palasträume, es wurde laut. Gelächter. Grölen. Im Saal ließ er auftischen, ließ er feiern bis spät in die Nacht. Sie saß derweil am Fenster ihres Gemachs, wagte nicht auf den Balkon zu treten, weil sie von hier oben zum Festsaal blicken konnte. Wollte das goldene Licht in den Türbögen nicht sehen und nicht die Musik von Frauenstimmen hören. Ihre Hand führte die Bürste Mal um Mal durch ihr Haar, sie zählte die Striche. Der Lärm verebbte. Sie ging zu Bett, doch ließ sie die Lichter brennen, die teuren Kerzen, die sie nur dann entzündete, wenn sie hoffte, er käme zu ihr.

Sie wartete. Schlafen konnte sie nicht.

„Steh auf."

Johanna schrak hoch. Sie wusste im ersten Moment nicht, wo sie war. Im nächsten erkannte sie Ermingard, die neben ihrem Bett stand, ein Talglicht in der Hand, das unruhig flackerte.

„Warum?"

„Stell keine Fragen." Etwas sanfter fügte sie hinzu: „Er hat nach dir geschickt."

Johanna glaubte, Mitleid in Ermingards Blick zu lesen, doch die Ältere wandte sich bereits ab und machte eine herrische Handbewegung, dass das Talglicht unruhig flackerte. „Trödel' nicht, das hasst er. Du brauchst dir nichts anzuziehen."

Johanna kletterte aus dem Bett. Sie fröstelte; der Steinfußboden war kalt unter ihren Füßen, und das Unterhemd reichte ihr nur bis an die Knie. Die Nächte waren auf dem Lande kühler, und langsam spürte man, dass die Tage kürzer wurden. Bald würde der Herbst kommen.

Ermingard schritt voran. Eilig folgte Johanna ihr. Fragen brannten in ihrem Mund, die zu stellen sie sich nicht traute, weil sie die Antworten fürchtete.

Er hat nach dir geschickt.

Das sollte Antwort genug sein.

Sie zitterte nicht bloß vor Kälte.

Ermingard führte sie in einen kleinen Raum, öffnete eine Tür, hinter der ein dunkler Gang verborgen lag. Sie drückte Johanna das Talglicht in die Hand. „Geh", sagte sie. „Du kommst an eine zweite Tür, die nicht verschlossen ist. Er will dich heute nicht sehen; halte dich nur hinter der Tür verborgen und sieh zu."

„Zusehen?"

Verwirrt griff Johanna nach dem Talglicht. Es war überraschend heiß, und ihr Zittern verstärkte sich.

„Er will, dass du lernst. Und nun geh endlich." Ermingard verschränkte die Arme unter ihrem wogenden Busen. Zögernd machte Johanna einen Schritt in den dunklen Gang hinein. Gemauerte Steinwände links und rechts. Sie konnte kaum fünf Schritte weit sehen. Der Gang war niedrig; als sie die Hand mit dem Talglicht hob, stieß sie an die Decke. Das Licht flackerte und verlosch.

Sie unterdrückte einen Fluch. Was tat sie hier überhaupt? Wer zwang sie, bis ans Ende des Gangs zu gehen?

Andererseits hatte sie in den Monaten ihrer Gefangenschaft eines gelernt: wie überlebenswichtig es sein konnte, seinen Feind zu kennen und zu wissen, welche Schwachstellen er hatte.

Sie tastete sich vorwärts.

Nach einer gefühlten Ewigkeit spürte sie etwas vor sich. Ihre Hand berührte Holz. Die Tür. Sie fuhr über die polierte Oberfläche und fand den Riegel. Er ließ sich mühelos zurückschieben.

Sie blinzelte, als sie die Tür einen Spalt aufschob. Der Raum dahinter war hell erleuchtet.

Ein Bett, zwei Sessel, ein Tischchen, eine Truhe. Dieser Raum war genauso eingerichtet wie ihrer, und als sie zum Bett blickte, erkannte sie, dass es sich um Theodoras Gemach handelte.

Theodora lag im Bett. Der Raum war hell erleuchtet, dicke Kerzen flackerten leise im Luftzug und tauchten das Gemach in goldenes Licht. Johanna atmete tief durch. Sie wünschte in diesem Moment, sie müsste nicht hinter der Tür warten, wie Ermingard es ihr befohlen hatte. Sie wünschte, es wäre ihr gestattet, den Raum zu betreten und Theodora all die Fragen zu stellen, die sie bewegten.

Aber sie war zum Zuschauen verdammt. Was auch immer geschah, sie sollte nur dabei zusehen.

Das leise Knarren der Tür. Wenn man es nicht wusste, hörte man es gar nicht, weil die Scharniere regelmäßig geölt wurden. Er kam so gerne nachts zu ihr, wenn er sie schlafend glaubte, unbemerkt. Sie hatte bald gelernt, auf das leiseste Geräusch zu achten.

Die Tür hatte sich geöffnet, aber ansonsten blieb alles still. Sie spürte die Anwesenheit einer Person hinter der Tür, aber sie wusste zugleich, dass er es nicht war.

Nein. Er würde heute durch die andere Tür kommen.

Freude flutete ihren Körper. In ihrem Bein zuckte etwas, sie hätte sich gerne aufgerichtet und ihn mit einem freudigen Lächeln begrüßt.

So was mochte er nicht. Er mochte es, wenn sie sich schlafend stellte und er sie im Schlaf überraschen durfte. Er würde es nicht mögen, dass sie bereits die Kerzen entzündet hatte.

Sie wappnete sich für den Schmerz seiner Bestrafung, weil sie ungehorsam gewesen war.

Sie freute sich darauf.

Mit geschlossenen Augen wartete sie, zählte ihre Atemzüge und lauschte. Sie glaubte, ihn kommen zu hören, doch als er plötzlich seine Hand auf ihre legte, war es ein Schock.

„Beweg dich nicht“, murmelte er.

Ihre Muskeln spannten sich an.

„Ich will nicht, dass du dich bewegst!“ Seine Hand fuhr hoch, sauste nieder und verpasste ihr einen Schlag auf die Hand. Theodora zuckte. Sie biss die Zähne zusammen.

Der Schmerz war heftiger als erwartet, und sie spürte ein leises Ziehen in ihrem Unterleib. Oh ja, sie hatte ihn erwartet. Sie hatte sich auf ihn gefreut.

Und jetzt gab er ihr endlich, wonach sie sich seit Monaten sehnte.

„Sieh mich an, Theodora."

Seine Stimme klang so süß, so zärtlich. Niemand könnte meinen, dass er so sein konnte.

Theodora öffnete die Augen. Sie drehte den Kopf, ganz leicht nur, um ihn anzusehen.

Ihr Herz schlug bis zum Hals. Sie war so froh, ihn zu sehen. Sie war so froh, dass er endlich wieder da war und ihr seine Zeit widmete. So froh, ihm zu Willen zu sein.

Sie wusste nicht, wann es angefangen hatte. War es der Moment, als er sie in dieses Gemach führte und ihr mit seiner leisen, wohlmodulierten Stimme erklärte, was er in den kommenden Wochen und Monaten von ihr erwartete? War es der Tag, an dem er ihre linke Gesichtshälfte mit kochend heißem Öl übergoss – das gar nicht so heiß aussah, aber sie spürte die Hitze manchmal heute noch in ihren Narben –, heißes Öl, das ihr Gesicht, ihren Arm und sogar ihre linke Brust verbrannte? Die Tage des Fiebers, in denen er sie pflegte und ihr immer wieder ins Ohr flüsterte, wie tapfer sie war und wie sehr er Gefallen fand an ihren Schmerzensschreien?

Die Schmerzen waren mörderisch gewesen, ihr Bewusstsein in einen blutroten Nebel getaucht. Ärzte scharten sich damals um ihr Bett, berieten sich leise, und so mancher schüttelte bedauernd den Kopf, ehe sie Andronikos erklärten, seine Dienerin werde es wohl nicht überleben, zu schade, und was er doch für ein guter Mensch sei, dass ihn das Schicksal eines ungeschickten Mädchens berührte, das sich beim Befüllen der Öllampen verletzt hatte.

Nein, Theodora glaubte, es war schon in dem Moment passiert, als er sie auf dem Sklavenmarkt das erste Mal ansah. Schon damals hatte sie gewusst, dass sie in ihm ihren Meister gefunden hatte.

Er lehrte sie, Schmerz zu ertragen. Schmerz zu lieben. Er weckte die dunkle Seite in ihr. Und nachdem sie geheilt war und nur das helle Narbengewebe noch daran erinnerte, was er getan hatte, kam er immer häufiger zu ihr, kuschelte sich an sie und berührte ehrfürchtig das Narbengewebe. „Mein Meisterstück", flüsterte er. Und sie liebte ihn dafür, dass er sie so leben ließ. Dass er sie immer wieder besuchte und herumkommandierte, bis sie schluchzend vor ihm kniete und jede seiner Berührungen genügte, sie zum Orgasmus zu bringen.

Er hatte seit jenem Tag nie wieder versucht, sie zu töten.

„Du bist wunderschön", flüsterte er und kroch zu ihr aufs Bett. „So schön …"

Sie hätte gerne die Arme nach ihm ausgestreckt, ihn umarmt und sein Gesicht auf ihre Brust gebettet. Manchmal gestattete er sich diese Schwäche. Selten, ganz selten nur weinte er bei ihr. Das waren Dinge, über die zu sprechen sie später nie wagte, weil sie wusste, dass diese Seite an ihm zu privat war. Wenn man nicht darüber sprach, gab es das nicht.

Darum sprachen sie auch nie über die Dinge, die er ihr in diesen schwachen Momenten anvertraute. Dass er seine Schwester nicht nur begehrte, sondern auch liebte wie keinen anderen Menschen auf dieser Welt. Er wusste, ja, er musste wissen, wie sehr er ihr damit wehtat. Aber sie nahm diesen Schmerz dankbar an wie jeden anderen Schmerz, den er ihr zufügte. Weil sie nur dann glaubte, ihm und seinen Wünschen gerecht zu werden.

Er schmiegte sich an sie, rollte sie auf die Seite. Ihre linke

Gesichtshälfte drückte sich in das Kissen. Sie schluchzte. Es tat weh, wenn irgendwas die Narben berührte.

„So wunderschön. Tut es sehr weh, meine Hübsche?"

Seine Hände warfen die Decke von ihrem Körper, schoben sich unter ihr Nachthemd und berührten ihr unversehrtes Fleisch. „Eigentlich müsste ich dich ja strafen, weil du die Kerzen angezündet hast", murmelte er.

Zischend zog sie die Luft ein. Seine Hände straften seine leisen Worte Lügen. Brutal griff er nach ihr. Seine Finger gruben sich in ihre Haut. Er ließ ihr keine Zeit, sich an den Schmerz zu gewöhnen. Unnachgiebig packte er sie, seine Hand drängte sich zwischen ihre Schenkel.

„Aber heute kann ich dich für diesen Ungehorsam nicht strafen. Weil wir Publikum haben."

Also hatte sie sich nicht getäuscht, als sie ein Geräusch von der geheimen Tür hörte. Sie blinzelte und versuchte, in den Schatten hinter der halb offenen Tür jemanden auszumachen.

In diesem Moment schob er zwei Finger in sie. Er grunzte enttäuscht, weil sie nass war. Seine Hand klatschte auf ihren Po. „Hure", murmelte er. „Dreckige Hure."

Sie stöhnte lustvoll auf.

Es war egal, warum genau das mit ihrem Körper passierte, wenn er sie erniedrigte, wenn er sie quälte und als das behandelte, was sie tatsächlich war – seine Sklavin. Sie hätte sich dieses Schicksal ebenso wenig ausgesucht wie den Genuss am Schmerz, aber da unter diesem Dach ihre geheimsten sexuellen Wünsche erfüllt wurden, lebte sie dieses Leben, als wäre ihr ein zweites geschenkt worden.

„Ich tu's nie wieder", versicherte sie ihm mit schwacher Stimme.

„Das glaube ich nicht." Seine Finger fuhren durch die Spalte zwischen ihren Pobacken, der Zeigefinger drückte sich gegen ihren Anus. Er wusste, dass sie das nicht mochte. Und doch mochte, weil er ihr damit seinen Willen aufzwang.

Als sein Finger in ihren Anus eindrang, stöhnte sie gleichermaßen vor Lust und weil es ihr wehtat.

Die Lust entsprang dem Schmerz. Der Schmerz entsprang seinen Händen.

Ja, die Lust fand sie nur bei ihm. Sie hoffte, er ließ sie noch lange leben.

Atemlos beobachtete Johanna, was sich vor ihren Augen abspielte.

Sie hatte nicht lange warten müssen, bis Andronikos den Raum betrat und sich zu Theodora gesellte. Es war merkwürdig, aber je länger sie die beiden beobachtete, umso mehr beschlich sie das Gefühl, dass zwischen beiden mehr war als bloß das Verhältnis von Herr und Sklavin.

Theodora stöhnte.

Johanna lauschte angestrengt, doch die geflüsterten Worte drangen kaum bis zu ihr. Andronikos lag hinter Theodora, hatte sich an sie gekuschelt wie ein Liebhaber an seine Liebste. Seine Hand bewegte sich rhythmisch hinter ihrem Rücken. Steckte er ihr etwa den Finger in ihre pochende Möse? Oder ...

Johanna wurde rot. Nein, das konnte nicht sein. Das konnte doch auch keinen Spaß machen, oder? Doch Theodora schien es zu gefallen, denn sie stöhnte, hielt die Augen geschlossen, als wollte sie sich ganz diesen Empfindungen hingeben.

Andronikos stand mit einer geschmeidigen Bewegung auf. Er ging zur Wand, wo in einer Wandhalterung statt der Öllampen dicke, große Kerzen brannten. Kerzen, die nicht so viel Ruß produzierten. Teure Wachskerzen.

Er nahm eine der Kerzen behutsam. Sagte leise etwas zu Theodora, die sich daraufhin gehorsam auf den Rücken drehte und ihn erwartungsvoll anblickte. Die Schatten tanzten über ihre zerfurchte Wange. Jetzt erst konnte Johanna das ganze Ausmaß der Verbrennungen sehen. Bis zur Hüfte zogen sich einzelne Narbenstränge wie zarte Linien. Wie die Linien von Wachs, das ausgegossen wurde …

Andronikos trat ans Bett. Er beugte sich über Theodora. Die Kerze in seiner Hand neigte sich, seine freie Hand streichelte die Wange seiner Sklavin.

Johanna vergaß zu atmen. Unendlich langsam neigte sich die Kerze, ehe ein erster Tropfen heißes Wachs auf Theodoras Bauch tropfte.

Sie stöhnte. Wand sich verführerisch unter dieser schmerzhaften Behandlung. Schien ihn mit wiegenden Hüften aufzufordern, weiterzumachen. Sie lächelte sogar, ein verführerisches Lächeln, das so ohne Falschheit war, dass Johanna kurz glauben wollte, dass sie tatsächlich Lust empfand.

Aber nein, das konnte nicht sein.

Wer kann schon Lust empfinden, wenn ihm Schmerzen zugefügt werden?

„Gefällt dir das?"

Diesmal hatte Andronikos laut gesprochen. Theodora nickte.

„Möchtest du, dass ich weitermache?"

„Ja", sagte Theodora. „Bitte, ich will mehr davon."

Er tat ihr den Gefallen. Tropfen für Tropfen rann das heiße Wachs auf ihren Körper, benetzte ihre makellose Haut. Zischend atmete Theodora ein, als der heiße Strom über ihren Bauch rann und langsam erstarrte. Sie regte sich nicht.

„Du bist wunderschön", flüsterte er und beugte sich

über sie. Die Kerze flackerte, ehe er die Flamme auf ihren Bauch drückte. Qualm stieg auf, ein letzter Schwall Wachs ergoss sich hell und heiß auf sie. Theodora stöhnte, ihre Hüften wiegten sich. Sie kam ihm entgegen, als sehnte sie sich danach, ihn zu spüren und zu schmecken.

Johanna konnte den Blick nicht von den beiden wenden.

Theodora liebte den Schmerz. Und Andronikos gab ihr, was sie begehrte, schenkte ihr Schmerzen, die Theodora genoß. Die sie erregten. Ein Gedanke, der Johanna bisher nie gekommen wäre. Konnte man Schmerzen genießen, wie es die Sklavin gerade tat? Sie unterwarf sich Andronikos völlig.

War es das, was er auch von ihr verlangte?

Sollte sie deswegen zusehen?

Theodora schien zu gefallen, was er mit ihr machte. Mit geschlossenen Augen und einem glückseligen Ausdruck auf ihrem Gesicht lag sie nackt vor ihrem Herrn, ihrem Meister, ihrem Peiniger. Ihre Hände hoben sich ihm entgegen, umfassten sein Gesicht, zogen ihn zu sich herab, damit sie sich küssten. Andronikos kniete neben Theodora, umfasste ihr Gesicht mit den Händen. Gierig erwiderte er den Kuss, wurde wilder und ungezügelter. Seine Hände rissen an ihrem Haar, sie schrie auf. Er streichelte ihre Narben, sie zuckte unter seiner Berührung zusammen. Doch die ganze Zeit lag auf ihrem Gesicht ein Ausdruck purer Glückseligkeit, als könnte sie es kaum erwarten, noch mehr zu leiden.

Als hätte sie noch nicht genug gelitten.

Jetzt sprach wieder Andronikos. Er kniete zwischen Theodoras geöffneten Schenkeln, und seine Finger glitten durch ihr Schamhaar, das im Kerzenschimmer fast schwarz wirkte. „Du bist ungezogen, mein Herz“, sagte er, und ein maliziöses Lächeln umspielte seine Lippen. „So nass. Warum bist du schon so nass, meine Schöne?"

Theodora wandte den Kopf ab. Sie antwortete nicht.

„Hast du etwa gehofft, ich komme zu dir? Hast du dich auf mich gefreut?"

Sachte nur nickte sie.

„Aber du hast doch nicht etwas Verbotenes getan, oder? Theodora?" Seine sanfte, fast kindliche Stimme nahm einen gefährlichen Unterton an. „Hast du dich selbst berührt, seit ich fort bin? Hast du in den letzten drei Monaten deinem Körper Lust verschafft? Entgegen meinen Befehlen?"

Theodora schüttelte entschieden den Kopf. Doch sie wich Andronikos' Blick aus. Das schien ihm Antwort genug. Er versetzte ihr eine schallende Ohrfeige auf ihre gesunde Gesichtshälfte. „Hure. Dreckige Hure!", beschimpfte er sie erneut, und diesmal schluchzte Theodora verzweifelt auf. „Machst die Beine für jede meiner Palastwachen breit, sobald ich dir den Rücken kehre? Miststück. Ich sollte dich sterben lassen, das hätte ich schon vor Jahren tun sollen, als du Missgeburt dich ans Leben geklammert hast, als wäre es irgendwas wert. Habe ich dir je einen Grund gegeben, mir untreu zu werden? Antworte mir!"

Theodora schluchzte auf. Johanna ballte die Hände zu Fäusten. Alles in ihr drängte sie, aufzuspringen und dazwischenzugehen. Doch die Angst klumpte sich in ihrem Bauch zusammen. Sie fürchtete, er könnte seinen Zorn danach gegen sie richten, und sie wusste, dass es ihr nicht gefallen würde, mit heißem Wachs übergossen oder geschlagen zu werden. Ihr würde es nicht gefallen, von ihm gedemütigt zu werden. Theodora aber, die wimmerte und die Hände vors Gesicht schlug, schluchzte und lachte zugleich.

Als wäre sie dem Wahnsinn anheimgefallen.

Oder als gefiele ihr, was Andronikos mit ihr tat.

Er stand auf. Betrachtete seine Gespielin und lächelte. Oh, es war dieses zärtliche Lächeln, beinahe jungenhaft und unschuldig. Er hatte auch Johanna damit im ersten Moment täuschen können, aber jetzt verstand sie dieses Lächeln. Es war böse. Es war von dem Vergnügen durchdrungen, das ihm dieses Liebesspiel in all seinen Facetten bereitete.

„Ich glaube, ich muss dich jetzt allein lassen, meine Schöne. Du warst ungehorsam. Ich wüsste nicht, wie du das wiedergutmachen kannst."

Er wandte sich ab. Kurz streifte sein Blick die halb offene Tür, hinter der sich Johanna ängstlich an den Türrahmen schmiegte. Was, wenn er zu ihr kam? Wenn er sie hinter der Tür hervorzerrte und sich mit ihr vergnügte, während Theodora zusah? Wenn er ihr die Schmerzen zufügte, die zu ertragen sie nicht bereit wäre?

„Bitte, Herr!" Theodora kniete vor ihm, klammerte sich an seinen Körper und ließ ihre Hände hektisch unter seine feine Tunika gleiten. „Bitte, verlass mich nicht. Ich werde dir zu Willen sein, wie es dir gefällt. Ich habe keinen deiner Waräger auch nur eines Blicks gewürdigt. All die Wochen und Monate habe ich nur in meinem Gemach gesessen und gehofft, du kommst bald zu mir zurück. Ich habe mich gefreut, von dir berührt zu werden. Ich habe mich danach gesehnt, von dir gezüchtigt zu werden, wenn ich ungehorsam bin. Aber bitte, lass mich nicht allein. Tu mir nicht das Schlimmste an!"

Andronikos zog Theodora in seine Arme. Sie schluchzte unkontrolliert, barg ihr Gesicht an seiner Schulter, während ihre Hände an seinen Beinkleidern nestelten.

„Aber nicht doch, meine Schöne", flüsterte er und strich das Haar aus ihrem Gesicht. „Nicht doch. Ich glaube dir."

„Ich will dir gefallen", seufzte sie und zog ihn wieder zu

sich aufs Bett. Andronikos entledigte sich rasch seiner Beinkleider und der Tunika. Staunend beobachtete Johanna ihn. Sie hatte schon Männer nackt gesehen, aber nie in diesem Zustand der Erregung. Kurz flackerte eine Erinnerung an Konrad auf, wie er sie einst an die Wand des Stalls drückte und sie durch den Stoff sein hartes Geschlecht gespürt hatte. Auch Andronikos' Geschlecht war hart und ragte hervor; sie fragte sich wie schon damals, wie es einer Frau gelingen sollte, einen so großen Schwanz in sich aufzunehmen.

Er stieg aufs Bett, kniete vor Theodora, die wieder auf dem Rücken lag. Doch statt sich zwischen ihre Schenkel zu legen, schob er sich weiter nach oben. Seine Hände umfassten Theodoras Kopf, und er zwang sie, die purpurne Spitze seines Glieds in den Mund zu nehmen. Und mehr. Sein Penis verschwand in ihrem Mund fast zur Gänze. Theodora blickte zu ihm auf. Er begann, sich in ihrem Mund zu bewegen, und sie schloss die Augen. Wieder verriet ihr Körper, wie sehr sie das genoss, was er mit ihr machte. Wie sehr ihr gefiel, dass er das Kommando übernahm und ihr seine Wünsche aufzwang.

Zwischendurch strich seine Hand über die Narben. Er war so zärtlich, dass Johanna kaum glauben konnte, den Mann vor sich zu haben, von dem man sagte, er brächte seine Lustsklavinnen um, wenn es ihm gefiel.

Andronikos zog seinen Schwanz aus Theodoras Mund. Er glänzte feucht, die Spitze purpurrot. Seine Hand umschloss den Schwanz, bewegte sich auf und ab. Er schob sich tiefer, jetzt kniete er zwischen ihren geöffneten Schenkeln. Ihre Hand hob sich, strich über seine glatte Brust. Er verharrte an ihrem Eingang, schien nachzudenken, ob er ihr wirklich diese Ehre zuteilwerden ließe.

Mit einer Hand stützte er sich neben ihrer Schulter ab, mit der anderen schob er sich in sie. Theodora öffnete die

Beine noch weiter, ihre Hände fuhren über seinen Rücken hinab zu seinem Hintern, krallten sich in seine Pobacken und zogen ihn noch tiefer in ihre Enge. Sie stöhnte, warf den Kopf in den Nacken und gab sich ganz den Empfindungen hin, die sie überfluteten.

Johanna konnte es ihr nachempfinden. Sie spürte beim Anblick der Liebenden ein leises Pochen in ihrem Schoß. Ein Zittern, das ihren Körper erfasste. Ihr Geist aber wehrte sich dagegen, dass sie diese Vereinigung erregte.

Er nimmt sie zwar nicht gegen ihren Willen, doch musste er sie erst seinem Willen gefügig machen! Das will ich nie mit mir machen lassen!

Andronikos begann sich zu bewegen. Seine Bewegungen waren fließend, seine Hände fuhren zärtlich über Theodoras Körper. Seine Hand umfasste ihre linke Brust, und die Frau stöhnte auf, gleichermaßen von Lust und Schmerz gepeinigt, denn über ihre Brust zog sich auch das Narbengewebe. Doch ihr Nippel war hart und dunkel, und er beugte sich darüber, leckte erst ihre Narbe, dann lutschte er an dem Nippel. Theodoras Stöhnen vermischte sich mit dem Geräusch zweier schweissnasser Körper, die im steten Rhythmus aufeinanderprallten.

Johanna ballte die Hand zur Faust. Der Anblick erregte sie so sehr, dass sie wünschte, ihrem Körper auch diese Lust schenken zu dürfen. Sie wusste ja, wie es ging. Es genügte, den Finger in ihre Nässe eintauchen und über ihre Klit kreisen zu lassen. Aber unter keinen Umständen wollte sie zulassen, dass sie dieses Liebesspiel erregte. Er war ihr Herr, ihr Besitzer. Sie war seine Sklavin. Auch wenn Theodora offensichtlich viel Vergnügen an seinen Liebkosungen hatte, war sie ganz in seiner Hand.

Wie konnte sie diesen Zustand genießen? Wie konnte sie sich ihm so hingeben?

Das leise Stöhnen der Sklavin vermischte sich mit den geflüsterten Worten ihres Herrn, atemlos hervorgestoßen. Mit jeder Bewegung, mit jedem Vorstoß flüsterte er ihr Dinge ins Ohr, die Johanna nur zu genau hörte.

„Das willst du, nicht wahr? Danach hast du dich seit Monaten gesehnt. Ich weiß, wie enttäuscht du warst, als ich heute Abend nicht zu dir kam. Ich weiß, wie sehr es dich enttäuscht hat, dass ich zwei neue Sklavinnen gekauft habe. Gefallen dir die beiden? Wirst du sie in das Liebesspiel einweisen wie die anderen, weil sie alle Angst vor mir haben und glauben, ich verschone sie, wenn sie's hübsch mit dir treiben?

Erinnerst du dich an die Letzte? Die mit der fehlenden Hand? Die Diebin, die nicht gezögert hätte, dich zu töten, wenn sie sich dadurch einen Vorteil erhofft hätte? Oder die Zwergin, weißt du noch, wie die geschmeckt hat? War sie nicht ein Festmahl für uns? Zu schade, dass sie nichts aushielt, sie war eine ausgesprochen hässliche Kreatur."

Er hielt inne. Schweiß tropfte von seiner Stirn auf ihre Brüste. Das erstarrte Wachs bröckelte zwischen ihren Leibern, rieb ihre Haut rot und platzte stückchenweise ab. „Aber du bist mein Meisterwerk." Wieder fuhren seine Fingerspitzen über die Narben. Johanna meinte, ein Zittern seiner Hand zu bemerken. „Darum will ich dich immer ansehen, wenn wir es tun. Darum will ich immer sehen, wie sich dein Gesicht im Moment höchster Lust verzerrt." Er beugte sich vor. „Nie bist du schöner für mich. Komm, Theodora. Zeig mir deine Lust!"

Johannas Hand presste sich zwischen ihre Schenkel. Sie kämpfte gegen den Drang, ihre Finger zu bewegen, sie an ihr heißes und pulsierendes Geschlecht zu drücken. Andronikos' Bewegungen wurden schneller. Abgehackt. Theodora schrie auf, als seine Hand sich in ihre linke Brust krallte. Er holte aus, schlug sie ins Gesicht, sie schrie noch lauter, aber in ihre Schreie mischte sich erleichtertes Schluchzen, ein leises „ja, ja, ja", das kaum missverstanden werden konnte.

Theodora erreichte ihren Höhepunkt. Ihre Hände fuhren suchend über den Rücken ihres Herrn, hielten sich an ihm fest, während er ebenfalls aufstöhnte, sich über sie beugte und im Moment höchster Lust seinen Mund auf ihren vernarbten Hals legte. Er seufzte an ihrem Hals, bewegte sich ein letztes Mal in ihr und sank dann neben ihr auf die Matratze.

Sogleich wandte Theodora sich ihm zu und wollte sich an ihn schmiegen, doch mit einer herrischen Handbewegung verscheuchte er sie.

„Hol mir Wein", befahl er stattdessen.

Sie verzog keine Miene, sondern stand auf und ging zum Tischchen, auf dem ein Tablett mit Weinkrug und silbernen Pokalen stand. Sie goss ihm Wein ein und kam mit wiegenden Hüften zu ihm zurück. Mit einer geschmeidigen Bewegung sank sie neben ihm aufs Bett und reichte ihm den Pokal.

Er bedankte sich nicht einmal, sondern trank den Wein bis zur Neige. Achtlos warf er den Pokal beiseite, der über den Steinfußboden schepperte und nur wenige Handspanne von Johanna entfernt landete. Sie zuckte zusammen. Das Geräusch gellte in ihren Ohren.

Zufrieden legte Andronikos einen Arm hinter den Kopf. Mit der freien Hand winkte er Theodora heran, die sich neben ihn legte, ohne ihn zu berühren. Sein Blick ruhte auf ihrem Gesicht. Er konnte sich an ihren Narben offensichtlich nicht sattsehen.

„Mit einem der neuen Mädchen habe ich ein Problem", gab er freimütig zu. „Sie ist unversehrt."

„Ich habe mich schon gefragt, was du mit ihr willst, Herr."

Er lachte. „Sie ist so perfekt. Schrecklich, nicht wahr? Noch dazu dieses Feuerhaar ... Was meinst du, was soll ich mit ihr machen?"

„Ich bin sicher, du wirst das Richtige tun", murmelte Theodora. Ihr Blick ging zu der Geheimtür, hinter der Johanna hockte und atemlos lauschte.

Das macht er mit Absicht. Erst zeigt er mir, was er mit mir tun wird. Und dann denkt er sich besonders grausame Methoden aus, mir wehzutun.

Ihr wurde schlecht. Sie wollte nicht zuhören, doch ruhten ihre Hände noch immer in ihrem Schoß und spürten das erregte Pochen, statt sich auf die Ohren zu legen und seine Worte auszublenden. Sie musste wissen, was er sagte. Sie musste ihren Feind kennen, musste vorbereitet sein auf das, was er ihr antun würde.

„Ich habe sie eigentlich nur gekauft, weil ich dem Liebhaber meiner Schwester eins auswischen wollte. Er hat sich von meiner Schwester fünfzig Solidos geliehen, um diese Sklavin zu kaufen, kannst du dir das vorstellen? Es war höchste Zeit, ihn in seine Schranken zu weisen. Darum habe ich sie gekauft." Er grinste selbstzufrieden. „Du hättest das Gesicht dieses verdammten Warägers sehen sollen, als ich den Zuschlag bekam. Man könnte meinen, er sei in sie verliebt, wie ein kleiner Junge."

Theodora lächelte. „Aber die andere hat einen hübschen Makel." Ihr schien es nicht zu behagen, über Johanna zu reden, und in gewissem Sinne fühlte Johanna Dankbarkeit für diesen Versuch, Andronikos abzulenken. Seine Worte schmerzten sie, mehr noch: Sie spürte, wie sich tief in ihr etwas schmerzlich zusammenzog.

Also hat Eirik tatsächlich um mich geboten, weil er mich retten wollte?

Eine Vorstellung, ein Traum. An den zu klammern sie sich nicht erlaubte.

„... wird ihren Zweck erfüllen, solange sie lebt. So ein lahmes Bein ist kaum was Besonderes. Aber was mache ich mit der rothaarigen Hexe? Überhaupt, rote Haare. Teufelswerk! Ich hätte nicht übel Lust, es ihr vom Kopf zu brennen, Strähne für Strähne. Bis sie eine Glatze hat, die nur aus roten schwärenden Brandwunden besteht. Ahhh ..."

Johanna würgte. Sie glaubte bereits, den widerlichen Horngeruch brennender Haare zu riechen. Früher war ihr mal ein Missgeschick passiert; eine Strähne ihres Haars hatte sich aus dem Zopf gelöst, und als sie sich zu tief über das Herdfeuer beugte, hatten die Haare zischend und kokelnd Feuer gefangen. Ihre Mutter kreischte, kippte einen Eimer eiskaltes Wasser über sie, doch der schreckliche Geruch hing ihr danach noch stundenlang in der Nase. Auch jetzt vermeinte sie zu spüren, wie das Feuer an ihren Strähnen zog und zerrte ...

Theodora schien die Vorstellung nicht zu gefallen. „Sie wird sterben."

„Und? Sie ist nur eine Sklavin."

„Du hast über fünfzig Solidos für sie ausgegeben."

Andronikos lachte. „Glaub mir, das Geld ist mir egal. Oder bist du eifersüchtig, weil ich dich für wenige Silbermünzen aus dem Hafenbordell gerettet habe? Hätte ich für dich auch einen Beutel Gold in die Hand deines Besitzers legen müssen? Wärst du dann glücklicher?"

Theodora schwieg.

„Du könntest ihr die Haut in Fetzen schlagen."

„Ah", machte Andronikos, statt auf ihren Vorschlag einzugehen. „Du hast Angst."

Sie leugnete nicht.

Andronikos sprach weiter. „Du fürchtest, sie könnte so

zäh sein wie du. Eine, die sich ans Leben klammert, auch wenn's kaum mehr lebenswert ist mit zerschundener Haut. Auch wenn sie weiß, dass dieser Palast das Letzte ist, was sie sieht. Ja, das kann ich verstehen. Du fürchtest, sie gefällt mir schließlich besser als du. Angst hast du, nicht wahr?" Er neigte sich zu ihr herüber. „Du bist mein Meisterwerk. Glaubst du, sie könnte je so schön sein wie du?"

Theodora schüttelte den Kopf.

„Glaubst du, sie könnte jemals so sehr den Schmerz genießen, den du von meiner Hand allzu willig empfängst?"

Wieder Kopfschütteln.

Johanna hielt es nicht länger auf ihrem Beobachtungsposten. Sie erhob sich leise. Ohne die Tür zu schließen, wich sie Schritt um Schritt in die Dunkelheit zurück.

Das Letzte, was sie hörte, war Andronikos' Stimme: „Sie ist das Liebchen dieses Warägers, der meine Schwester entehrt hat. Sie wird dafür büßen."

Danach fuhr sie herum und floh. Schluchzend stolperte sie durch den finsteren Gang, taumelte und knallte mit der Schulter gegen die Wand. Sie sank auf die Knie, wollte sich in der vollkommenen Finsternis der Angst und dem Schmerz ergeben.

Doch es gab etwas, woran sie sich festhalten konnte.

Eirik.

„Man könnte meinen, er sei in sie verliebt."

Er hatte sie retten wollen.

Zu spät, zu spät.

Allzu spät hatte sie begriffen, dass sie diesen Nordmann nicht hassen konnte. Weil ihr Herz bereits für ihn entbrannt war, vom ersten Augenblick.

Sie liebte Eirik Hallgrimsson.

6. KAPITEL

„Aufgewacht!“

Es war Ermingards Stimme. Ihre Hand rührte an Johannas Schulter, in der ein Schmerz wütete, den sie sich erst nicht erklären konnte. Sie fuhr hoch, biss die Zähne zusammen und blinzelte.

Dann kam die Erinnerung. Die Nacht, die sie zitternd im Gang verbracht hatte. Der Morgen, als sie schließlich mit schmerzenden Gliedern zurückgehumpelt war in ihr Gemach.

Die Sonne stand inzwischen hoch am Himmel. Es war Zeit fürs Mittagessen.

Johanna sank zurück in die Kissen. Sie verspürte weder Hunger noch Durst. Nur Sehnsucht, die sich hart in ihren Körper fraß.

„Steh auf und zieh dich an. Der Herr mag es nicht, wenn seine Mädchen sich gehen lassen. Und richte dein Haar.“ Ermingards anfängliche Distanziertheit war einer Schroffheit gewichen, die Johanna langsam zu verstehen begann. Die Mädchen in den Gemächern, die Ermingard betreute, blieben nicht lange.

Ihre Hand fuhr zu ihrem Kopf, streichelte die weiche Fülle ihrer Haare. Sie saß wie gelähmt auf der Bettkante, erinnerte sich wieder an jedes grausige Detail der Unterredung zwischen Andronikos und Theodora. Sie schauderte. Das Zittern kehrte zurück. Kurz erwog sie, das Haar abzuschneiden. Aber den Gedanken verwarf sie sofort wieder. Sie war so stolz auf ihr Haar.

Sie zog sich an. Ein wollenes Unterkleid. Darüber ein Kleid aus schillernder Seide. Sie wusste, es war zu warm, um sich so zu kleiden, doch war sie um jede Schicht dankbar, die sie wärmte. Sie schlüpfte in die Pantoffeln, schloss behutsam den schweren Deckel der Truhe. Wie schön wäre es, sich in der weichen Fülle ihrer Kleider zu verstecken und einfach einzuschlafen. Nie mehr aufzuwachen …

Sie ging in den Speisesaal. Theodora und Livia saßen an der langen Tafel, während drei Jungen schweigend die Speisen auftrugen und eindeckten.

Um Theodoras rechtes Auge breitete sich ein violetter Bluterguss aus. Doch sie wirkte glücklich. Bis sie aufschaute und Johannas Blick begegnete.

„Setz dich zu uns", sagte sie, nachdem Johanna einige Zeit schweigend an der Tür verharrte. „Hast du Hunger?"

Stumm schüttelte sie den Kopf, obwohl ihr Magen knurrte. Ihre Hände ballten sich vor dem Unterleib, umschlossen einander in der Weite der langen Kleiderärmel.

„Durst? Etwas Wein, mit Wasser verdünnt?"

Zögernd trat Johanna näher. „Ich habe euch gestern Nacht beobachtet", sagte sie. Zugleich bereute sie die Worte wieder, aber Theodoras Gesicht wurde ganz weich, als erinnerte sie sich wieder an die Zärtlichkeiten und Grausamkeiten ihres Herrn, die er gleichermaßen auf ihren Körper verteilt hatte.

„Ja", antwortete sie schlicht.

„Liebst du ihn?"

Livias Kopf schnellte hoch. Ihr Blick ging fragend zwischen Johanna und Theodora hin und her, doch sprach sie nicht.

Theodora nickte, ganz leicht nur. Dann senkte sie den Kopf.

„Hasst ihr mich jetzt?", fragte sie leise.

„Du liebst dieses Monster?" Livias Stimme war schrill. Überschlug sich vor Abscheu. Sie sprang auf, wich drei Schritte zurück. „Wie kannst du? Er bringt Mädchen um, weil es ihm Lust bereitet! Er hat dir das da angetan!"

„Aber er ist ein wunderbarer Mann“, flüsterte Theodora. „Er ist so zärtlich …“

Johanna schwieg.

Es war nichts Zärtliches, wenn ein Mann eine Frau so lange gegen ihren Willen nahm, bis sie glaubte, er täte es nicht bloß mit ihrem Einverständnis, sondern auch, weil sie ihn liebte und er ihre Gefühle erwiderte. Vielleicht gefiel sich Andronikos in seiner Rolle als Wohltäter. Was wusste sie schon von ihm?

Theodora wusste mehr.

Nein, sie wusste alles. Sie überlebte. Wer weiß, wie lange schon.

„Was kann ich tun …“ Sie räusperte sich, weil ihre Stimme versagte, rau von der Nacht auf dem kalten Steinfußboden. „Wie kann ich verhindern, dass er … du weißt schon …“ Ihre Hand glitt hinauf zu ihrem Haar, das sie ungekämmt offen trug.

Theodora erstarrte. „Ich wusste nicht …“

Hatte sie geglaubt, Johanna sei irgendwann verschwunden? Hatte sie gedacht, nachdem Andronikos sich mit ihr vergnügte, hatte Johanna genug gesehen?

„Ich weiß es“, sagte Johanna nur.

„Was weiß sie?“ Livia trat zu Johanna, die Arme vor der Brust verschränkt. Das Gesicht war zu einer schmerzlichen Maske erstarrt.

„Er wird sie töten.“ Theodoras Stimme war ein Flüstern in der Stille des Raums, laut wie der Schlag einer Totenglocke.

„Mein Haar. Er will’s mir vom Kopf brennen“, erklärte Johanna bitter. „Weil ich keinen Makel habe.“

In der Nacht hatte sie genug Zeit gehabt, darüber nachzudenken. Als sie mit schmerzenden Gliedern auf dem kalten Boden lag und in die Stille lauschte. Als sie glaubte, ihrem Körper wohne nicht mehr genug Kraft inne, um aufzustehen und sich in ihr Gemach zu schleppen. Und keiner der Gedanken gefiel ihr. Allein die Vorstellung, er könnte sie berühren …

Livia hob die Hand und streichelte Johannas Kopf. Sie ließ es geschehen. „Dein schönes Haar …"

Wenn er mich nicht tötet, wird Theodora mich hassen, weil ich sein neues „Meisterwerk" bin …

Wie verderbt musste ein Mensch sein, um Gefallen an diesen unmenschlichen Qualen anderer zu finden?

„Was kann ich tun?" Ihre Stimme hatte jede Kraft verloren. Livia führte sie zum Tisch. Sanft drückten ihre Hände Johannas Schultern nieder, dass sie sich auf die Bank setzte. Theodora saß ihr nun gegenüber, schob den Teller mit köstlichen Früchten von sich. Ihr schien der Appetit vergangen zu sein.

„Er hat davon gesprochen …" Johanna starrte auf ihre Hände, die sich im Schoß krampften. „Dass es ihm gefällt, wenn wir uns miteinander vergnügen und er zusehen darf."

„Das wird ihn nicht auf ewig befriedigen", erwiderte Theodora sanft. „Irgendwann hat er genug davon. Und dann …"

Also blieb ihr nicht viel Zeit. Johanna atmete tief durch. „Zeig es mir. Zeig mir, wie ich ihm gefallen kann, indem ich mit dir …" Es war schwerer, als sie gedacht hätte.

„Und dann?", fragte Theodora sanft. „Das gibt dir einen Tag Zeit, vielleicht zwei. Danach langweilt es ihn, egal wie gut wir sind. Danach wird er dich wollen, wird er vielleicht erbarmungsloser sein, weil du ihn aufgestachelt hast."

Livias Hände verstärkten den Druck auf Johannas Schultern. „Es klingt fast, als verteidigst du ihn."

Theodora blickte beiseite. „Lebt drei Jahre in diesen Mauern, und ihr werdet lernen, dass er mehr ist."

„Mehr als was? Mehr als ein Monster, ein Ungeheuer, ein widerlicher Lüstling, der die Frauen nach seinen Wünschen verunstaltet, sie leiden lässt, ehe sie elend verrecken?" Livias Stimme hatte eine Schärfe, die Johanna zwar empfand, aber nicht auszudrücken vermochte. „Ist es das? Du liebst diesen Widerling, weil er dich leben lässt?"

„Nein!", widersprach Theodora heftig, und in ihren dunklen Augen glomm ein Feuer. „Ich liebe ihn, weil er mehr ist. Ihr seht's nur nicht, weil ihr nicht hinschaut. Weil ihr glaubt, es ginge ihm nur darum, euch leiden zu sehen. Aber wenn ihr lernt, den Schmerz zu lieben, dann werdet ihr auch begreifen, dass er ein guter Mann ist."

Livia lachte bitter auf. Ihre Hände krallten sich in Johannas Schultern. „Schwester, ich will leben und nicht einem Mistkerl die Stiefel lecken, weil er mich halb totschlägt. Kann ja sein, dass es für dich ein Vergnügen ist. Ich hab von deinesgleichen gehört, es gibt diese Mädchen, die Lust am Schmerz empfinden. Gibt in den Bordellen genug Männer, die teures Geld in die Hand des Bordellbesitzers legen, damit sie eine Nacht der Hure den Rücken vernarben dürfen und sie sich dafür nicht nur bedankt, sondern ihn um immer mehr anfleht. Aber das ist nichts für mich. Und unsere Unversehrte hier scheint auch etwas dagegen zu haben, wenn ihr das Haar vom Kopf gebrannt wird."

Theodora antwortete nicht. Abrupt stand sie auf. „Dann kommt mit. Es wird eure Leben nicht retten, aber wenn ihr euch ein paar Tage länger daran klammern wollt, werdet ihr vielleicht sogar Erfolg haben."

Ein paar Tage, ob das genügte? Johanna bezweifelte es. „Danke", flüsterte sie trotzdem und folgte ihr an der Seite von Livia.

Vielleicht gab es noch Hoffnung für sie. Vielleicht konnte sie Eirik eine Nachricht zukommen lassen, damit er wusste, wo sie war.

Aber das weiß er doch längst. Er hat gesehen, wie Andronikos mich weggeführt hat.

Ob er aber kam, um ihr zu helfen?

Es war das Einzige, woran sie sich klammern konnte. Auch wenn sie wusste, dass sie vergebens warten würde. Sich an den Gedanken zu klammern, er könnte irgendwie einen Weg finden, um sie zu retten, war das Einzige, was ihr blieb.

Theodora führte Johanna in ihr Schlafgemach. Livia, die ihnen humpelnd gefolgt war, schloss die Tür.

„Wen von uns möchtest du gerne küssen?", fragte Theodora. Sie legte ihre Hand auf Johannas Schulter.

Keine von euch. Niemanden. Ich möchte niemanden küssen außer …

Johanna verdrängte diesen Gedanken. Wieder fuhr ihre Hand zu ihren Lippen, und wieder überraschte sie, dass ihr Mund nicht vernäht war und sie keine Einstichlöcher oder verkrustetes Blut spürte.

„Nun?"

„Ich weiß nicht."

„Dann beginnen wir beide."

Theodora machte einen Schritt auf sie zu, legte die zweite Hand auf Johannas Schulter, zog sie zu sich heran. Ihr Gesicht war Johannas jetzt so nah, dass sie den Honig in Theodoras Atem zu schmecken glaubte. „Es ist nicht anders, als einen Mann zu küssen", wisperte Theodora.

Danach sprachen sie nicht mehr.

Theodoras Lippen waren weich. Sie legten sich auf Johannas Mund. Sie seufzte, und beinahe unwillkürlich öffnete sie sich Theodora. Ihre Hände hoben sich, legten sich auf Theodoras Hüften, ihre Augen flatterten, schlossen sich. Sie gab sich ganz diesem Kuss hin, vergass Livia, die mit ihnen im Raum war. In ihrem Innern flammte wieder das Feuer, doch war es dieses Mal nicht von so verzehrender Gewalt, sondern glomm leise auf.

Johanna ließ sich fallen. Sie suchte Trost in diesem Kuss, suchte nach Antwort auf ihre Fragen. Sie wollte wieder jenes zehrende Sehnen verspüren, wollte sich damit einreden, dass es nicht allein an Eirik lag, wenn sie sich so ganz der Lust ergab.

„Du lernst schnell." Theodora löste sich von ihr, und Johanna öffnete die Augen. Das Grün in Theodoras Augen glitzerte, ihr Gesicht war leicht gerötet, sie war *schön*. Johanna hob die Hand und strich über das Narbengewebe, das sich über ihre linke Gesichtshälfte ausbreitete.

„Er hat …"

Theodora nickte stumm.

Sie sanken aufs Bett. Livia kam herüber, hockte sich auf die Bettkante, doch sie mischte sich nicht ein, als Theodora und Johanna sich erneut in der Leidenschaft verloren. Leise wimmerte Johanna. Sie wollte mehr. Nicht nur Theodoras Küsse, nicht nur die Hände, die über ihren Oberkörper glitten. Sie hob ihre Hüften, kam Theodora mit ihrem Körper entgegen, wollte sich an ihr reiben.

„Du lernst schnell", flüsterte Theodora. Ihre Hand löste die Fibeln, mit denen Johannas Kleid über den Schultern verschlossen war. Den Gürtel, der ihre Leibesmitte umschmiegte, öffnete Johanna mit fiebriger Hast, warf ihn beiseite, sodass er auf dem Steinbfußboden klapperte. Theodoras Hände schoben den Stoff langsam herunter, die kühle Seide glitt über Johannas Brüste. Sie spürte, wie ihre Nippel hart wurden, bog den Rücken durch und kam

Theodora entgegen. Nur noch das Unterkleid, bitte, sie sollte ihr auch das Unterkleid ausziehen …

„Schön“, flüsterte Theodora. Ihre Hände fuhren ehrfürchtig an Johannas Flanken hinab, streiften den Seidenstoff bis zu ihren Hüften. Johanna half der anderen, zog den Saum des Unterkleids hervor und zog es über den Kopf, legte es beinahe zärtlich beiseite. Kurz fröstelte sie, und ihre harten Nippel wurden von einer zarten Gänsehaut umschmiegt, die sich über ihre blassen Brüste bis hinab zu der zarten Wölbung ihres Bauchs zog. Theodoras Kopf senkte sich über Johannas Brüste. Sie saugte erst an der einen, dann heftiger an der anderen. Johanna stöhnte. Ja, das war das Feuer der Lust, das sie erfüllte. Es war vergleichbar mit der Leidenschaft, die sie beim Nordmann – bei Eirik – empfunden hatte. Es hatte nichts mit ihm zu tun. Es war nur die Lust. Sie hätte bei jedem anderen Mann genauso reagiert.

Erleichterung überflutete ihren Körper, erfasste sie von der kribbelnden Kopfhaut bis zu den Zehen, die sich leise krümmten. Sie war ihm nicht mit Leib und Seele verfallen. Ihr Leib wusste auch andere Leidenschaften zu genießen. Sie war froh, und plötzlich fühlte es sich so leicht an. Sie empfand Lust bei Theodoras Berührungen, und vielleicht – ganz kurz nur gab sie sich der absurden Hoffnung hin –, vielleicht konnte sie Andronikos durch ihr Liebeswerben davon überzeugen, dass sie ihm unversehrt mehr nutzte. Vielleicht lernte sie, an seinem Spiel Gefallen zu finden.

Theodoras Hand strich an Johannas Oberschenkel hinauf, berührte ihre nackte Haut. Schon hatte sie Johannas Scham gefunden, ihre Finger tauchten in das krause Haar ein, fanden sogleich Johannas Nässe …

„Ich glaube nicht, dass ich euch erlaubt habe, ohne mich anzufangen.“

Alle drei Frauen fuhren herum. In der Tür stand Andronikos. Groß ragte er auf, viel größer, als Johanna ihn in Erinnerung hatte. Sie legte schützend die Hände vor ihre Brüste, doch konnte sie die Fülle nicht vollständig vor seinen Blicken beschützen.

Er lächelte. „Lasst euch von mir nicht stören."

Konnte dieser Mann so durch und durch schlecht sein, wie sie es letzte Nacht beobachtet hatte? Johanna konnte es nicht glauben, als sie ihn jetzt in der Tür stehen sah. Breitbeinig und mit einem Lächeln, das sie widerwillig als zart beschreiben müsste. Oder verletzlich, das passte besser. Als hätten die Frauen ihn um etwas betrogen, das ihm gehörte, und er sei nun zutiefst betroffen über diesen Verrat.

Theodora aber erhob sich mit einer geschmeidigen Bewegung und eilte mit gesenktem Kopf zu Andronikos. Sie sank vor ihm zu Boden, ihre Hände umklammerten seine Stiefel. Wenn sie so vor ihm hockte, fiel ihr üppiges Haar nach vorne und offenbarte ihren Nacken, der zart und verletzlich wirkte. Geradezu makellos.

Atemlos beobachtete Johanna, wie Andronikos seine Hand auf Theodoras Kopf legte. War das wirklich die Frau, die noch vor wenigen Augenblicken so lustvoll Johannas Körper erkundet hatte? Sie fröstelte, doch wagte sie es nicht, nach ihrem Unterkleid zu greifen und es vor ihre Brüsten zu raffen. Andronikos' braune Augen beobachteten sie, während seine Finger sich in Theodoras Haar gruben. Johanna hörte ein leises Wimmern, als die Hand ihres neuen Besitzers kräftig an den Haaren zog. Er tat Theodora weh, doch sie nahm diesen Schmerz hin, als wäre er die gerechte Strafe für ihr Handeln.

Nein, vermutlich genießt sie diesen Schmerz sogar, dachte Johanna angewidert.

Livia stand hinter dem Bett. Auch sie hielt den Kopf gesenkt und wartete auf die Befehle ihres neuen Herrn.

„Geht“, sagte er. Seine Stimme war noch immer so leise und weich, zart und kaum anders als die Stimme eines Sklaven. Livia huschte an Andronikos vorbei zur Tür, und auch Theodora stand hastig auf, um schnell das Weite zu suchen.

Johanna rührte sich nicht. Sie wusste, warum er hier war. Er würde sich jetzt das nehmen, was ihm zustand. Sie gehörte ihm.

Sie widerstand dem Impuls, nach ihrem Haar zu greifen.

„Das war ziemlich unartig, was du gerade gemacht hast.“ Er kam näher. Sie rührte sich nicht. Ihre Hände sanken herab. Sie saß auf dem Bett. Nackt. Ihre Blicke trafen sich.

„Steh auf.“

Wenn sie aufstand, sähe er sie nackt.

Johanna stand auf.

Das Kleid glitt über ihre Hüften, ihre Oberschenkel. Sank zu einem Haufen zusammen, umspielte ihre Füße wie eine Gewitterwolke.

Er war etwas kleiner als sie. Dennoch fühlte sie sich ihm nicht überlegen.

„Beweg dich. Geh ein paar Schritte.“

Sie ging einmal bis zum Fenster, zurück bis zum Bett. Vier Schritte hin, vier Schritte zurück.

Er musterte sie. Dachte nach. Umkreiste sie, ließ seinen Blick ihren Körper erkunden. „Ich habe ziemlich viel Geld für dich ausgegeben, das weißt du?“

Für kein anderes Mädchen war bei der Auktion so viel Geld geboten worden. Nicht mal Ise hatte Kallistos so viel eingebracht. Trotzdem schüttelte Johanna den Kopf.

„Ob du's wert bist, wird sich zeigen. Zunächst war's das Gold wert, weil der Nordmann, der meine Schwester vögelt, dich nicht bekommen hat."

Sie zuckte nicht. Schließlich hatte sie die ganze Nacht Zeit gehabt, sich an den Gedanken zu gewöhnen, dass sie nichts war außer ein Spielball in dem Spiel zweier mächtiger Männer. Darum hatte Andronikos sie gekauft. Weil er sie nicht in Eiriks Hand wissen wollte. Dann war da nur der eine Gedanke, der sich trommelnd festsetzte und alle anderen übertönte.

Er vögelt die Schwester des Andronikos'.

Sie hatte es vergessen. Verdrängt, weit hinten in ihren Kopf geschoben und darüber einen Deckel geschlossen, wie über die Erinnerungen an ihre Familie.

„Hast du geglaubt, er wollte dich um deiner selbst willen?" Ganz nah war er zu ihr getreten, seine Lippen berührten ihr Ohrläppchen, seine Zunge schnellte hervor und fuhr in ihr Ohr, dass sie zusammenzuckte. Sein heißer Atem strich über ihren Hals. Sie fröstelte. Wie gerne hätte sie sich umarmt, hätte Schutz gesucht. Doch sie wagte nicht, irgendwas zu tun, das ihn verärgern könnte. Plötzlich wirkte er fremd, herrisch. Befehlsgewohnt.

„Armes Mädchen." Sanft. Jetzt war die Stimme wieder ein zartes Flüstern, und seine Finger strichen über ihre Wange. Nahmen eine Träne auf, die ungehindert herabrann. Sie unterdrückte ein Schluchzen.

Das also war ich für ihn. Ein kleines Abenteuer, ein lässliches Vergnügen. Was hätte er mit mir getan, wenn nicht Andronikos gekommen und mich ersteigert hätte?

Sie wollte es gar nicht wissen.

„Er hätte dich wohl ein paar Tage lang benutzt", erzählte Andronikos, als erriete er ihre Gedanken. „Es hätte ihm gefallen, aber dann wäre er zu meiner Schwester zurückgekehrt und hätte dich an das nächstbeste Hurenhaus verkauft.“

Sie zitterte. Fast konnte sie spüren, wie die fremden Männer nach ihr griffen, sie auf ein modriges Strohlager zwangen und sich nacheinander an ihr befriedigten, während sie dem allzu kurzen Vergnügen mit einem Nordmann nachtrauerte, für den sie nichts außer wertloses Spielzeug war.

„Und ich rette dich vor ihm. Bewahre dich vor einem Leben, in dem du allen Männern dienen musst, die grade mal eine Drachme erübrigen können – und glaub mir, das können sie alle, wenn es darum geht, ihre Lust zu befriedigen, und jeder würde dich gerne haben. Du bist etwas Besonderes. Das hätten sie gesehen und sich dieses Besondere für eine Drachme gekauft, und nach einem Tag, an dem du einem Dutzend Männern die Gunst erweisen musstest, weil du sonst nicht das Geld für einen Krug Wein zusammenbekommst, um deinen Schmerz zu betäuben, hättest du nachts wach gelegen, hättest deinen wunden Schoß gespürt und Eirik Hallgrimsson verflucht, weil er dir dieses Leben im Elend beschert hat, obwohl er dir zuvor den Himmel versprach.“

Atemlos lauschte sie ihm. Ja, seine Worte fanden bei ihr fruchtbaren Boden; plötzlich schämte sie sich, dass sie den anderen Frauen nur einen Moment lang Glauben geschenkt hatte. Schlimmer: Sie hatte ihrem Herz erlaubt, Hoffnung aus den Worten zu schöpfen, die Andronikos am Vorabend Theodora zugeflüstert hatte, dass Eirik sich wie ein kleiner verliebter Junge verhielte.

Andronikos war vielleicht doch kein schlechter Mann. Zumindest in diesem Moment war er gut zu ihr, öffnete ihr die Augen und war da, sie zu trösten.

Sie wollte schon den Mund aufmachen, wollte ihm danken, doch er war schneller. Seine Hand drückte sich auf ihre Lippen. Fest. So fest, dass sich die Handkante in ihre Nase bohrte, dass ihr die Luft wegblieb.

„Dann komme ich her, nachdem ich dich vor diesem Schwein bewahrt habe, und muss herausfinden, dass du schon am ersten Morgen mit meiner dreckigsten Kurtisane ins Bett gehst und dir von ihr Lust schenken lässt! Was soll ich denn da von dir glauben? Muss ich dann nicht denken, dass der Waräger recht hätte, wenn er dich in ein Hafenbordell verscherbelt, weil du's nicht mal einen Tag lang aushältst, ohne die Beine breitzumachen?"

Johanna wünschte, sie könnte im Boden versinken vor Scham. Jetzt wusste sie, warum Theodora sich flehend an Andronikos' Stiefel geklammert hatte. Sie schluchzte auf.

Plötzlich stieß Andronikos sie von sich. So kraftvoll, dass sie nach hinten stolperte und gestürzt wäre, doch das Bett bremste sie, und sie fiel auf die weiche Matratze. Dennoch schrie Johanna vor Schreck, und sie krümmte sich zusammen, weil sie fürchtete, er würde ihr im nächsten Moment etwas antun. Sie hatte Angst, er könnte auch sie mit siedend heißem Öl übergießen oder ihr Bein schlagen, bis es verkrüppelt und krumm war wie das von Livia. Sie barg ihren Kopf in den Händen, krallte die Finger in ihr weiches Haar, um das sie seit letzter Nacht am meisten fürchtete.

„Hure!", rief Andronikos. Mit zwei Schritten war er am Bett, riss sie am Arm herum. Seine Hand schwebte über ihr, sie erstarrte, kniff die Augen zu und wartete auf den brennenden Schmerz, sobald er nach ihr schlug.

Der Schlag blieb aus. Sie atmete schwer, hörte auch Andronikos' Atem, der in heftigen Stößen ging.

Ich will mich nicht ergeben. Lieber sterbe ich, statt mich ihm zu ergeben!

Doch in diesem Moment, da sie den ersten Schmerz von seiner Hand erwartete und sich schwor, ihn weder um Gnade anzuflehen noch sich von seinen Worten blenden zu lassen, regierte nur der Überlebenswille.

Wenn nur Eirik käme, um mich zu befreien. Wenn ich nur wüsste, dass er bereits einen Plan ersinnt, mich zu befreien …

Ach, sie war ein törichtes Weib, wenn sie das glaubte! Die Wahrheit lag irgendwo zwischen Andronikos' Worten und ihrer Hoffnung. Sie musste überleben. Und sie wusste, das gelang ihr nicht, wenn sie sich störrisch zeigte, wenn sie ihre Wut gegen ihren Herrn ausspielte. Sie würde nicht überleben, wenn sie kämpfte.

„Ich will Euch doch gefallen", flüsterte sie darum. „Sagt mir nur, was ich tun soll, damit Ihr Gefallen an mir findet."

„Sieh mich an."

Sie öffnete gehorsam die Augen und blickte zu ihm auf. Seine Hand sackte herunter, nestelte an seinem Gürtel. Ihr Blick klammerte sich an sein weiches, knabenhaftes Gesicht und suchte in der Dunkelheit seiner Augen nach einem Hinweis. Nach ein bisschen Güte, einem klitzekleinen Hoffnungsschimmer.

„Ich werde dich für das, was du getan hast, bestrafen müssen. Hast du verstanden?"

Sie nickte, obwohl alles in ihrem Körper danach schrie, aufzubegehren. Aufspringen, weglaufen! Aber wohin sollte sie? Sie kannte sich in der Weite des Palasts nicht aus, und er würde sie doch wieder einfangen. Danach wäre seine Wut nur größer. Seine Strafe schrecklicher.

Sie dachte an ihr Haar.

Im Haar einer Frau wohnt ihre Kraft, so sagte man.

Sie durfte es nicht verlieren. Nicht jetzt. Nie.

„Dreh dich auf den Bauch."

Johanna gehorchte ohne Zögern. Sie drehte sich um, legte sich auf den Bauch. Ihre Hände schob sie unter die Stirn. Die Matratze senkte sich leicht unter seinem Gewicht. Sie erwartete, dass er ihre Beine spreizte und sie von hinten nahm, doch nichts dergleichen passierte.

Stattdessen hörte sie das feine Sausen, spürte die kalte Luft, dann traf der Riemen seines Gürtels auf ihren nackten Po. Sie zuckte zusammen, biss sich auf die Unterlippe, um nicht vor Schmerz aufzustöhnen.

Das also war seine Strafe. Er züchtigte sie für ihren Ungehorsam.

Ein weiterer Schlag traf ihre Pobacken, diesmal etwas heftiger. Zischend sog Johanna die Luft ein. Der Lederriemen schnitt in ihre Haut, sie spürte, wie das Blut in ihrer Kehrseite kribbelte.

Er machte nach dem dritten Schlag eine kleine Pause. Sein Finger war plötzlich da, strich über ihre gerötete Haut, liebkoste ihre Pobacken. Sie bewegte sich leise. Es war ihr nicht unangenehm, wenn er sie so berührte, und die Schmerzen schwanden recht schnell.

„Du glaubst hoffentlich nicht, dass es schon vorbei ist. Ich glaube, für das, was du mir angetan hast, werde ich dich sehr ausgiebig züchtigen müssen."

Johanna wappnete sich für die nächsten Schläge. Dieses Mal aber klapste er sie mit der flachen Hand, kurz hintereinander, immer stärker. Sie stöhnte. Aber es war nicht, weil seine Schläge ihr Schmerzen bereiteten – das taten sie, doch empfand sie diese Schmerzen als erträglich –, sondern weil von diesen Schlägen ein Vibrieren durch ihren Unterleib gesandt wurde, das in ihrem Schoß von einem leisen Pochen beantwortet wurde.

Es erregte sie.

Er pausierte erneut, und diesmal wagte sich sein Finger weiter vor. Er fuhr ihre Gesäßfalte hinab nach vorne, pflügte ihre Spalte. Andronikos schnalzte mit der Zunge. Ihm schien zu missfallen, dass sie bereits feucht war, und Johanna kniff die Augen zusammen und wappnete sich für die nächste Kaskade seiner Schläge. Sie rechnete damit, dass er ihr diesmal mehr wehtun würde – mehr als sie ertragen konnte.

Andronikos grunzte. Sein Finger fuhr in ihrer Nässe auf und ab, er kniete über ihr, ihre Unterschenkel unter ihm eingeklemmt. Behutsam tastete sich sein Finger vor, stieß in ihre Möse und erkundete sie. Sein Finger verharrte einen Moment dort.

„Da hat dieser Halsabschneider Kallistos mich also angelogen", schnaufte er. „Eine Jungfer bist du wohl schon länger nicht mehr. Das macht unser Vergnügen nur noch köstlicher, mein Vögelchen. Was meinst du, wie viel Spaß wir erst haben werden, wenn ich dich eingeritten und die Fehler dieses Nordmanns ausgemerzt habe."

Wieder sauste der Gürtel hernieder, und dieses Mal konnte Johanna das Stöhnen nicht unterdrücken. Sie vergrub das Gesicht im Kissen und blinzelte die Tränen weg, die ihr in die Augen schossen. Er durfte sie nicht weinen sehen. Den Triumph gönnte sie ihm nicht.

Seine Hand grub sich unter ihr Haar, umfasste ihren zarten Hals. Eiskalt waren seine Finger, die über die empfindliche Haut ihres Nackens streichelten, die Strähnen umspielten. Die andere Hand schwang weiter den Gürtel, unerbittlich und immer heftiger. Sie spürte die Hitze in ihrem Po, glaubte auch zu spüren, wie ihr weiches Fleisch unter jedem Hieb gerötet anschwoll. Das Beben setzte sich fort, durchdrang ihren Unterleib und ließ sie aufstöhnen.

Schmerz.

Lust.

Das Pochen in ihrem Schoß breitete sich aus. Wurde immer heftiger. Sie presste die Augen zusammen, drückte das Gesicht so fest in das Kissen, sah bunte Sterne vor dem Schwarz, spürte nur ihn, seine unerbittlichen, herrlichen Schläge. Und dann waren seine Finger plötzlich wieder dort, wo sie es sich so sehr ersehnte, schoben sich unter ihren Unterleib, tauchten behutsam in ihre Nässe und begannen, ihr geschwollenes Knöpfchen zu massieren.

Johanna schluchzte auf. Sie wollte nicht, dass er sie erregte, sie fürchtete sich vor dem, was er noch mit ihr tun könnte. Genügte es nicht, dass er ihr Schmerzen zufügte? Musste er ihren Körper auch mit der Lust malträtieren?

Seine Finger waren unnachgiebig. Johanna stöhnte, rieb sich an seiner Hand, wollte jetzt alles von ihm bekommen. Doch gerade in dem Moment, als sie die höchste Lust bereits zu spüren glaubte, hielt er inne. Verzweifelt versuchte sie, mit rhythmischen Hüftbewegungen an seiner Hand Erlösung zu finden, doch er zog sie zurück, wischte sie nachlässig am Bettlaken ab und stand auf.

„Eine Hure bist du, nicht besser als die anderen." Verachtung troff in seiner Stimme, und er warf den Gürtel auf ihren Rücken. Sie zuckte zusammen, krümmte sich unter seinen scharfen Worten. Nichts schmerzte sie mehr als seine Verachtung. Die Verachtung und seine Weigerung, ihr höchste Lust zu schenken. Er hasste sie.

Darum würde er sie umbringen.

Andronikos spuckte auf ihren Rücken. „Dreck bist du", zischte er. Dann wandte er sich ab und ging; sie hörte seine Stiefel auf dem Steinboden klappern.

Lange wagte Johanna nicht, sich zu bewegen. Erst als der Nachmittag verstrich und der kühlen Abenddämmerung Platz machte, schreckte sie mit einem Mal hoch. Hatte sie geschlafen?

Sie erhob sich behutsam. Mit jeder Bewegung spürte sie das schmerzhafte Kribbeln in ihrer Kehrseite, und als sie sich auf die Bettkante setzen wollte, um nach ihrem Kleid zu greifen, das auf dem Boden lag, sank sie zurück auf die Matratze, rollte sich auf die Seite und kämpfte die Tränen zurück. Hatte er ihre zarte Haut blutig geschlagen? Es tat so verdammt weh …

Doch Johanna hatte ihre Lektion gelernt. Während sie in der Dunkelheit lag und auf die Geräusche im Palast lauschte – in der Ferne lachte eine Frau so glockenhell, dass es kein echtes Lachen sein konnte, Wasser plätscherte in den zahlreichen Brunnen, und der Wind streichelte die verwelkten Blütenblätter von den Sträuchern –, da schwor sie sich, Andronikos niemals zu unterschätzen. Er spielte mit ihr.

Sie durfte sich auf sein Spiel nicht einlassen. Sonst verlor sie ihr Leben. Oder schlimmer: ihren Verstand.

Mit offenen Augen lag Irene in der Dunkelheit ihres Schlafgemachs und lauschte.

Die Stille in diesem Teil des Palastbezirks überraschte sie. Dennoch empfand sie es als Wohltat, denn wenn ihr Bruder in Byzanz weilte, pflegte er abends mit den Huren, die er sich bringen ließ, laut seinen Vergnügungen nachzugehen. Manches Mal schrak sie dann aus dem Schlaf, weil eine Frau schrie.

Aber gestern früh war er abgereist, um auf seinem Landsitz seine neuen Frauen zu begrüßen, wie er ihr mit maliziösem Lächeln verkündet hatte.

Irene wusste, was er ihr damit sagen wollte. Sie verstand sich inzwischen zu gut darin, die Grausamkeiten Andronikos' zu entziffern. Darum fand sie keinen Schlaf. Sie stellte sich vor, was er in der Abgeschiedenheit des Landguts mit den Frauen tat. Sie wusste es. Er hatte ihr oft genug davon erzählt.

Auch gestern hatte er nicht davor zurückgeschreckt. Irene schloss bei der Erinnerung an seine Worte schmerzverzerrt die Augen. Aber seine Stimme hatte sich ihr eingebrannt. Der sanfte Klang, der sich nicht mit den brutalen Worten vereinbaren ließ.

„Und dann hat sich dein Liebhaber erblödet, für dieses unscheinbare Mädchen fünfzig Solidos zu bieten. Fünfzig! Ich vermute aber, das war alles, was du ihm gegeben hast, denn als ich hundert bot, sank er in sich zusammen wie ein Strohfeuer. Ich habe sie auf mein Landgut geschickt und werde nun dorthin reisen, um zu sehen, ob sie ihr Geld wert war. Und ich schwöre dir, wenn sie's nicht ist, dann weiß ich, wer daran schuld ist."

Irene hatte auf einer Polsterbank in ihrem kleinen Audienzzimmer gesessen und reglos seine Worte über sich ergehen lassen. Eine Hand hatte sie unter ihren Oberschenkel geschoben und sie unwillkürlich geballt. Ihr Körper neigte sich leicht zur Seite.

„Du weißt, dass du schuld bist, nicht wahr, Irene?"

Er trat näher. Sie widerstand dem Impuls, die Augen zu schließen. Doch es war ihr ebenso unmöglich, seinen Blick zu erwidern. Sie drehte den Kopf zur Seite. Andronikos sank vor ihr auf die Knie. „Du weißt, es ist deine Schuld, dass ich ihm dieses Mädchen wegnehmen musste. Deinetwegen musste ich sie auf mein Landgut schicken lassen, zusammen mit einem anderen Mädchen, das überaus entzückend hinkt. Ich werde deinetwegen dorthin reiten und mit ihr das tun, was du mir verwehrst. Aber ihr wird es wehtun."

Tränen stiegen Irene in die Augen.

„Liebe mich, Irene. Ich kann von all den anderen Frauen

lassen, wenn du mir nur wieder gestattest, der Einzige zu sein, dem du dein Herz schenkst. Liebe mich, wie du den Waräger liebst. Liebe mich nicht nur mit deinem Herzen, sondern auch mit deinem Körper."

Sie antwortete nicht. Ihre Tränen waren ihm Antwort genug. Es war ja nicht das erste Mal, dass er so vor ihr kniete. Seine Hände ergriffen ihre, und sie ließ mit sich geschehen, dass er sie an seine Wangen legte, die so tränennass waren wie ihre. Doch als er versuchte, ihre Handinnenfläche zu küssen, entzog sie sich ihm abrupt, stand auf und versuchte, an ihm vorbeizukommen.

Andronikos packte sie an den Oberarmen, hielt sie fest und zwang sie, ihm in die Augen zu blicken. Sanfte braune Augen, in denen das Feuer der Leidenschaft für sie seit Jahren loderte, ohne dass sie vermochte, es zu stillen. Nein, schlimmer noch: Es war ihre Schuld, dass es entflammt worden war. Einem Traum gleich hatte sie sich ihm hingegeben, immer und immer wieder, wie in einem Rausch. Und als sie erwachte aus Traum und Rausch, gestattete sie ihm nicht mal einen Kuss, gestattete ihm keine Geborgenheit in ihren Armen, verweigerte ihm ihren Körper auf jede erdenkliche Weise und tröstete ihn ebenso wenig, als auf sein Leben ein Attentat verübt wurde, das Eirik nur durch sein beherztes Eingreifen vereitelte.

Statt ihren Bruder glücklich in die Arme zu schließen und Gott zu danken, weil er sein Leben verschonte, verfluchte sie das Schicksal, das ihn überleben ließ. Und sie verfluchte ihr Herz, das sie noch immer verriet. Sie stürzte sich in jene Affäre mit Eirik, in der sie zwar Lust und Leidenschaft fand, doch Vergessen vergeblich suchte. Seit jenem Tag wurde sie ihres Lebens nicht mehr froh, denn Andronikos war von der geschwisterlichen Liebe besessen und begehrte sie mit jener Unnachgiebigkeit, mit der er seine Feinde hasste.

Kein Wunder also, dass Eirik ihm ein Feind war, und schlimmer wog für ihn nur, dass er diesem Feind sein Leben verdankte.

Und jetzt dies: Er versuchte, sie davon zu überzeugen, dass sie die Frau war, die alle zu erretten vermochte. Ihn, der vor Liebe krank war. Die Frauen, die er nicht länger quälen wollte, wenn sie ihn erhörte. Und sich selbst, weil sie in Wahrheit nur Andronikos liebte, ohne es sich eingestehen zu können.

Inzwischen war er dazu übergegangen, ihr die Schuld daran zu geben, dass er andere Frauen quälte. Und jetzt war sie auch im doppelten Sinne schuldig, dass er die Sklavin gekauft hatte. Sie hatte Eirik das Geld gegeben und hatte ihn wenige Stunden später an ihren Bruder verraten. Binnen weniger Wochen würde Eirik das Mädchen nicht wiedererkennen. Auch das würde Andronikos zu seinen Gunsten nutzen. Er liebte es, mit den Menschen zu spielen.

Und ich bin sein liebstes Spielzeug.

Sie schloss die Augen, doch die Bilder waren ihr in den Kopf gebrannt und ließen sich weder im Schlaf noch mit geschlossenen Augen vertreiben. Sie hatte alles versucht. Sogar der Trunk aus Schlafmohn, den ihre Dienerin ihr am Abend brachte, hatte ihr außer noch wilderen Träumen und einem unerträglichen Kopfschmerz am Morgen nichts eingebracht.

Sein liebstes Spielzeug, das von ihm besessen ist.

Darum versuchte Irene immer wieder, ihm nicht nachzugeben. Sich weiterhin so unnahbar zu geben. Sie hatte Angst. Was geschah, wenn sie sich eingestand, dass ihre Gefühle zum Bruder nicht allein geschwisterlicher Natur waren? Sie fürchtete nicht die Sünde, die sie dann wieder begehen könnte, sondern vor allem Andronikos' Grausamkeit. Sie fürchtete, er trieb mit ihren Gefühlen ein hässliches Spiel.

Sie schloss die Augen und hörte wieder seine Stimme, als stünde er neben ihrem Bett.

„Bitte, Irene", hatte er geflüstert. „Schick mich nicht immer wieder fort. Du weißt, es genügt ein Wort von dir." Flehend waren seine Worte, bebend die Stimme.

Sie wollte ihm glauben. Nur zu gerne wollte sie ihm glauben.

„Lass mich los", flüsterte sie dennoch.

„Nur wenn du mich küsst."

Sie war einen Moment nur unaufmerksam gewesen, und nun hatte er sie gepackt, hielt sie fest, obwohl sie versuchte, sich gegen seinen Griff zu wehren.

„Einen Kuss nur", bettelte er.

Wie konnte sie ihm widerstehen? Sie wurde weich in seinen Armen, ließ sich von ihm umfassen, spürte seine Hände, die durch den zarten Stoff ihres Kleids die winzigen Erhebungen ihres Rückgrats ertasteten. Ein Schaudern erfasste ihren Körper, ungekannte Lust, die in dem Moment ihren Höhepunkt erreichte, als er seinen Kopf zu ihrem neigte. Sie schloss die Augen, öffnete den Mund erwartungsvoll. Ihr Herzschlag erfasste ihren ganzen Körper.

Doch seine Lippen berührten ihre nicht.

Sie schlug die Augen auf.

Er betrachtete sie interessiert. Fragend blickte sie ihn an, und ein Lächeln erhellte sein Gesicht. Aber etwas Böses blitzte dahinter auf.

„Glaubst du wirklich, ich würde mich mit einem Kuss zufriedengeben?"

Er ließ sie los. Irene sank auf die Polsterbank. Obwohl sie gleich groß waren, hatte sie das Gefühl, Andronikos rage übermächtig über ihr auf, und sie brauchte einen Moment, um nach den richtigen Worten zu suchen.

„Verschwinde", flüsterte sie schließlich. „Verschwinde. Geh auf dein Landgut, mach mit dem Frankenmädchen was du willst. Mich wirst du nie bekommen. Nie."

Aber sie wusste im selben Moment, dass sie log.

Und das Schlimmste war, dass auch Andronikos ihre Lüge durchschaute. Spöttisch lächelnd verneigte er sich vor ihr und verließ mit federnden Schritten das Audienzzimmer.

Irene bewahrte Haltung, bis sie sicher war, dass er nicht zurückkommen würde. Dann stand sie auf. Ihre Knie zitterten, ihr Herz schlug in stolperndem Takt, und als sie versuchte, die wenigen Schritte zur Tür zu gehen, hinter der ihre privaten Räume ihr Schutz boten, sank sie haltlos zu Boden. Schluchzer erschütterten sie, und sie umarmte ihren Oberkörper, wiegte sich vor und zurück und wusste nichts mehr.

Sie wachte einige Stunden später in ihrem Bett auf. Ihre Diener hatten sie wohl gefunden und hergebracht, denn sie trug ein schlichtes Unterhemd, und jemand hatte heiße Ziegelsteine unter dem Bettzeug vergraben, obwohl draußen sommerliche Hitze herrschte. Aber in Irene war es so kalt, dass sie keinen Schlaf mehr fand. Auch der Hunger war ihr vergangen. Sie blieb den ganzen Tag im Bett, und auch heute war ihr am Morgen die Mühsal zu viel gewesen, aufzustehen und sich anziehen zu lassen. Das Haar frisieren zu lassen und dann die wenigen Schritte hinüber zu ihrem Audienzzimmer zu gehen.

Sie hatte Eirik verloren. Und Andronikos trieb sein Spiel mit ihr, weil sie einen winzigen Moment lang ihre Schwäche offenbart hatte.

Es gab keinen Ausweg mehr für sie.

Irene rollte sich auf die Seite.

Eine Dienerin trat auf Zehenspitzen an ihr Bett. „Herrin. Euer Warägeroffizier bittet, von Euch empfangen zu werden. Ich habe ihm bereits erklärt, Ihr seid unpässlich, aber er glaubt mir nicht."

Warum sollte er das auch glauben, dachte Irene bitter. Er denkt vermutlich, ich empfange ihn nicht, weil es mit uns vorbei ist.

Dabei empfand sie keinen Groll. Keine Eifersucht, weil er eine andere Frau bevorzugte. Das Geld hatte sie ihm gerne gegeben. Wenigstens er sollte sein Glück finden dürfen.

Doch jetzt hatten die Dinge sich verändert. Er hatte das Frankenmädchen an Andronikos verloren. Und sie hatte ihre Fassade verloren, die sie bisher davor bewahrt hatte, von Andronikos bedrängt zu werden. Irene versuchte, einen klaren Gedanken zu fassen. Sie musste … sie durfte nicht …

„Lass ihn hereinkommen."

Die Dienerin nickte stumm. Irene wusste, die Ältere billigte es nicht, wenn sie einen Warägeroffizier im Bett liegend empfing, auch wenn sie das nicht aussprach. Zumal es kein Geheimnis war, dass Eirik Hallgrimsson für sie mehr war. „Warte." Sie richtete sich mühsam auf. „Ich möchte mich erst herrichten. Und dann lass ihn in das Audienzzimmer führen."

Es wäre leichter, wenn sie ihm gestattete, sie schwach zu sehen. Es wäre leichter, ihm dann zu vermitteln, was sie von ihm wollte.

Er musste sie von Andronikos befreien. Er allein konnte Irene jetzt noch davor bewahren, sich in einer Leidenschaft zu verlieren, die ihren Untergang bedeutete.

Denn wenn sie Andronikos nachgab, würde sie nicht

andere Frauen davor bewahren, dass er seine brutale Ader an ihnen auslebte und sie quälte, bis sie den Tod als Wohltat empfanden.

Sie würde ihm dann auch gestatten, dasselbe mit ihr zu tun.

Davor fürchtete sie sich. Sie hatte Angst, ihr könnte gefallen, was er mit ihr tun würde.

7. KAPITEL

Eiriks Hände schlossen sich schweißnass um den Lederbeutel. Die ältliche Dienerin hatte ihm mitgeteilt, Irene sei bald für ihn zu sprechen, er müsse sich jedoch gedulden. Dann ließ sie ihn allein.

Die Zeit dehnte sich für ihn unendlich.

Er hatte lange gezögert, ehe er die Entscheidung getroffen hatte, Irene aufzusuchen und sie um Verzeihung zu bitten. Er hoffte nicht darauf, dass sie ihn mit offenen Armen empfing – wenn er ehrlich war, wollte er das gar nicht. Denn bei Johanna hatte er das erste Mal gespürt, dass es mehr geben konnte außer Lust.

Und dann hatte er sie verloren.

Dennoch wollte er sich bei Irene bedanken, weil sie sich ihm gegenüber so großzügig erwiesen hatte. Und dann wollte er gehen, seinen Dienst bei der Warägergarde quittieren und das nächste Schiff besteigen, das gen Heimat fuhr. Er hatte nach seiner unrühmlichen Begegnung mit dem Schankmädchen den Tag und die darauf folgende Nacht im Hafen vertrödelt und bereits einen Landsmann ausfindig gemacht, der in den nächsten Tagen in See stechen wollte. Er solle sich aber eilen, hatte ihm dieser mitgeteilt, denn er gedachte, schon bald Segel setzen zu lassen. Sein Schiff war eines der letzten; die meisten waren bereits auf dem langen Heimweg, der Monate in Anspruch nahm. Wer zu spät segelte, lief Gefahr, den Winter in der Kiewer Rus verbringen zu müssen, weil die Flüsse zufroren.

Unruhig wanderte Eirik auf und ab.

Die Tür zu den Privaträumen öffnete sich. Zwei Soldaten traten heraus und postierten sich direkt neben den Türflügeln. Sie blickten starr geradeaus.

Eirik kannte die beiden Männer. Bis vor Kurzem hatten sie noch unter seinem Befehl gestanden. Doch nichts in ihren Gesichtern verriet ihre Überraschung, ihn zu sehen, nachdem er zwei Tage hintereinander nicht zum Dienst erschienen war.

Dann kam Irene. Ihren weichen, schlanken Körper umschmiegte ein Kleid, das er erst ein einziges Mal an ihr gesehen hatte – in jener Nacht, als sie ihn zu sich gerufen und aufgefordert hatte, ihr Bett zu teilen. Er hatte sich damals von ihrer Offerte überrumpelt, zugleich aber auch geschmeichelt gefühlt, weil er ihr aufgefallen war.

Doch Irene tat nichts ohne Berechnung.

„Entschuldige, dass ich dich warten ließ." Sie trat zu ihm. Der betörende Blütenduft ihres Parfüms umgab sie wie eine Wolke. Sie stellte sich auf die Zehenspitzen und küsste ihn auf die Wange.

Eirik erstarrte.

Nie hatte sie es gewagt, ihm vor den Augen seiner Männer nahezukommen. Nie. Stets hatte sie Distanz gewahrt, um ihn und auch sich selbst vor dem Gerede zu schützen, das unweigerlich die Runde machen würde – auch wenn die Waräger für ihre Verschwiegenheit bekannt waren.

Du planst etwas, Irene. Und ich bin Teil deines Plans.

„Lasst uns allein." Sie nickte den Soldaten knapp zu, die einen kurzen Blick wechselten, ohne Eirik zu beachten, ehe sie verschwanden. Die Tür schloss sich leise hinter ihnen, und einen Moment versuchte er, die Stille zu durchdringen, die sich zwischen Irene und ihn senkte.

„Erinnerst du dich?", fragte sie leise.

„Wie könnte ich es vergessen?" Seine Stimme gehorchte ihm nicht, und er räusperte sich verlegen. Er würde lügen, wenn er behauptete, dass Irene ihn nicht erregte. Das dunkelrote Seidenkleid war über ihren Schultern mit goldenen Fibeln verschlossen. Eine goldene Kette mit Rubinen umschmiegte ihren Hals, der plötzlich so verletzlich wirkte.

Eirik schluckte. Er umklammerte den Beutel mit einer Hand und streckte ihn ihr entgegen. „Das hier brauche ich nicht mehr“, flüsterte er.

Sie nahm den Beutel und blickte ihn forschend an, als suchte sie in seinem Gesicht nach einer Antwort.

„Dein Bruder. Er hat davon erfahren. Er hat …“ Warum machte sie es ihm so schwer? Bestimmt hatte sie davon erfahren. „Er hat mich überboten.“

„Ah.“

Sie nahm den Beutel nicht.

Er zog die Hand nicht zurück.

Einen Moment schwiegen sie. Dann drehte Irene sich halb von ihm weg und machte drei Schritte zu der Polsterbank, die an der Wand stand. Ihre Bewegungen waren von einer Anmut, die ihn schmerzte. Hatte sie sich schon immer so bewegt? Fiel es ihm erst jetzt auf, da er sich gegen sie entschieden hatte, dass er für sie mehr empfand?

Nein. Sie wirkte nur verletzlich, und das verwirrte ihn. So verletzlich hatte er sie nie erlebt.

Er ging zu ihr, setzte sich neben sie und legte schweigend das Geld in ihre Hände. Das Klimpern der Münzen klang kalt, und ihre Hände krampften sich um den Lederbeutel.

„Es ist meine Schuld“, gestand sie leise. „Ich habe es ihm erzählt.“

Er atmete tief durch. Geahnt hatte er es wohl, doch von ihr die Wahrheit zu hören machte es ihm leichter, damit umzugehen.

„Warum?“

„Du hast mich verlassen.“

Er hatte sie verletzt. All ihren fröhlichen Worten und

ihrer Bereitwilligkeit zum Trotz, ihm mit dem Geld auszuhelfen, hatte sie sich von ihm zutiefst gedemütigt gefühlt.

„Es tut mir leid." Ihm fiel es schwer, diese Worte auszusprechen. „Ich werde fortgehen. In wenigen Tagen geht das letzte Schiff nach Norden."

„Du lässt mich allein?"

Er lächelte. „Du bist nicht allein."

Sie fuhr sich mit der Hand durchs Gesicht. „Ich habe ebenso gefehlt wie du. Ich hoffe, du findest irgendwann die Kraft, mir zu verzeihen, was ich dir angetan habe. Und ihr", fügte sie nach einer kurzen Pause hinzu.

Eirik schwieg dazu.

„Er wird sie töten", wisperte Irene tonlos. „Erst wird er sie verführen, dann wird er sie mit seinen grausamen Spielen zerstören. Und irgendwann, wenn sie nicht mehr weiß, ob sie ihn liebt oder hasst, wird er sie töten. Es wäre nicht das erste Mal. Und sollte sie überleben, was er mit ihr tut …"

Sie sprach nicht weiter.

„Warum kümmert es dich, was aus dem Mädchen wird?", fragte Eirik. „Sie ist nur eine Sklavin." Er schluckte schwer an dieser Lüge. „Schlimm genug, dass ich …"

Sie brachte ihn mit einer knappen Handbewegung zum Schweigen. Ihre Miene war undurchdringlich, als sie sagte: „Ich habe meine Gründe."

„Und was sind das für Gründe?" Er sah sie nicht an. Starr blickte er geradeaus. Wenn er sie ansah, dann wollte er sie auch berühren.

„Vor Jahren, als unsere Eltern noch lebten, da …" Sie zögerte. „Andronikos ist mein Bruder, aber …"

Eirik half ihr nicht.

„Er ist mein Bruder, doch begehrt er mich wie jede andere Frau. Er will mich in sein Bett holen, und ich wehre mich seit Jahren dagegen. Doch wenn du nicht mehr da bist, wer … wer beschützt mich dann?"

Sie schluchzte auf. Es war nur ein leises Geräusch. Er widerstand dem Impuls, die Hand nach ihr auszustrecken.

In ihm wurde es kalt.

Darum hast du mich in dein Bett geholt, Irene? Damit ich dich vor ihm beschütze?

Und weil Andronikos ihn dafür hasste, nahm er Eirik das Einzige, von dem er wusste, dass er es sich von Herzen wünschte. Das Frankenmädchen. Johanna.

Unbändiger Zorn stieg in ihm auf. Er ballte die Hand zur Faust.

Wie hatte er nur all die Jahre so blind sein können?

„Was soll ich tun?", fragte er mit rauer Stimme. „Deinen Bruder herausfordern? Er ist ein angesehener Adliger, ein Mann mit vielen Freunden. Soll ich mein Leben aufs Spiel setzen, um dich von ihm zu befreien?"

„Nein", erwiderte sie heftig. „Nein, du sollst dein Leben nicht um meinetwillen aufs Spiel setzen!"

„Warum dann?"

„Um ihretwillen!", schrie sie. „Um ihretwillen sollst du dein Leben riskieren, Eirik Hallgrimsson. Dass ich es dir nicht wert bin, brauchst du mir nicht zu sagen. Das weiß ich, das war immer so. Aber dieses Mädchen hat etwas in dir geweckt, sonst wärst du nicht zu mir gekommen. Er wird sie aus genau diesem Grund umbringen. Weil er weiß, du liebst sie. Weil er weiß, es macht dich krank, von ihrem Tod zu erfahren."

Eirik erhob sich.

„Geh nicht!" Ihre Hand krallte sich in seinen Ärmel. „Du hast recht, es gibt noch einen Grund, warum ich es nicht ertrage, dass dieses Mädchen in seinen Händen ist. Nicht nur, weil er sie quälen wird, denn das wird er mit allen Frauen tun. Aber es soll zu Ende sein, Eirik. Er soll damit aufhören."

Unwillig machte er sich von ihr los. „Dann willst du also, dass ich ihn töte?"

Ihn entsetzte der Gedanke. Bald band ihn kein Eid mehr, doch fühlte er sich nach wie vor verpflichtet, dass keinem Adligen im Palastbezirk ein Leid geschah.

„Töte ihn nicht. Aber biete ihm etwas an. Einen Handel."

Ihre Stimme war so verzweifelt, so eindringlich. Eirik setzte sich wieder neben sie, löste ihre Hand von seinem Ärmel und barg sie in seinen Händen. Zart und zerbrechlich wirkten ihre Finger, und in aufwallender Zärtlichkeit streichelte er den Nagel ihres Zeigefingers, den sie blutig gebissen hatte. Sie zuckte zusammen.

„Biete ihm meinen Leib gegen den des Frankenmädchens. Kämpft, spielt, ringt um uns, es ist mir gleich, wie ihr es anstellt. Dein Pfand bin ich. Sein Pfand ist die Fränkin. Der Sieger bekommt uns beide."

Er verstand nicht, was sie damit sagen wollte.

„Wenn du gewinnst, soll er mich für alle Zeiten in Ruhe lassen", flüsterte sie. „Und er soll dir die Fränkin überlassen."

Warum sollte Andronikos auf diesen Handel eingehen?

Als hätte er seine Frage laut gestellt, antwortete sie: „Er wird darauf eingehen, glaub mir."

Weil er ein Spieler ist. Weil er mit allen spielt.

„Und wenn ich verliere?"

Sie schüttelte den Kopf. „Du verlierst nicht."

„Ich muss darüber nachdenken."

„Denk nicht zu lange nach. Gut möglich, dass es für dein Frankenmädchen dann zu spät ist."

Sie stand auf; die Unterredung war beendet. Eirik

sprang auf die Füße. Er wusste nicht, was er sagen sollte. Ehe sie ging, wandte sie sich ein letztes Mal zu ihm um.

„Morgen reisen wir zu seinem Landsitz. Du wirst mich doch begleiten?“

Sie traf diese Entscheidung für ihn. Sie ließ ihm keine Wahl.

Er nickte nur.

Sie legte ihm den Beutel mit den Goldmünzen in die Hand. „Danke“, flüsterte sie und ging.

Lange stand Eirik reglos da und lauschte. Alles blieb still. Die beiden Soldaten waren zurückgekehrt und beobachteten ihn abschätzig. Als Eirik schließlich ging, glaubte er, ihre bohrenden Blicke im Rücken zu spüren.

Er gehörte nicht mehr zu ihnen. Trotzdem stand ihm ein Kampf bevor. Und dieses Mal stand mehr auf dem Spiel als sein eigenes Leben.

Die Hitze des Tages wich einer milden Abenddämmerung. Johanna spazierte durch den Innenhof, mit langsamen Schritten ging sie auf und ab. Ihr Hintern schmerzte noch immer von Andronikos' Züchtigungen am Vortag, obwohl Ermingard sie mit einer kühlenden Salbe versorgt hatte. Stumm hatte sie die Salbe in Johannas Kehrseite eingerieben. Auf Johannas Versuche, ein Gespräch zu beginnen, und sei es noch so belanglos, war sie nicht eingegangen. Sie hatte nur immer wieder stumm den Kopf geschüttelt.

Auch Theodora und Livia hatten sich verändert. Als wäre Johanna gezeichnet. Nein, schlimmer: als wäre sie tot, ein Geist, der unter Lebenden wandelte.

Alle wussten, dass sie die Nächste war. Sie wussten es und mieden den Blickkontakt mit Johanna, damit sie nicht das leise Mitleid in ihren Augen lesen konnte.

Sie trat am Abend in den großen Raum und ging zu der Tafel. Theodora blickte auf. Livia, die sich gerade erhob und gehen wollte, sank wieder auf die Bank. Schweigend beobachteten die beiden, wie Johanna sich einen Teller nahm, vom Fleisch auftat, ein Stück Brot abbrach, Früchte neben das Fleisch häufte und sich einen Weinkrug nahm.

„Setz dich zu uns", sagte Theodora sanft. Sie hatte gewonnen. Andronikos hatte Johannas Tod beschlossen, da konnte Theodora großzügig sein.

„Danke, ich stehe lieber."

Johanna ging zurück in ihr Gemach. Sie wollte nicht weinen, aber alles schmeckte nach Salz, und sie würgte schwer an dem Klumpen, der in ihrer Kehle klebte und ihr das Essen schier unmöglich machte.

Sie fürchtete sich vor dem Moment, wenn er nach ihr schicken ließ. Sie fürchtete sich, weil ihr Haar noch nass war von dem morgendlichen Bad, das Ermingard ihr aufgedrängt hatte. Sorgfältig hatte sie Johannas Haar gewaschen und danach ausgespült, hatte die Strähnen entwirrt und gekämmt, ehe sie Johanna hinausschickte, dass sie es in der Sonne trocknen lassen konnte.

So pflegte man wohl nur ein Mädchen, dessen Haar schon bald in knisterndes Nichts aufging.

Es war dunkel, als er nach ihr schickte.

Wieder leuchtete Ermingard ihr den Weg. Doch diesmal führte sie Johanna nicht in eine kleine Kammer, nicht in einen dunklen Gang, sondern in einen großen Raum, der prachtvoller war als alle anderen Räume, die sie bisher aufgesucht hatte. Mosaikböden, Wandteppiche, goldener Glanz und warmer Kerzenschein.

Sie war in seinen Privatgemächern.

Das Zittern erfasste ihren Körper unerbittlich. Sie widerstand dem Wunsch, auf die Knie zu sinken und ihn um ihr Leben anzuflehen. Wo war ihr Überlebenswille hin, wo ihre Wut?

Johanna straffte die Schultern und marschierte voran. Sie sah Andronikos, er stand am Ende des Raums auf einem kleinen Podest und blickte ihr entgegen, die Hände ineinandergelegt, als wollte er damit seiner Freude Ausdruck verleihen, dass sie da war.

Neben ihm stand eine Frau.

Johannas Schritte wurden langsamer.

Auch wenn sie nicht gewusst hätte, dass Andronikos eine Schwester hatte, hätte sich ihr der Gedanke aufgedrängt, die schlanke schwarzhaarige Frau müsse sie sein. Ihre Gesichtszüge waren ebenso sanft wie die ihres neuen Herrn, ihre Lippen ebenso voll und rot, ihre Augen ebenso groß, wenn sie auch dunkler wirkten. Sie trug ein herrliches mitternachtsblaues Kleid, das ihren Körper umschmeichelte. Goldschmuck klimperte dezent an Handgelenken und schmiegte sich um ihren Hals, Perlen waren in ihr Haar geflochten.

Eine edle Dame. Eine wunderschöne Frau.

Johanna schämte sich plötzlich für das einfache weiße Wollkleid, das sie trug. Warum hatte sie nichts mit ihren Haaren machen lassen?

„Ah, meine Feuerhexe. Danke, Ermingard."

Hinter ihr verneigte Ermingard sich und verschwand auf leisen Sohlen.

Der Blick seiner Schwester ging abschätzig über sie hinweg. Als versuchte sie, ihren Wert zu ermessen.

„Komm her, Johanna." Er streckte die Hand nach ihr aus. „Denk dir nur, meine Schwester Irene ist zu Besuch gekommen. Sie hat von dir gehört und möchte dich kennenlernen."

Johanna schritt auf das Podest zu, den Kopf stolz erhoben, den Rücken gerade durchgedrückt. Sie erwiderte den Blick Andronikos', ohne die Augen niederzuschlagen.

„So ist's recht." An Irene gewandt meinte er: „Sie hat schon etwas. Diese Wut, die da unter der Oberfläche brodelt. Ich kann schon verstehen, dass dein Warägerhengst sich mal mit ihr vergnügen wollte."

In Irenes Wange zuckte ein Muskel. „Ach, was kümmern mich seine Liebchen", erwiderte sie kalt.

Andronikos erwiderte darauf nichts. Er betrachtete Johanna nur prüfend. Dann nickte er. „Wollen wir es angehen?"

Irene nickte. Sie trat vom Podest herunter und steuerte zielstrebig eine Tür an, ohne sich nach Andronikos und Johanna umzudrehen.

„Wohin gehen wir?", fragte Johanna leise. Sie rührte sich nicht.

„Komm schon. Es wird ein großer Spaß."

Sie wappnete sich. Für den Schmerz. Sie wappnete sich auch für das große Nichts dahinter.

Sie glaubte, sie war bereit zu sterben.

Doch als sie Andronikos durch die hohe Tür folgte, sah sie ihn. Und da wusste sie, dass sie nie bereit sein würde zu sterben.

Sie sprach seinen Namen nicht aus. Er blickte auf, saß bequem in einem Stuhl, die Beine von sich gestreckt, die Arme auf den Lehnen. Ganz lässig wirkte er, und doch spürte sie, dass auch unter seiner Haut ein Zittern bebte, das ihrem glich. Er hatte Angst wie sie.

Eirik.

Sie sah wunderschön aus.

Man hatte ihr Kleider gegeben, schöne Kleider. Ein weißes Kleid, das sich um ihren Körper schmiegte. Sie ging barfuß, das Haar trug sie offen. Ob sie fror?

Er nickte leise.

Wie gerne hätte er ihr Mut gemacht. Aber er wagte nicht, ihr ins Gesicht zu blicken. Er fürchtete sich vor dem, was er dort sehen könnte.

Andronikos nahm ihm gegenüber auf der anderen Seite des Spielbretts Aufstellung. Er winkte, damit Johanna und Irene sich auf eine Bank setzten, die an der Längsseite des Spieltischs aufgestellt war. Sie sollten zusehen.

Irene setzte sich auf Andronikos' Seite, damit Johanna ihm näher war. Ein zartes Lächeln umspielte ihren Mund, aber Eirik spürte die Angst, die auch unter ihrer Haut zitterte.

Wir setzen so viel aufs Spiel.

„Die Regeln sind folgende: Wer zuerst zwei Partien gewinnt, dem gehören diese beiden Frauen. Gewinnt also Eirik Hallgrimsson, darf er das Frankenmädchen mitnehmen und Irene gehört auch weiterhin ihm. Gewinne ich …" Er machte eine Handbewegung. Selbstsicher. Beinahe höhnisch. Als glaubte er nicht an einen Sieg Eiriks.

„Das Spiel der Könige." Wieder eine weit ausholende Bewegung. Er wandte sich an die beiden Frauen. „Ich erwarte nicht, dass ihr etwas von den Regeln versteht. Seht einfach zu."

Er klatschte in die Hände. Diener strömten herein, brachten kleine Tische und servierten Erfrischungen. Eirik nutzte diese Bewegung, um einen flüchtigen Blick zum Frankenmädchen zu werfen.

Starr saß sie da, die Hände im Schoß verkrampft. Sie schien nicht zu verstehen, worum es hier ging.

Wie auch?

Er hätte sich eine andere Disziplin gewünscht als ausgerechnet das Schachspiel, aber Andronikos hatte darauf bestanden. Die Entscheidung lag bei ihm, schließlich wurde er herausgefordert.

Und er war ein Meister des Schachspiels.

Was Eirik nicht von sich behaupten würde …

„Können wir beginnen?“, fragte Andronikos. Er richtete seine purpurrote mit Goldfäden bestickte Tunika und wischte ein unsichtbares Stäubchen von seinem Ärmel.

„Natürlich.“ Eirik räusperte sich.

„Bitte. Du hast die weißen Figuren.“

Ein weiteres Mosaiksteinchen auf dem Weg zu seiner Demütigung. Eirik wusste, das hier bereitete Andronikos viel Spaß. Er genoss dieses Spiel. Er wähnte sich als Sieger.

Doch Eirik war nicht bereit, kampflos aufzugeben.

Sie spielten schweigend. Eirik saß nach vorn gebeugt und hatte nur Blick und Gedanken für das Schachspiel, das Muster aus weißen und schwarzen Feldern, weißen und schwarzen Figuren, die vor- und zurückwogten in einem stummen Tanz. Er überlegte lange, ließ sich bei jedem Zug Zeit. Vom Wein trank er nicht, sondern ließ sich Wasser bringen; die Süßigkeiten ließ er stehen und bat einen Diener, ihm aus der Küche Eintopf oder etwas ähnlich Deftiges zu bringen.

Ganz anders Andronikos. Er spielte nicht nur auf dem Schachbrett, sondern darüber hinaus gab er eine Vorstellung als großzügiger, ja, sogar großherziger Mann. Er plauderte mit Irene und Johanna, aber ihn kümmerten nicht die einsilbigen Antworten Johannas und die kühlen Irenes; er ließ sich die verschiedensten Leckereien aus der Küche bringen, bestellte mehr Wein und stand nach so manchem Zug auf und umrundete das Spielbrett mit einem zufriedenen Grinsen.

Kurz: Er tat alles, um Eirik zu verunsichern.

Doch es gelang ihm nicht. Zug um Zug drängte Eirik seine Figuren zurück, schlug einen Bauern mehr, ja, es gelang ihm sogar, gegen das Opfer eines Läufers, den er hoffnungslos in eine Ecke gestellt hatte, einen Turm zu schlagen. Das selbstzufriedene Grinsen Andronikos' verblasste.

„Schach." Eirik schob seinen Turm zur Grundlinie vor.

„Du spielst nicht schlecht, Waräger."

Eirik zuckte nur mit den Schultern.

„Nein, mich würde das interessieren. Woher diese Fertigkeit? Ich habe geglaubt, leichtes Spiel mit dir zu haben, aber jetzt erweist du dich nicht nur als ebenbürtiger Gegner, sondern drohst auch, mich in drei Zügen mattzusetzen." Nachdenklich studierte er das Schachbrett. „Nein, sogar in zwei Zügen. Siehst du es auch?"

Eirik sah es, doch er schwieg dazu.

„Wenn ich mit meiner Dame ..." Andronikos überlegte laut. Aber dann schüttelte er den Kopf. „Wie schade. Die erste Partie geht wohl doch an dich." Er legte seinen König hin – das Zeichen, dass er sich geschlagen gab.

Eirik atmete tief durch. Er hatte gewonnen. Nur noch ein Sieg trennte ihn von Johanna.

Erst jetzt wagte er, zu ihr herüberzublicken, und erschrak: Sie weinte.

„Na, kein Grund, traurig zu sein!" Andronikos hatte es auch gesehen. „Aber weil sich dein tapferer Warägerkrieger so gut geschlagen hat, erlaube ich euch beiden, den Rest der Nacht gemeinsam zu verbringen. Nun, was hältst du davon, Feuerhexe?"

Sie schluchzte auf.

„Nimm sie dir, diese Nacht ist sie dein." Er machte eine einladende Handbewegung. „Ich lasse mir nicht vorwerfen, ich sei nicht großzügig."

8. KAPITEL

Ein merkwürdiges Gefühl war es, an seiner Seite zu gehen. Sie hob nicht den Blick, horchte nur auf seine Schritte. Ihre nackten Füße waren eisig kalt.

Sie sehnte sich nach ihm, dass es eine Qual war. So sehr hatte sich alles in ihr angespannt, während sie dem Schachspiel zusah, dass ihre Muskeln jetzt von der Anstrengung zitterten und schmerzten.

Aber in ihr tanzte etwas anderes.

Diese Nacht gehörte ihnen.

Sie gingen in ihr Gemach. Still war es in diesem Teil des Palasts. Dunkel lag der große Raum da, in dem sie mit Theodora und Livia die Mahlzeiten einnahm. Sie steuerte die Tür ihres Gemachs an. Dahinter waren sie allein. Dahinter wagte sie erst, das Wort an ihn zu richten.

Sie fürchtete die Tränen, die in ihren Augen brannten.

Und was geschah danach?

Für diese Nacht durfte er über sie verfügen. Dankbarkeit und Angst vermischten sich. Sie wollte ihm zeigen, wie froh sie war.

Sie wollte ihm nah sein.

Aber erwartete er das nicht auch von ihr, da sie für diese Nacht sein war?

Zögernd blieb sie in der Mitte ihres Gemachs stehen, das von wenigen Kerzen beleuchtet wurde. Eirik verharrte hinter ihr.

Was sollte sie nur sagen?

Er sprach zuerst. „Wenn du müde bist … Wir können schlafen gehen."

Nein. Nein, das will ich nicht. Denn wenn du das nächste Mal verlierst und in der Nacht darauf auch …

Nicht auszudenken.

Sie drehte sich zu ihm um. Ihre Hände griffen nach der Silberfibel, hakten sie auf. Starr vor Kälte waren ihre Finger, doch in ihrem Schoss brannte wieder jenes Feuer, das nur er stillen konnte.

Das Kleid sank über ihrer linken Schulter herab, entblößte die zarte Linie ihrer Brust, die sich unter dem Stoff wölbte. Sie fröstelte, dennoch machte sie weiter. Sie ließ den Blick nicht von ihm, als fürchtete sie, der Mut könnte sie sonst verlassen. Und auch sein Blick ruhte auf ihrem Gesicht, während sie die zweite Fibel löste und beide einfach auf den Boden fallen ließ. Sie spürte die kühle Nachtluft auf ihren nackten Brüsten. Sie wünschte sich, die Hitze seines Körpers zu spüren.

„Soll ich weitermachen?“, flüsterte sie.

Ein unmerkliches Nicken. Sie sah es und machte weiter. Der schmale Gürtel, mehr ein Lederstrick, der um ihre Leibesmitte geschlungen war, ließ sich nur schwer lösen, weil ihre Finger sich so steif anfühlten. Sie warf auch ihn beiseite. Das Kleid sank weiter, bis es auf ihren Hüften ruhte. Als wartete es darauf, dass er es herunterschob.

Sie machte einen Schritt auf ihn zu. Alles in ihr drängte zur Eile.

Wir haben nur diese eine Nacht.

Sie fürchtete, es könnte die einzige Nacht sein, die ihnen blieb. Sie fürchtete den Tod, der hinter diesem Wettstreit der beiden Männer auf sie lauerte. Tod oder Leben. Ohne zu wissen, ob das Leben es wert war.

Er streckte die Hand nach ihr aus, legte sie zwischen ihre Brüste auf ihr Brustbein. Sie spürte ihren Herzschlag, der bis in seine Hand pulste.

„Rettest du mich?“, flüsterte sie.

Er nickte stumm.

„Und dann?“

Seine Hand glitt langsam hinab. Legte sich auf ihren Bauchnabel, ohne tiefer zu gleiten, ohne zu fordern. Er schien auf ein Zeichen von ihr zu warten. Sein Gesicht – oh, sie hatte geglaubt, es nie wiederzusehen – trug eine undurchdringliche Miene zur Schau.

„Ich reise in wenigen Tagen nach Hause. In den Norden. Ein Schiff geht vom Hafen, das über Kiew nach Uppsala fährt."

Er verließ sie? Und was wurde dann aus ihr?

„Wenn ich gewinne ... wenn ich den zweiten Sieg davontrage ..."

„Nimm mich mit."

Seine Augen forschten in ihren. Warum war ihr nie aufgefallen, von welch schöner, durchdringend brauner Farbe seine Augen waren? Warum hatte sie das so schnell vergessen? Würde sie auch anderes allzu schnell vergessen, wenn er fort war?

„Das würde ich gerne tun. Wenn es dein Wunsch ist."

Das und noch viel mehr wünsche ich mir. Eirik.

Eirik, Eirik, Eirik.

Sein Name schmeckte nach Tränen. Nach Abschied.

Er stand so dicht vor ihr, dass sie ihn nicht nur riechen, sondern auch spüren konnte. Sie schloss die Augen. Hob die Hand und legte sie auf seine Brust, spürte durch seine Tunika seinen Herzschlag. Sie beugte sich vor, legte ihr Ohr an seine Brust.

Seine Arme umfingen sie. Eine Hand legte sich auf ihren Kopf, die andere lag auf ihrem Rücken. Tröstend. Beschützend.

„Er bringt mich um", flüsterte sie erstickt.

Da hatte sie ausgesprochen, was sie für sich behalten wollte.

Eiriks Muskeln wurden hart. Sein Herz trommelte

wild in unregelmäßigem Takt, als stolperte es über diese Worte.

„Das wird er nicht wagen."

Die Worte quollen aus ihr hervor. Gedanken formten sich zu Worten. Gedanken, die sie tagelang im Herzen bewegt hatte.

„Ich hatte so Angst, du könntest mich ersteigern. Ich wollte nicht deine Sklavin sein. Und dann war er da, und er sah so freundlich aus und hat dich immer wieder überboten. Ich war so froh!" Ihre Hände krallten sich in den Stoff seiner Tunika. „So froh, bis ich herkam und begriff, dass er's nur getan hat, um dich zu strafen. Nur um dir wehzutun, weil du seine Schwester …"

Die Worte gingen ihr aus und sie verlor sich im Stammeln.

Er küsste ihren Scheitel. Er streichelte ihr Haar. Drückte sie fest an sich.

„Wenn ich sterben muss … dann lass mich vorher wenigstens das eine Mal leben."

Sie wusste nicht, ob er ihre Worte verstanden hatte, denn ihre Stimme war nur noch ein Hauch. Ihre Knie zitterten. Endlich durfte sie schwach sein. Endlich war da jemand, der ihr ein Gefühl von Sicherheit schenkte.

Und sie nahm sein Geschenk an. Dankbar. Rückhaltlos.

In seinen Armen wollte sie vergessen, dass ihr ein neuer Tag drohte. Dass ihr schon bald ewige Nacht beschieden war.

Stumm führte er sie zum Bett. Sie hatten genug gesprochen, jetzt lauschten sie nur noch den Stimmen ihrer Körper.

Johanna war froh, dass nur wenige Kerzen den Raum beleuchteten. Lieber wäre ihr gewesen, er hätte sie in der Dunkelheit entkleidet und nicht die Narbe gesehen, die sich weiß von ihrer hellen Haut abhob und sich über ihren Oberschenkel schlängelte.

Sie hob die Hüften, als er ihr das Kleid auszog. Genoss den leisen Schmerz ihres Rückens, als sie sich ausstreckte. Verkrampfte Muskeln entspannten sich.

Er stand vor dem Bett. Betrachtete sie. Warf ihr Kleid beiseite und begann, sein Hemd, die Beinkleider, die Stiefel abzulegen, ohne sie aus den Augen zu lassen. Langsam, als erwartete er Widerspruch von ihr.

Warum sollte sie ihm widersprechen? Warum ihn aufhalten?

Sie hatte ihn vom ersten Augenblick an gewollt.

Er kam zu ihr, legte sich neben sie. Seine Arme umfingen ihren Körper, der gegen seine Größe zu einem kleinen Nichts schrumpfte. Sie rollte sich herum, schmiegte ihren Körper an seinen. Sein Glied drückte sich hart zwischen ihre Pobacken, aber für den Augenblick suchten sie nicht die Vereinigung, sondern nur Schutz und Trost in der Anwesenheit des anderen.

Eirik zog die Decke über ihre Körper. Sie lagen in der Stille. Johanna lauschte seinen Atemzügen. Zählte sie. Genoss jeden einzelnen.

Seine Hand glitt unter ihr Haar, liebkoste ihren Nacken. Es kam ihr vor wie eine Ewigkeit, jede Bewegung endlos, jede Liebkosung zeitlos. Finger tanzten auf der Linie ihres Rückgrats herunter wie winzige Füße, seine Hand umfasste im nächsten Moment ihre Pobacke mit erstaunlicher Kraft. Sie stöhnte. Noch immer fühlte sich ihre Kehrseite wund an von den Züchtigungen.

„Sag mir, was du dir wünschst."

Wenn er flüsterte, war seine Stimme ein Versprechen an die Zukunft.

„Lieb mich."

Er lächelte. Sie spürte es. „Ich kann nichts anderes."

Seine Nähe umhüllte sie. Wärmte sie. Seine Hand glitt nach vorne, vergrub sich im krausen Haar ihrer Scham. Sie seufzte, gab sich ganz den warmen Gefühlen hin, die in ihrem Bauch pochten. Quälend langsam schoben seine Finger sich zwischen ihr Schamhaar, fanden ihre Hitze.

„Erinnerst du dich?"

Wie könnte ich es vergessen?

Damals hatte sie sich geschämt, weil ihre Lust, ihre Sehnsucht nach seinen Händen ihren Fluchtversuch vereitelt hatte. Jetzt hoffte sie, seine Finger möchten ewig dieses zarte Spiel spielen. Ewig um ihr Knöpfchen kreisen, das heiß puckerte. Sie stöhnte, rieb sich an seiner Hand. Er bewegte sich hinter ihr, sein Schwanz schob sich zwischen ihre Pobacken und weiter hinab, glitt zwischen ihren Schenkeln nach vorne. Er seufzte.

Sie wollte ihn spüren. In sich.

Die andere Hand legte sich auf ihre Brust. Ihr harter Nippel drückte sich in seine Handfläche. Jetzt stöhnte sie lauter. Seine Finger drangen in sie ein.

„Bitte", flüsterte sie.

Nichts konnte sie jetzt noch aufhalten. Sie wollte ihn in sich spuren.

Eirik kam ihrem Flehen nach. Er umfasste sein Glied, mit der anderen Hand öffnete er ihre Labien. Sie drängte ihm entgegen. Als die Spitze seines Penis sich in sie schob, verharrte er.

„Ich will dir nicht wehtun." Sein Mund legte sich an ihren Hals.

„Du tust mir nicht weh", versprach sie.

Er drang in sie ein.

Johanna lag ganz still in seinen Armen. Er hielt sie, er wiegte sie, ließ sie nicht los. Langsam nur begann er, sich in ihr zu bewegen, flüsterte ihr etwas zu, das sie nicht verstand, barg sein Gesicht an ihrem Hals.

Sie fühlte sich so ganz und gar von ihm geborgen.

Seine Bewegungen waren beständig wie Wellen, die an den Strand brandeten. Sie gab sich diesen Bewegungen hin, spürte die Lust, die sich langsam in ihr entfaltete und jenem Höhepunkt zuströmte, den sie mit ihm gemeinsam erreichen wollte.

Seine Hand glitt hinab, teilte ihr Schamhaar. Finger tauchten in ihre Nässe ein, rieben über ihre Klit. Sie stöhnte. Das leise Pochen wurde zu einem Druck, der nur nachlassen würde, wenn er sie mit seinen Stößen über die Grenze hinaustrug.

Sie dachte nicht, sie *war.* Sie wollte ihn bitten, sich schneller zu bewegen, doch während sie noch nach den richtigen Worten suchte, wurde er bereits schneller, als wären ihre Gedanken Worte in seinem Kopf. Im nächsten Moment spürte sie das köstliche Pulsieren, mit dem sich ihr Höhepunkt ankündigte.

Sie schrie ihre Lust aus sich heraus. Seine Arme hielten unerbittlich ihren Körper fest, sie hörte sein kehliges Stöhnen, und für sie war es das Herrlichste, was sie je gehört hatte.

Danach lagen sie still, nebeneinander, aneinander, ineinander. Sie lauschte seinen Atemzügen, spürte den Schweiß auf ihrer Haut trocknen. Fröstelte.

Sie hatten die Decke weggestrampelt. Jetzt zog sie die Decke wieder hoch, kuschelte sich in diese Höhle aus Wärme und dem herben Duft ihrer Vereinigung. Seine Arme hielten sie fest, während sein Atem in ihrem Nacken kitzelte. Ein herrliches Gefühl. Sie kicherte.

„Was gibt es da zu lachen?“

Seine Finger tanzten über ihre Flanke. Johanna musste

ein Lachen unterdrücken, sie krümmte sich und versuchte, seinen Händen zu entkommen. Atemlos landete sie auf dem Rücken. Er war über ihr, stützte sein Gewicht auf die Ellbogen und betrachtete ihr Gesicht. Suchte etwas in ihren Augen, und als er es fand, nickte er zufrieden. Sein Haar hing ihm ins Gesicht, und sie hob die Hand, um es zu spüren.

Alles von ihm wollte sie in dieser Nacht spüren und es nie vergessen.

Wenigstens einmal hatte sie davon kosten dürfen, was es hieß, von einem Mann geliebt zu werden.

Morgen wurde die zweite Partie gespielt.

Eirik starrte auf das Schachbrett.

Er versuchte, sich auf das Spiel zu konzentrieren.

Aber wie sollte ihm das gelingen, wenn auf der Polsterbank neben dem Spieltisch Irene und Johanna saßen? Irenes Gesicht war ausdruckslos. Unlesbar.

Johanna aber … In ihrem Gesicht vermochte er seit der gestrigen Nacht zu lesen. Und Hoffnung lag in ihrem Blick ebenso wie Ungeduld. Sie konnte es nicht erwarten, dass er diese zweite Partie für sich entschied. Für sie.

Er hatte sie in der Nacht immer und immer wieder geliebt. War nicht satt geworden von ihrem Duft, von der Zartheit ihrer Haut und der Seidigkeit ihres Haars. Hatte ertrinken wollen in ihrer Umarmung.

Konzentrier dich!

Der goldene Schimmer, der auf ihrem roten Haar tanzte.

Später, als die Kerzen verloschen waren und sie im Dunkeln beisammen gelegen hatten, hatte er ihren tiefen Atemzügen gelauscht. In Gedanken war er immer und immer wieder die Züge einer Schachpartie durchgegangen, neue Ideen, Varianten, mit denen er Andronikos in der zweiten

Partie überraschen wollte. Ja, er sah sich schon nach wenigen Zügen als strahlenden Sieger, der aufsprang, sobald Andronikos' König umkippte, und Johanna in die Arme riss, weil sie endlich sein war.

Unerträglich, sich das Gegenteil auszumalen. Unerträglich und unmöglich.

Er machte seinen Zug und warf einen flüchtigen Blick zu Johanna hinüber. Sie lächelte. Nein, das war nicht richtig. Kein Lächeln, eher ein Strahlen, das still ihren ganzen Körper erfasst hatte. Ein inneres Leuchten.

Sie wirkte weicher. Verletzlich.

Er fürchtete um das, was mit ihr geschehen würde, wenn er verlor.

Ich werde nicht verlieren.

Leider war er sich da nicht so sicher. Andronikos spielte heute anders. Er hatte den Wein abgelehnt, knabberte Pistazien und ließ seinen Blick immer wieder zwischen Eirik und dem Schachbrett hin- und herwandern. Er machte seine Züge nach langer Bedenkzeit, zögerte dann aber nicht. Er machte kein Spiel aus dieser Partie. Er wollte gewinnen.

Das machte Eirik Sorgen. Denn er wollte zwar auch gewinnen, hatte aber bereits nach zwanzig Zügen zwei Bauern weniger, und ihm drohte, im nächsten Zug auch einen Springer zu verlieren.

Seine Hände waren schweißnass. Als er den Springer wegzog, spürte er ein leises Zittern seiner Finger.

Andronikos bemerkte es. Eiskalt war sein Blick, kein Lächeln, kein Spott.

Er weiß, dass er diese Partie gewinnt.

Und spätestens jetzt wusste Eirik es auch. Er sah es. Nur noch wenige Züge und er war matt.

Er wagte nicht, zu Johanna hinüberzuschauen. Vergrub das Gesicht in den Händen, *konzentrier dich*, über den nächsten Zug dachte er sehr lange nach, nachdem Andronikos seine Dame bewegt hatte.

Er drehte und wendete die verschiedenen Möglichkeiten. Es gab keinen Ausweg. Er stand kurz vorm Matt. Beinahe lustlos machte er seinen Zug.

Andronikos lächelte. „Willst du nicht aufgeben?"

„Niemals", knurrte er. „Spiel."

„Ich habe mir überlegt … Da du ja gestern bereits nach dem Sieg eine Kostprobe unseres kleinen Preises haben durftest … ob ich mir dann nicht heute Nacht ein bisschen Spaß mit ihr verdient habe?" Er machte seinen Zug.

Da war es wieder. Das überhebliche Lächeln.

Eirik hätte es seinem Gegner am liebsten aus dem Gesicht geschlagen.

Und wer hinderte ihn schon daran? Die Waräger standen vor dem Raum Wache. Andronikos hatte sie hinausgeschickt, er habe keine Angst vor seinem „Freund" und der eigenen Schwester.

Nein, so wollte er nicht siegen. Er wollte einen fairen Kampf.

Und wenn der zweite Sieg auch an ihn geht?

Der Gedanke verbot sich.

Eirik streckte die Hand aus und umfasste seinen König. Sanft legte er ihn auf das Spielbrett.

Neben ihr schnappte Irene nach Luft.

Da erst begriff Johanna, dass Eirik gerade verloren hatte. Sie hob den Kopf, blickte erst ihn an, der so ernst wirkte, dann Andronikos.

Sein Lächeln war nicht böse, eher … zufrieden.

Sie hatte nicht zugehört, was die beiden Männer während der Partie sprachen, und auch Irenes Bewegungen neben sich – die selten genug waren, denn Irene regte sich kaum – hatte sie nur am Rande wahrgenommen, obwohl die Adlige so dicht neben ihr saß, dass Johanna nicht nur ihr schweres Parfüm riechen konnte, sondern auch die Bewegung jedes Atemzugs zu spüren glaubte.

Das also war die Frau, mit der Eirik das Bett teilte.

Sie hatte ihn gestern Nacht nicht nach ihr gefragt. Sie hatte vergessen, dass es außerhalb ihres Gemachs eine Welt gab, die ihr dieses kleine Paradies unter dem hellen Laken entreißen wollte. Einfach vergessen, dass Eirik und sie am nächsten Morgen wieder getrennter Wege gehen mussten. Verdrängt, dass es ihm auch misslingen könnte, eine der beiden kommenden Partien zu gewinnen.

Sein Sieg hatte sie trunken gemacht. Seine Liebe hatte Wunden geheilt, die sie zuvor gar nicht mehr gespürt hatte. Seine Zärtlichkeit hatte ihre Wut besänftigt, die nun in ihr ruhte, eingerollt und schlafend. Er hatte sie heil gemacht.

Sie war zuversichtlich, fast schon euphorisch. Ein Abend nur, eine Partie trennte sie noch von der Zukunft. Mit ihm wollte sie fortgehen und vergessen, was Byzanz ihr angetan hatte.

Ich will nicht sterben.

Sein König rollte etwas über das Brett. Sie verstand nicht viel von diesem Spiel, aber dieses Zeichen der Kapitulation war ihr bekannt.

Verloren.

Sie spürte eine Hand, die nach ihrer griff und sie so fest quetschte, dass sie beinahe aufgeschrien hätte. Irene. Die Schwester Andronikos' hielt den Blick starr geradeaus gerichtet, doch drückte sie Johannas Hand. Ob dies eine tröstende Geste sein sollte oder einfach Ausdruck ihrer eigenen Verzweiflung, wusste Johanna nicht zu sagen. Sie verstand ohnehin zu wenig in diesem Spiel. Warum saß

Irene bei ihnen? Warum hoffte auch sie, dass ihr Liebhaber gewann und nicht ihr Bruder?

Es gab so vieles, das sie nicht verstand.

„Nun, der Preis des Siegers dem Sieger." Andronikos stand auf. Er winkte Johanna. Sie blieb sitzen.

Nein.

„Komm schon, Feuerhexe. Heute Nacht darf ich mich mit dir vergnügen. Wer weiß, ob dieser wankelmütige Waräger dich morgen überhaupt noch will."

Sie griff in ihr Haar. Sonst rührte sie sich nicht.

Irenes Finger strichen ein letztes Mal über ihre Hand, dann war sie fort.

Johanna fürchtete, der Boden könnte unter ihr schwanken. Sie stand auf. Nicht Andronikos blickte sie an, sondern Eirik. Flehend.

Warum lässt du das hier zu? Warum erlaubst du ihm, mit mir zu machen, was er will? Warum ... tötest du ihn nicht?

„Komm." Andronikos' Stimme war ein sanftes Locken.

Sie ließ Eirik nicht aus den Augen. Sie umrundete den Tisch, bis sie neben Andronikos stand. Ihr Blick gefror auf Eiriks Gestalt, die auf dem Sessel zusammengesunken war.

Warum siehst du mich nicht an?

Sie schluchzte auf.

„So ist es brav." Andronikos legte seine Hand auf ihre Schulter. „Schau, ich mache nichts anderes mit dir, als er tun würde. Gestern Nacht hat es dir doch gefallen, oder?"

Er ekelte sie an.

Sie schüttelte seine Hand ab. Im nächsten Augenblick lag sie wieder auf ihrer Schulter.

„Man hat deine Schreie im ganzen Palast gehört. Wie eine läufige Hündin hast du dich ihm hingegeben, obwohl du nur mir gehörst."

Sie hob den Arm, ihre Hand wischte seine von ihrer Schulter.

„Oh, so ungezogen?“ Andronikos lachte rau.

Irene war aufgestanden. Sie sprach mit leiser Stimme. „Andronikos. Lass sie in Ruhe.“

Er wirbelte zu ihr herum. „Was denn, wäre es dir lieber, wenn ich *dich* heute Nacht in mein Schlafgemach mitnehme? Ich hätte jedes Recht dazu – immerhin gehörst auch du nach dem morgigen Abend für immer mir.“

Andronikos begehrt seine Schwester?

Er umfasste Johannas Arm.

„Vielleicht sollte ich das wirklich tun. Oder ich nehme euch beide mit und sehe zu, wie ihr euch gegenseitig die Finger in die Möse steckt und einander leckt. Oh, das würde mir noch viel besser gefallen!“

Irene erwiderte seinen Blick.

Eirik richtete sich auf. Er erhob sich, machte zwei Schritte zurück und verschmolz mit den Schatten. Johanna bemerkte es nur aus dem Augenwinkel, während Andronikos sich ganz auf seine Schwester konzentrierte.

„Du widerst mich an“, sagte sie sehr ruhig.

„Warum dann dieser Wettkampf? Du willst doch, dass ich gewinne. Das ist dir die willkommene Entschuldigung, endlich wieder für mich die Beine breitzumachen.“

„Du irrst, Brüderchen. Ich setze all meine Hoffnung auf Eirik.“

„Gut möglich, dass du verlierst.“

Sie neigte den Kopf, als dächte sie darüber nach. Dann nickte sie. Widerstrebend.

Andronikos ließ Johanna los. „Dann gehst du heute Nacht mit mir zu Bett?“

Irene schwieg.

„Ich hätte es nie zu hoffen gewagt, schönste aller Schwestern. Doch lass mich nur gerade dafür sorgen, dass meine Sklavin mir nicht in der Nacht fortläuft mit deinem Waräger."

Er rief die Wachen herbei.

Wie durch einen blutroten Nebel nahm Johanna wahr, was mit ihr geschah. Zwei Waräger, die zögernd nach ihr griffen, ihre Arme packten und sie sanft mit sich zogen. Andronikos' Stimme, laut und hell. Die Freude darin glaubte sie mit Händen greifen zu können. Seine Befehle, zackige Antworten.

Sie brachten sie nicht in ihr Gemach. Nicht in den Frauentrakt, in dem Theodora und Livia seit zwei Tagen um sie herumschlichen wie um ein waidwundes Tier.

Dass dieser Palast einen Raum besaß, in dem man an die Wand gekettet werden konnte, hatte sie nicht gewusst.

Dass es dort so bequem war, ebenso wenig.

Ein Kerker und doch wieder nicht.

Der Raum wurde von Fackeln beleuchtet. Eine massive Tür schloss sich hinter den Warägern, ein Schlüssel knirschte, ein Riegel wurde vorgeschoben.

Der rote Nebel lichtete sich.

Sie versuchte, ihre Umgebung zu begreifen.

Sie staunte.

Die Steinwände drängten sich eng um diesen Raum, und das Gefühl der Enge und des Eingesperrtseins konnte auch das breite Bett nicht mildern, auf das die Waräger sie geworfen hatten. Ihre Handgelenke steckten in Eisenfesseln, die an der Wand über ihrem Kopf mit einer Eisenkette befestigt waren. Sie zog daran – es schepperte unnatürlich laut, es rasselte, doch blieben ihre Arme über ihrem Kopf. Zu kurz die Kette, zu wenig Spiel. Sie konnte sich allenfalls auf die Seite drehen und den Kopf auf die ausgestreckten Arme betten.

Die Matratze, auf der sie lag, ähnelte jener, die in ihrem Gemach die Bettstatt so bequem machte, dass sie in den letzten Nächten ihren Ängsten zum Trotz besser geschlafen hatte als in den Monaten zuvor. Und auch sonst wirkte alles eher wie ein beengtes, kaltes Gemach für eine seiner Lustsklavinnen … Der Weidenkorb in der Ecke, in dem merkwürdige Gerätschaften lagen, die im Spiel von flackerndem Fackelschein und Schatten unheimliche Figuren an die Wand zeichneten, verängstigte sie aber eher.

Was tat er in diesem Raum? Welchem Zweck diente dieser Kerker?

Sie wollte es gar nicht wissen.

Weil die Waräger es versäumt hatten, die Decke am Fußende der Bettstatt zu entfalten und über ihren Körper zu breiten, rollte sie sich zusammen und versuchte, sich an ihrem eigenen Körper zu wärmen. Der Versuch missglückte, denn sie spürte kalte Haut auf kalter Haut. Sie begann zu zittern.

Ihre Füße schob sie unter die Decke, versuchte, sie zwischen den Beinen einzuklemmen und höherzuziehen. Eine mühsame Angelegenheit, die sie viel Zeit kostete und anstrengend war. Doch schließlich reichte ihr die Decke bis zur Hüfte, es war ihr irgendwie gelungen. Sie schloss erschöpft die Augen.

Das Glimmen und Flackern der Fackeln schlich sich in ihre Träume.

Sie glaubte, den abartigen Gestank von verbranntem Haar zu riechen.

Johanna wimmerte. Sie kniff die Augen zusammen, vergrub die Hände in ihrem Haar. Sie wollte sich darin vergraben, wollte die Welt um sich vergessen.

Nur Eirik konnte sie nicht vergessen.

Was tat er jetzt wohl?

Sie verstand, warum Andronikos sie hierher hatte bringen lassen. Hätte er sie in ihr Gemach geschickt, hätte Eirik alles darangesetzt, in der Nacht zu ihr zu kommen. Er hätte nichts unversucht gelassen, sie aufzusuchen. Vielleicht hätte er sogar versucht, mit ihr zu fliehen, während Andronikos sich mit seiner Schwester vergnügte …

Ihr Herz raste. Darum die Eisenfesseln. Darum klirrende Ketten und ein bewachter Kerker.

Sie hatte Angst vor dem nächsten Tag. Angst vor dem dritten Schachspiel. Angst vor Andronikos' Sieg. In ihr war kein Platz für andere Gedanken. Kein Platz für Hoffnung. Und sie ahnte, dass auch dies Teil seines Spiels war, das er mit ihnen spielte. Er beherrschte nicht nur das Schachspiel, sondern auch das Spiel mit den Gefühlen, den Hoffnungen und Ängsten. Sie waren ihm in die Falle gegangen, und nun stand sie Rücken an Rücken mit Irene und Eirik und gab sich der absurden Zuversicht hin, alles könnte gut ausgehen.

Dabei war dies sein liebstes Spiel.

Sie hörte es im Halbschlaf. Der Riegel glitt zurück, ein Schlüssel knirschte im Schloss. Leise Schritte, die sich ihrem Bett näherten, die Tür knallte zu. Stille.

Sie machte sich ganz klein. Atmete nicht.

Er war doch gekommen. Erst hatte er mit seiner Schwester das Bett geteilt. Jetzt kam er zu ihr.

Sie glaubte zu hören, wie er eine Fackel aus der Halterung zog. In ihrem Bauch ballte sich schmerzhaft die Angst. Ihre Hand zuckte, Kettenglieder klirrten.

„Johanna."

Eirik.

Ihre Anspannung löste sich. Erleichtert brach sie in Tränen aus. Durch ihre geschlossenen Lider quollen sie hervor, rannen über ihr Gesicht.

Seine Hände waren da. Sie spürte das Raue seiner Handflächen, das Zärtliche seiner Bewegungen. Die Hand, mit der er sonst sein Schwert schwang, streichelte die Tränen von ihren Wangen. Sie schluchzte, verschluckte sich an ihren Tränen und traute sich endlich, die Augen zu öffnen.

Du bist da. Du rettest mich.

Seine dunklen Augen. Sie ertrank darin.

Er umfing ihr Gesicht mit beiden Händen. Seine Stimme war eindringlich. „Hör mir genau zu. Ich kann dich heute Nacht nicht befreien. Ich wollte es, ich hatte es vor, aber er hat sich den Schlüssel zu deinen Fesseln geben lassen, ich bekomme sie nicht, es sei denn, ich schlüge ihn tot."

Dann mach es doch. Schlag ihn tot, damit ich leben kann.

Seine Daumen fingen ihre Tränen auf.

„Aber heute Nacht bleibe ich bei dir. Ich lasse dich nicht allein." Sein Blick ging zur Tür. „Die Wachen haben unter mir gedient, sie sind mir treu, solange ich ihm nicht ans Leben will. Darum durfte ich herkommen. Ich wärme dich heute Nacht."

„Wärme mich nicht nur." Ihre Stimme war ein raues Wispern.

Er lachte. Sie weinte.

Dann küssten sie sich.

Der Kuss schmeckte nach dem Salz ihrer Tränen, aber sie schmeckte auch ihn, und sein Geschmack war süß wie Honig und rauchig. Sie hob ihren Oberkörper, rieb sich an ihm, doch er trug seinen Lederpanzer, Teil seiner Uniform als Warägeroffizier. „Warte", flüsterte er.

Sie wollte nicht warten, doch nickte sie nur stumm.

Vor ihren Augen entkleidete er sich rasch. Den Lederpanzer, die Tunika, Beinkleider, Stiefel. Das Schwert, das er umgegürtet hatte. Er zog einen Dolch aus dem Stiefel, legte ihn behutsam auf den Kleiderhaufen, als wollte er sichergehen, nicht unbewaffnet zu sein. Falls jemand kam.

„Wir sind in Sicherheit", versprach er ihr, weil er ihren Blick richtig deutete.

Aber du bist dir da nicht sicher, stimmt's?

Sie wollte sich trotzdem in dieser Sicherheit wiegen wie in seinen Armen.

Dann legte er sich neben sie. Er zog die Decke über ihren frierenden kalten Körper, barg sie in seinen Armen und hielt sie einfach, wie er sie auch letzte Nacht stundenlang gehalten hatte. Eine Hand glitt zu ihren hinauf, sie riss an den Fesseln, doch beruhigte er sie, damit sie sich nicht wund scheuerte.

„Schhh", machte er. „Ganz ruhig."

So hatte es begonnen, vor gar nicht allzu langer Zeit. So war es bei ihrer ersten Begegnung gewesen. Damals hatte sie ihn gehasst, weil er ihre Fesseln löste, sie aber zugleich mit seinen geschickten Fingern an sich band, dass er ihre Flucht vereitelte. Diesmal war es so anders. Sie war in seinen Armen geborgen. Ohne ihn wäre sie verloren.

Sie schmiegte sich an ihn. Ihr Kleid störte sie, und sie wünschte, er zöge es ihr endlich aus. Sie wollte nackt für ihn sein. So hilflos sie auch war, sie wollte das hier. Wie sehr sie sich danach sehnte, ihre Hände in seinem weichen Haar zu vergraben, die Finger in seinen festen Po zu krallen oder die Linien der modellierten, harten Muskeln unter seiner Haut nachzuzeichnen! Aber all das blieb ihr in dieser Nacht verwehrt. Sie war auf ihre anderen Sinne angewiesen. Darauf, was ihr Körper spürte und nicht ihre Hände.

Sie legte sich auf den Rücken, als er sich aufrichtete. Die Ketten klirrten, sie hielt den Atem an. Seine Finger lösten die Fibeln, er stach sich mit einer Nadel in den Daumen und fluchte leise.

„Lass mich sehen", flüsterte sie.

Ein Tropfen Blut hing auf seiner Daumenkuppe. Sie beugte sich vor, nahm seinen Daumen in den Mund. Mit der Zunge erforschte sie ihn, schmeckte sein Blut und spürte das winzige Loch, das die Fibelnadel gerissen hatte. Er sog scharf die Luft ein, wollte sich ihr entziehen, doch ihre Zähne hielten ihn.

Seine Hand schob ihr Kleid herunter. Ihre Brüste waren von kleinen dunklen Nippeln gekrönt, die bereits hart waren. Er beugte sich darüber, schnappte mit dem Mund nach ihr, saugte daran.

Johanna stöhnte und ließ von seinem Daumen ab. Es gab doch noch anderes, an dem sie lutschen konnte …

Sie hob ihre Hüften, half ihm, ihr das Kleid abzustreifen. Nun war sie nackt. Nur die Eisenfesseln schnitten in ihr Fleisch, wenn sie daran zerrte.

Doch dann passierte etwas mit ihr. Etwas, das sie nicht verstand. Er kniete zwischen ihren leicht geöffneten Schenkeln, hielt ihr Kleid in Händen und betrachtete ihren nackten Körper, trank ihren Anblick. Seine Augen bewegten sich, nahmen alles ganz genau wahr. Und sie sehnte sich so sehr, die Hand nach ihm auszustrecken, einfach einen Finger auf seine Brustwarze zu legen oder seine Lippen unter ihrer Handfläche zu spüren. Sie sehnte sich danach, sich aufzurichten, die Arme um ihn zu schlingen und ihm so nah zu sein wie nur möglich.

Da erkannte sie: Näher konnte sie ihm kaum kommen.

Größer konnte ihr Vertrauen nicht werden.

Sie war ihm ausgeliefert. Gefesselt, nackt, wehrlos. Und es war ein erregender Gedanke, nicht zu wissen, was er mit ihr tun würde, nicht zu wissen, wie er sie streicheln würde, vor allem aber: Sie hatte keinen Einfluss darauf. Keine Möglichkeit, seinen Kopf zwischen ihre Schenkel zu schieben, keinen Weg, ihm klarzumachen, wonach sie sich sehnte, außer die Sprache ihres Körpers, denn sie wagte nicht, das laut auszusprechen, was sie sich wünschte. Was sie von ihm kennenlernen wollte.

Aber sie vertraute ihm. Sie wusste, er würde es richtig machen.

Weil sie einander liebten.

Noch immer war dieser Gedanke ihr fremd wie der Geschmack der Früchte, die ihr in diesem Palast jederzeit serviert wurden, sobald sie Hunger verspürte.

Es war auf jeden Fall anders als damals bei Konrad, und den hatte sie ihr Leben lang gekannt.

Es war anders als bei jedem Mann, an den sie sich erinnern konnte.

War das Liebe?

Er lächelte. Sie mochte sein Lächeln. „Bist du müde?"

Konnte man denn hierfür zu müde sein?

„Nein", flüsterte sie. „Mach weiter."

Er beugte sich über sie. Seine Küsse waren schmetterlingszart, und sie schloss die Augen. Sein Mund berührte ihren Hals, sie legte den Kopf in den Nacken und sog seinen Geruch ein, ehe er sie küsste und ihre Lippen miteinander verschmolzen. Seine Hände aber glitten hinab. Umfassten ihren Hintern, massierten ihn, bis sie in seinen Mund stöhnte. Da schob er sich hinab, leckte über ihren Hals, zwischen ihren Brüsten hinab bis zu ihrem Bauchnabel. Seine Zunge tauchte ein, es war ein merkwürdiges Gefühl, aber da war er schon weiter und kitzelte das krause Haar ihrer Scham. Unwillkürlich hielt Johanna die Luft an.

Es war, als wüsste er genau, was sie wollte.

Seine Finger teilten ihr Schamhaar. Kühl traf sein Atem ihre nasse Hitze, und dann tauchte seine Zunge in sie ein. Er seufzte, ein zartes Vibrieren in ihrem Schoß. Johanna verlor sich an diesem Punkt in ihrer Mitte, in den seine Zunge jetzt in immer schnelleren Stößen vordrang. Sie bewegte sich unter ihm, wollte seine Zunge um ihre Klit kreisen spüren, seine Finger in ihr, seinen Schwanz …

Sie verlor sich in den Empfindungen, die ihren Körper erfassten. Wie konnte es sein, dass sie sich so ganz aufgab, nur noch Lust war, sich ganz in seine Berührungen ergab?

Liebe.

Es konnte keine andere Antwort dafür geben.

Und das hieß auch, dass sie verloren war, wenn er morgen nicht gewann. Lieber würde sie seinen Dolch nehmen und ihn sich ins Herz stoßen, statt noch ein einziges Mal die Berührung Andronikos' über sich ergehen zu lassen.

In seinen Armen fühlte sie sich stark genug, diesen Weg zu gehen.

Aber er würde siegen. Er würde sie nicht im Stich lassen, oder?

Johanna schluchzte auf.

Sofort war er ganz bei ihr, schob sich nach oben und umfasste ihr Gesicht mit beiden Händen. Seine dunklen Augen forschten in ihren, er suchte nach ihr.

„Ich bin da", flüsterte er.

Ja, das wusste sie.

Seine Lippen schmeckten nach ihrem herben Aroma. Sie küssten sich, hungrig. Johanna versuchte, wenigstens die Hand auf seine Wange zu legen, aber die Fesseln waren zu straff, die Ketten klangen leise, wie ein Lied, das ihre Vereinigung begleitete.

„Wir müssen leise sein", wisperte er an ihrem Mund.

Sie nickte. Hielt die Augen offen, auch als er sich jetzt zwischen ihre Schenkel schob und seinen Schwanz in ihrer Möse versenkte. Sie biss sich auf die Unterlippe. Es fühlte sich so herrlich an.

Sie fühlte sich endlich ganz.

Er hielt sie. Seine Arme umfassten ihren Oberkörper, seine Lippen strichen über ihren Mund, ihren Hals, seine Zähne knabberten an ihrem Ohr. Heiß war sein Atem, er vergrub sein Gesicht in ihrem Haar. Sie hob sich ihm entgegen, mit jedem langsamen, behutsamen Stoß wurde sie hungriger, wollte sie mehr von ihm. Mehr spüren, mehr schmecken. Sie wollte ihn so ganz und gar.

Es ging ewig so, es war viel zu schnell vorbei. Waren Stunden vergangen oder nur wenige Augenblicke? Immer wieder hielt er inne, murmelte etwas an ihrem Hals, schnupperte an ihrem Haar, leckte ihren Hals, ihre Brüste, als wollte er sich jede Einzelheit einprägen. Sein Blick so eindringlich, seine Hände behutsam forschend, während sie es einfach geschehen ließ.

Sie ließ sich von ihrer gemeinsamen Lust davontragen.

Dem ersten Höhepunkt folgte ein zweiter, der sanfter war und länger dauerte. Staunend blickte sie zu ihm auf, nahm jedes Detail seines Gesichts in sich auf, prägte ihn sich ein. Sie wollte ihn auch dann noch vor sich sehen, wenn sie die Augen schloss.

Sein Blick ruhte auf ihr, als ginge es ihm ähnlich. Und als auch er kam – kurz und heftig –, schloss er die Augen nur im Moment höchster Lust, als sie spürte, wie sein Samen in sie gepumpt wurde. Dann war er wieder bei ihr. Ließ sie nicht los. Schwer lastete sein Gewicht auf ihr, doch sie brachte es nicht über sich, ihn herunterzuschieben oder ihn zu bitten, sich neben sie zu legen. Sie genoss sein Gewicht, genoss sein Glied, das aus ihr herausglitt und sich an sie schmiegte.

Ihr Haar war sein Kissen in dieser Nacht, während sie wach lag und seinem Atem lauschte. Die Fackeln verloschen langsam, eine nach der anderen zischte ein letztes

Mal, sprühte Funken und tauchte den Kerker in zunehmende Dunkelheit.

Irgendwann schob sie ihn doch von sich herunter, irgendwann zwischen Nacht und Morgen, indem sie ihren Körper unter ihm bewegte. Er wachte auf, murmelte etwas, rollte sich neben sie und umfing sie im nächsten Moment wieder mit den Armen. Sein Atem kitzelte in ihrem Nacken.

Sie weckte ihn, als sie glaubte, der neue Morgen zöge bereits herauf. In ihrem Herzen rang der Wunsch, ihn nicht gehen zu lassen, mit der Angst, man könnte sie entdecken.

Heute war der Tag der Entscheidung.

Sie wollte keine Angst mehr haben. Und nach diesem Tag wäre die Zeit der Angst vorbei, so oder so.

9. KAPITEL

Er ging mit forschen Schritten voraus.

Sie folgte ihm zögernd.

Ihre Gedanken überschlugen sich.

Was soll ich bloß tun?

Eines wusste sie. Sie würde sich ihm nicht ergeben. Nicht in dieser Nacht. Was morgen geschah, nun, das musste sie sehen. Sie hatte nie einen Gedanken daran verschwendet, dass Eirik nicht Andronikos in jeder Disziplin überlegen sein könnte. Erst als Andronikos vorschlug, man könne doch das Spiel der Könige entscheiden lassen, hatte sie das erste Mal das Gefühl gehabt, einen Fehler zu machen.

Einen Fehler, der sie die Freiheit kosten könnte.

Und das Frankenmädchen könnte diesen Fehler mit dem Leben bezahlen.

Irene betrat hinter Andronikos seine Gemächer. Hier herrschte jener Prunk, den er so sehr liebte: vergoldete Ikonen, mit Edelsteinen besetzte Silberbecher, Seidenteppiche an den kalten Steinwänden und auf dem Mosaikfußboden. Rote Marmorsäulen flankierten eine große, wuchtige Bettstatt, auf der eine verschwenderische Masse Kissen und Decken darauf wartete, durcheinandergebracht zu werden.

Sie blieb an der Tür stehen.

„Ach, jetzt sei doch nicht so eine Mimose, kleine Schwester." Andronikos lief gut gelaunt hin und her, klingelte nach seinen Dienern, bestellte flüsternd Erfrischungen. „Du siehst aus, als wärst du ein Kaninchen, das den Biss der Schlange fürchtet."

Nein. Nur eine arme Frau, die den Kuss des Mannes fürchtet, den sie nicht lieben darf.

Er trat zu ihr. Seine Hand griff nach ihrer, hob sie an

seinen Mund. Doch verharrte er, über ihre Hand gebeugt, den Blick zu ihr nach oben gewandt. Sein Daumen strich über ihren Handrücken. Es kribbelte, es brannte, als hätte er sie mit Säure übergossen. Es schmerzte.

Aber sie zog die Hand nicht zurück. Sie wartete. Innerlich bebte sie, sehnte sich so sehr nach seiner Berührung. Sehnte sich nach seinen Küssen, die er ihr früher jede Nacht hatte zukommen lassen. Oh, er wusste allzu gut, was ihr gefiel.

„Ich habe lange auf diesen Moment gewartet", flüsterte er. „Weißt du eigentlich, wie sehr es mich schmerzte, dich mit diesem räudigen Waräger zu sehen? Wie du dich lieber mit einem dreckigen Nordmann vergnügt hast und deinen heiligen Körper entweihtest, statt mit mir …?"

Sie antwortete nicht.

Seine Lippen berührten ihre Hand. Sie zuckte zurück, aber seine Hand hielt ihre Finger unnachgiebig fest, es schmerzte fast.

Wie alles. Alles, was mit dir zusammenhängt, schmerzt irgendwann.

Aber warum konnte sie ihn nicht vergessen? Warum stand sie in seinem Gemach und hatte gleichermaßen Angst und freute sich auf das, was sie erwartete?

Sie sollte gehen. Sofort. Sie sollte sich umdrehen und verschwinden. Schnell! Es war verboten, nicht nur das: Seine Liebe erdrückte sie. Zerstörte sie. Es hatte lange gedauert, bis sie in Eiriks Armen vergaß, dass sie mehr war als nur die Geliebte ihres Bruders.

Aber war sie denn mehr?

„Du hast doch nicht etwa Angst vor deinem eigenen Bruder?"

Spöttisch hob er seine Augenbrauen. Diese weichen, zarten Brauen, die sie so gerne gestreichelt hatte …

Irene wandte den Kopf ab. „Ich bin müde", log sie.

„Dann lass uns Wein trinken. Hast du Hunger? Ich lasse uns etwas bringen. Komm, wir setzen uns und reden."

Worüber willst du denn reden? Doch nicht über längst vergangene Zeiten?

„Weißt du noch? Als unser Vater starb, ließ er uns vorher zu sich rufen. Er hat dir aufgetragen, immer auf mich aufzupassen."

„Irgendwie drängt sich mir der Gedanke auf, das ist mir nicht allzu gut gelungen."

Er lachte und geleitete sie zum Bett. Sie sträubte sich, wollte sich nicht in die weichen Kissen fallen lassen, weil sie fürchtete, danach nie wieder aufstehen zu wollen.

Dir genügt nicht, dass ich dich liebe. Du willst es nicht nur wissen, du willst diese unmögliche Liebe leben.

Sie hasste ihn.

Vorsichtig setzte sie sich auf die Bettkante.

Andronikos streifte seine Stiefel ab. Ein Diener kam und trug auf einem Silbertablett allerlei Köstlichkeiten herbei. Hinter ihm kam ein Junge, der ein Tischchen vor sich hertrug, auf dem er silberne Becher und einen passenden Krug balancierte. Er stellte das Tischchen ab. Edelsteine funkelten im Kerzenschein.

Andronikos klatschte in die Hände. Die Diener verneigten sich tief, dann huschten sie lautlos davon, verschmolzen mit den Schatten und ließen sie allein.

„Trink." Er reichte ihr einen Becher Wein.

Ihre Hände waren eiskalt und verschwitzt. Sie nahm den Becher entgegen, versuchte sich an einem Lächeln, das gründlich misslang. Seine Hand berührte ihre. „Du brauchst keine Angst haben, kleine Schwester."

„Früher warst du immer der Kleine", versuchte sie, ihn abzulenken.

„Du meinst ganz früher? Als Vater starb?“ Er lächelte, nippte am Wein und lehnte sich zurück. „Weißt du, dass Vater vergiftet wurde?“

Sie schüttelte den Kopf.

Ihr Vater starb, als Andronikos elf war und sie gerade das dreizehnte Lebensjahr vollendet hatte. Eines Tages legte er sich zu Bett und klagte über heftige Leibschmerzen. Er stand nie wieder auf, doch dauerte es Wochen, bis sein Leiden ein Ende nahm.

„Ich muss zugeben, er war nicht gerade einer meiner saubersten Morde. Aber mein erster.“

Sie erstarrte.

Blickte ihren Bruder an. Fragend. Forschend.

Das hast du nicht getan. Oder doch? Du warst noch ein Kind, als er starb. Nein, das ist wieder einer deiner bösen Scherze. Schon immer hattest du einen bitteren Sinn für Humor und konntest jeden in die Irre führen.

Besonders sie. Sie hatte sich von seinen Geschichten immer täuschen lassen.

Andronikos lachte. „Meine Güte, du solltest dein Gesicht sehen! Ich glaube, du hast gerade überlegt, wie du es beweisen kannst.“ Er beugte sich zu ihr herüber. „Glaube mir, wenn ich es getan habe, gibt es nicht genug Spuren, um es mir nachzuweisen. Nicht nach so vielen Jahren.“

„Du widerst mich an.“

„Trotzdem bist du hier, nicht wahr? Ich halte dich nicht gegen deinen Willen fest. Ich habe auch noch gar nicht damit gedroht, dich zu fesseln. Nichts dergleichen.“

Sie rührte sich nicht. Der Wein in ihrem Becher schimmerte rubinrot.

Wie Blut.

„Tatsächlich wäre es wohl eine Überlegung wert gewesen, unseren Vater aus dem Weg zu räumen, wenngleich das meiner Meinung nach noch ein paar Jahre Zeit gehabt hätte. Und du musst zugeben: Der Mörder war ein Stümper."

„Hör auf!"

Sie wollte sich die Hände auf die Ohren drücken, um nicht länger seinen Schmähungen zuzuhören. Sie wusste, was jetzt kam. Sie fürchtete seine nächsten Worte.

„Andererseits hat er's verdient, findest du nicht? Er hat unsere Mutter auf dem Gewissen."

Sie musste ihn zum Schweigen bringen. Egal wie.

„Einmal hat er ihr gedroht, sie umzubringen, aber das war nichts gegen den Tod, den sie dann seinetwegen erlitt. Weißt du noch, wie sie sich in den letzten Wochen gequält hat? Wie sie durch die Gänge schlich, sich kaum auf den Beinen hielt, weil das Kind sie von innen zerriss, das er ihr entgegen der Ratschläge ihrer Ärzte gemacht hat? Weißt du noch, wie ..."

Sie beugte sich vor. Ihre Lippen verschlossen seinen Mund. Er schmeckte nach Wein und etwas Bitterem, das sie nicht benennen konnte. Sie schloss die Augen. Ihre Zunge umschmeichelte seine, sie tanzten einen Reigen, an den sie sich plötzlich wieder erinnerte.

Der Becher glitt ihr aus der Hand und schlug mit lautem Klingen auf den Mosaikboden.

„Andronikos", flüsterte sie an seinem Mund.

Jetzt war er still.

Er hat sie nicht umgebracht. Sie liebten einander, und das Verbot der Ärzte haben sie lange Zeit beachtet. Aber jede Leidenschaft bricht sich irgendwann Bahn. Irgendwann konnten sie sich nicht länger darauf beschränken, einander nachts in den Armen zu liegen. Es ist wie mit uns, Andronikos. Irgendwann konnten sie sich nicht mehr in Verzicht üben.

„Wäre es nicht schön, wenn wir ein Kind hätten?", murmelte er.

Sie erstarrte.

Hätte er nicht einfach den Mund halten können? Warum tut er das?

Sie löste sich von ihm, drehte sich weg und krümmte sich zusammen wie ein Kind im Mutterleib. Sie spürte Andronikos hinter sich, hörte das leise Klappern, als er seinen Weinbecher beiseitestellte. Er kam zu ihr, schmiegte sich an sie. Sein Körper barg ihren, umgab ihn ganz. Tröstend. Geborgenheit schenkend.

Und im nächsten Moment schlägst du mir wieder eine Gemeinheit ins Gesicht, dass ich schreien möchte.

Er zog die Nadeln aus ihrem Haar. Sie spürte, wie ihre dunklen Strähnen niedersanken und sich um ihren Nacken bauschten. Es kitzelte.

„Warum hast du so große Angst, Irene?"

Weil wir es nicht dürfen.

„Ich könnte den Kaiserbruder um die Erlaubnis bitten. Er würde es uns gestatten. Wir könnten sogar heiraten, es ist alles möglich, wenn man nur genug Macht hat."

Stumm schüttelte sie den Kopf.

Seine Stimme wurde ein lockendes Flüstern. „Wir können es auch für uns behalten. Unser kleines, süßes Geheimnis, das wir niemandem verraten. Unseren Dienern lassen wir die Zungen herausschneiden, damit sie uns nicht verraten können. Die Sommer verbringen wir zusammen hier, weit weg vom Hof mit all seinen schmutzigen Intrigen und den dreckigen Gerüchten. Weit weg von all jenen, die uns das Glück nicht gönnen, das wir beieinander finden. Und wenn du eines Tages ein Kind unter dem Herzen trägst …"

Seine Hand legte sich auf ihren Unterleib.

Sie zitterte. Atmete. Wie sehr sie sich die Kraft wünschte, seine Hand beiseitezuschlagen.

„Bestimmt wird unser erstes Kind ein Mädchen. Wir werden ihr den Namen ihrer Großmutter geben …“, murmelte er.

Wenn ich mich nicht bewege, glaubt er vielleicht, ich bin eingeschlafen.

Sie machte lange, tiefe Atemzüge.

Er lachte leise.

Seine Hand wanderte hinauf, umschloss ihre Brust. Sie spürte ihren harten Nippel, verfluchte ihren Körper im Stillen, der sein Verlangen so viel deutlicher auszudrücken vermochte als sie die gedankliche Abscheu, ihren Bruder zu lieben, das Bett mit ihm zu teilen.

„Schau nur, wie sehr du mich willst.“ Mit Zeigefinger und Daumen kniff er ihren Nippel. Sie bewegte sich leicht, versuchte noch immer, sich schlafend zu stellen.

„Was möchtest du wohl gerne, das ich mit dir mache? Wir haben die ganze Nacht Zeit, aber ich glaube, das reicht nicht, um unser ungestilltes Verlangen zum Verstummen zu bringen. Ich glaube, wenn wir erst anfangen, kann ich nicht von dir lassen und du nicht von mir.“

Ich hasse dich.

Ich hasse mich, weil ich dich liebe.

„Wie wäre es, wenn ich damit beginne, dich auszuziehen?“

Sie umarmte ihren Oberkörper. Ihre Hände legten sich auf die Fibeln ihres Kleids, die kühl auf ihren Schlüsselbeinen ruhten.

Die Matratze bewegte sich, als er sich aufrichtete. Sie hielt die Augen fest geschlossen. Was machte er? Sie lauschte angestrengt.

Etwas – jemand? – zupfte am Saum ihres langen Kleids.

Ein reißendes Geräusch durchschnitt die Stille.

„Ich wusste, dass du so schamlos bist wie eh und je.“

Missbilligend schnalzte er mit der Zunge. „Nicht mal ein Unterhemd trägst du."

Er hatte ihr Kleid bis auf Hüfthöhe mit einer einzigen Bewegung zerrissen.

Irene richtete sich auf, raffte den Stoff und versuchte, ihre entblößte Scham zu bedecken.

„Und das Haar lässt du dir also auch noch immer entfernen?"

Sie errötete. „Und wenn schon."

„Lass doch. Lass!" Seine Stimme wurde scharf. Sie erstarrte mitten in der Bewegung. Fort war der hilflose kleine Junge, der so oft in seinem Antlitz aufblitzte. Der Junge, der bitter um den Tod der Mutter geweint hatte, wich wieder jenem brutalen Edelmann, der nicht nur in der großen Politik über Leichen ging.

Irene fröstelte. Was tat sie hier bloß ... Er würde sich mit Gewalt nehmen, was er wollte. Sie hätte vorhin die Wachen rufen müssen, statt mit ihm herzukommen. Warum fiel sie nur immer wieder auf ihn herein? Wann lernte sie endlich, dass sie Andronikos nicht vertrauen durfte, weil er immer, immer, immer mit ihr spielte?

„Keine Angst", flüsterte er.

Seine Hände arbeiteten rasch. Mit einer zweiten Bewegung stand das Kleid bis zum Halsausschnitt offen, entblößte ihren flachen Bauch und die kleinen runden Brüste. Sie wehrte sich jetzt nicht mehr.

Denn wenn ich ehrlich bin, will ich ihn. Ich habe ihn immer gewollt.

Und manches Mal hatte sie sich in den letzten zwei Jahren vorgestellt, es wäre nicht Eirik gewesen, mit dem sie das Bett teilte, sondern Andronikos.

Nicht bloß manches Mal.

Fast immer.

Sie ließ zu, dass er seinen Dolch aus dem Gürtel zog, die Träger des Kleids durchschnitt. Es war nicht das kalte Metall auf ihrer Haut, das sie frösteln ließ. Auch nicht sein böses Lächeln, als er die Klinge zwischen ihren Brüsten ins Fleisch drückte, bis sie einen stechenden Schmerz verspürte und ein Blutstropfen hervorsickerte.

Es war Andronikos. Ihr Herz schmerzte vor Liebe.

Er beugte sich über sie. Fasziniert beobachtete er den Blutstropfen, der aus der winzigen Stichwunde hervorquoll und zwischen ihren Brüsten hinabrann. „Wunderschön", hauchte er. „Sieh nur, das Blut läuft in deinen Bauchnabel. Wenn ich tiefer einsteche ..."

„Nein!" Sie umfasste sein Handgelenk. „Kein Blut."

Schon früher hatten sie sich oft genug darum gestritten. Er liebte diese brutalen Spiele mit Blut und Schmerzen. Sie verabscheute es, zum Opfer degradiert zu werden.

„Schade." Lächelnd legte er den Dolch beiseite, wischte nachlässig das Blut von ihrem Bauch und legte sich neben sie. „Aber alles andere ist erlaubt?"

Sie schluckte. Dann nickte sie.

Er lächelte. Ja, jetzt war er zufrieden.

Dieser zweite Kuss war anders. Gieriger. Erbarmungslos. Sie schmeckte ihr eigenes Blut, weil er sie biss. Sie stöhnte, als seine Hände ihre Brüste umfassten und kneteten. Ihre Vagina wurde nass, sie spürte es mit jeder Bewegung.

„Mh. Da hätte ich fast noch was vergessen ..."

Er stand auf und ließ sie allein. Irene blickte ihm verwirrt nach.

Du spielst.

Natürlich spielst du mit mir, sonst wärst du nicht der Bruder, den ich liebe.

Sie wartete lange. Hatte er das Gemach verlassen? Normalerweise sah ihm das nicht ähnlich. Was auch immer er vergessen hatte, war wichtig.

Irene trank Wein aus seinem Becher – ihrer war unter die Bettstatt gerollt –, knabberte kandierte Früchte und probierte sogar von den zarten Gebäckstückchen auf einem Silberteller. Ein Diener schlich barfuß herein und brachte neuen Wein. Er sah Irene an, doch schien es ihn nicht zu kümmern, dass sie nackt war.

Vielleicht ein Eunuch, von denen hielt sich Andronikos einige, weil sie angeblich die treusten Diener waren.

Die schwere Eichentür knallte zu, Andronikos kam mit weit ausgreifenden Schritten aus dem Vorraum. Er wirbelte förmlich herein, sprang aufs Bett und hielt ihr seine geschlossene Hand hin.

„Rate!“

Sie lachte.

Das ist es nämlich, was ich an dir lieben muss. Du überraschst mich immer wieder.

„Ein Geschenk?“

„Gewissermaßen.“ Er grinste. „Keine Idee, was es sein könnte?“

Sie schüttelte lächelnd den Kopf. „Schmuck vielleicht?“ Er wusste um ihre Leidenschaft für schönen Schmuck.

„Nein, kein Schmuck. Obwohl ich mir vorstellen könnte, ein hübsches Schmuckstück daraus zu machen, wenn dieses Spiel vorbei ist.“

Sie erstarrte. Ihr kam ein schrecklicher Verdacht.

„Das wagst du nicht …“

Er öffnete seine Hand.

Der weiße König. Aus Elfenbein geschnitzt. Eine wunderbare Handarbeit, die sich perfekt in die Hand ihres Bruders schmiegte, weich, mit abgerundeten und geschliffenen Kanten. Ein Kreuz krönte das Haupt des Königs.

„Ist das nicht ironisch? Dass er in dem Augenblick, in dem er seinen König umstößt und damit dich und dieses Frankenmädchen verloren gibt, ein letztes Mal deinen Duft an den Fingern hat?“

Sie wusste nicht, ob sie lachen oder weinen sollte.

Stattdessen sank sie zurück in die Kissen. Stumm betrachtete sie Andronikos.

Er leckte kurz über die glatte Oberfläche des Königs. Dann kniete er sich zwischen ihre Schenkel. Sie erwartete ihn schon. Es gab nur noch Andronikos und sie.

Die Elfenbeinfigur war warm von seinen Händen. Er drang mit der Figur in sie ein – langsam, weil er wusste, wie sehr sie es mochte, wenn er ihr Vergnügen hinauszögerte. Sie wand sich unter ihm. Sein Daumen tauchte in ihre Nässe ein, dann die Finger. Sie stöhnte.

Wie kann etwas so Herrliches verboten sein?

Dann dachte sie gar nicht mehr.

Mit geschlossenen Augen erwartete sie, was auch immer Andronikos mit ihr machen sollte.

Sie hatte sich ergeben.

Interessiert beobachtete er seine Schwester.

Manchmal stellt sie sich an wie diese alten Sklavinnen, denen man nicht mal einen begehrlichen Blick zuwerfen dürfte, selbst wenn man es wollte. So … ach, sie ist fast schüchtern.

Ein Umstand, der ihn mehr begeisterte, als wenn sie sich ihm vom ersten Augenblick an hemmungslos hingegeben hätte.

Jetzt lag sie auf dem Rücken, die Knie angezogen, die Beine gespreizt. Ihre Möse ließ sie wohl regelmäßig von einer Sklavin rasieren – er konnte sich nicht vorstellen, dass sie selbst Hand anlegte, außerdem erregte ihn der Gedanke, wie eine andere Frau sich über die Scham seiner Schwester beugte und ihrer Möse mit einem Rasiermesser so gefährlich nah kam – und er genoss die Glätte ihrer Haut zwischen den Schenkeln. Ihre Nässe breitete sich aus, ihr Aroma stieg ihm in die Nase – ah, herrlich.

Er ließ ihr Zeit. Langsam schob er den Elfenbeinkönig in ihre Muschi, wartete, bis sie verzückt die Augen schloss. Sein nasser Daumen umkreiste ihre Klit. Den Zeigefinger der anderen Hand hielt er an ihre Lippen, sie benetzte ihn, lutschte an ihm.

Sie war eine Herausforderung an seine Selbstbeherrschung. Aber nein, er hatte heute etwas Besonderes mit ihr vor …

Sein Finger massierte ihren Anus. Sie stöhnte. Er bearbeitete weiterhin ihre Klitoris, bewegte immer wieder die Elfenbeinfigur in ihr. Die Figur war eigentlich zu klein, um ihr richtig Freude zu bereiten, aber das Kreuz auf dem Haupt der Königsfigur rieb sich hoffentlich an jener rauen Stelle in ihrem Innern, die er früher mit dem Finger schon so oft und gerne massiert hatte, weil sie das nicht nur zuverlässig zum Höhepunkt brachte, sondern ihr auch diese kleinen, spitzen Schreie entlockte. Wie ein Kätzchen.

Er beugte sich vor. „Mein Kätzchen", flüsterte er.

Sie lächelte.

Er war zufrieden.

Mehr als zufrieden.

Sein Finger schob sich in ihren Anus. Sie hob sich ihm entgegen. Bald wäre es zu viel für sie, bald würde sie ihn anflehen, sich endlich auszuziehen, zu ihr zu legen und sie zu beschlafen.

Darauf wartete er.

„Bitte, Andronikos", wisperte sie. „Bitte komm zu mir."

Unverdrossen machte er weiter. Sein Daumen umkreiste

die Klit. Er schob die Königsfigur tiefer in ihre Vagina. Sein Finger fuhr immer schneller in ihren Anus, der jetzt auch für größere Gegenstände mehr als nur bereit war.

Manchmal hatte er sie stattdessen in den Arsch gefickt. Manchmal hatte er ihr Flehen erhört, wenn sie fürchtete, aus ihrer Vereinigung könnte ein Kind hervorgehen. Sie fürchtete eine Missgeburt, weil Gott ihre Verbindung nicht billigte.

Er hingegen fand es komisch, dass Gott ihr nur in den Sinn kam, wenn er ihr in den Kram passte. Der Waräger hatte sie bestimmt nie in den Arsch ficken müssen, weil sie Angst vor einer Missgeburt hatte.

Nein, wahrscheinlich musste er immer auf ihren Bauch abspritzen. Oder sie hatte ihm den Lebenssaft aus dem Schwanz gesaugt, hatte ihren kleinen Mund um den Schaft gelegt und ihre rosige Zunge um seine Eichel kreisen lassen …

Der Gedanke widerte ihn an, doch zugleich erregte ihn die Vorstellung, sie könnte dasselbe endlich wieder mit ihm tun.

Bald. Gedulde dich noch ein bisschen.

Sein Schwanz pochte vor Gier, bewegte sich beinahe in der Hose.

Schweiß glänzte auf ihrem schlanken Leib. Sie wand sich unter ihm, ihre Hüften kreisten, hoben sich ihm verführerisch entgegen. Ihr herbes Aroma vermischte sich mit dem zarten Schweißgeruch und den Duftölen, mit denen sie ihren Körper einreiben ließ. Ein herrlicher Duft. Er schloss die Augen, atmete tief durch und rang um seine Beherrschung. Ihr Anus zuckte, schloss sich enger um seinen Finger.

Er brauchte nichts weiter tun. Sie käme auch, wenn er einfach nichts tat.

Sie jammerte. Flehte.

„Komm zu mir", lockte sie ihn. „Liebster, komm zu mir. Lieb mich."

Abrupt zog er den Finger aus ihrem Arschloch, zog mit einer heftigen Bewegung die Schachfigur aus ihrer Möse. Sie zuckte zusammen, krümmte sich vor Schmerz, weil das Königskreuz ihre empfindliche Passage kratzte.

„Miststück", zischte er und warf den König fort, der über den Mosaikboden klapperte. „Ergibst du dich jedem Mann so? Lässt du jeden erst so zappeln, findest tausend Argumente, warum er sich dir nicht nähern darf? Machst du jeden erst so unerträglich geil, ehe er dich berühren darf?"

Benommen richtete sie sich auf und starrte ihn an.

Er war noch nicht fertig. „Und dann, irgendwann, darf er endlich? Und soll dir vermutlich noch dankbar sein, weil du dich ihm endlich hingibst? Obwohl du dich bestimmt jedem Mann hingibst, der nur lange genug am Fußende deines Bettes kauert und sich erniedrigt. Da ist dein Nordmann vermutlich nur der Erste unter vielen."

„Das ist nicht wahr", protestierte sie, doch hörte sie wohl selbst, wie schwach es klang, und biss sich auf die Lippe.

„Hure!", schleuderte er ihr entgegen. „Zwei Jahre musste ich hierauf warten, und du machst alles kaputt! Hast du tatsächlich geglaubt, wir tun es heute Abend?"

Sie schwieg.

„Hast du gedacht, ich genehmige mir schon mal eine Kostprobe von deinem Körper, der ohnehin ab morgen allein mir gehört? Glaubst du denn, dein Waräger hat eine Chance, wenn ich ernsthaft spiele? So wie heute? Ich meine nicht das gestrige Spiel, den Spaß habe ich ihm gegönnt, weil es mir eine besondere Freude bereiten wird, wenn er morgen verliert. Denn dann ist seine Niederlage so vollkommen, dass er auf immer verschwindet."

Während er sprach, bewegte Irene sich langsam zum Bettrand. Er ließ es geschehen; er hatte das Interesse an ihr verloren. Heute nicht.

Morgen werde ich dich ficken, Kätzchen. Morgen wirst du vergessen, dass wir gemeinsame Eltern haben. Du wirst es für immer vergessen.

Sie stand auf, griff ihr zerrissenes Kleid – zu schade, dass er ihr nicht zusehen konnte, wenn sie halb nackt durch die Gänge seines Palasts schlich und betete, niemand möge sie so sehen – und bewegte sich rückwärts zur Tür.

„Verschwinde!", rief er. „Du bist eine verderbte Hure, wenn du sogar mit deinem Bruder das Bett teilen willst!"

Entsetzt weiteten sich ihre Augen. Jetzt schien sie zu begreifen, welchen Plan er verfolgte. Jetzt erst schien ihr aufzugehen, dass er sie in die Falle gelockt hatte. Eine Falle, aus der sie nicht entkommen konnte.

Sie drehte sich um und floh.

Zufrieden lehnte Andronikos sich zurück.

Morgen werde ich diesen tumben Nordmann im Spiel der Könige besiegen. Ich werde seiner Feuerhexe das Flammenhaar vom Kopf brennen. Ah, und ich werde meine Schwester in meinem Bett finden, dafür brauche ich gar nichts mehr tun. Die Diener werden davon erfahren, dass sie sich mir heute Nacht in ihrer Verzweiflung angeboten hat. Sie ist ruiniert, wenn sie nicht morgen zu mir kommt. Wenn ich sie nicht beschütze, ist Irene verloren.

Ihn befriedigte das Wissen.

Vor allem aber befriedigte ihn, dass auch sie es wusste.

Ein Fingerschnipsen von ihm genügte, und einer seiner Diener huschte herein.

„Lass mir die Blonde mit dem lahmen Bein bringen."

Sein Schwanz schmerzte. Er musste sich dringend Erleichterung verschaffen.

Schluchzend stolperte Irene durch den Gang. Sie hatte sich im letzten Moment daran erinnert, dass es einen Geheimgang gab, der von Andronikos' Vorraum in ihr eigenes Schlafzimmer führte. Jetzt tapste sie barfuß durch die Dunkelheit, weinte und verfluchte ihn.

Und sich.

Wie hatte sie so dumm sein können?

Wieso hatte sie auch nur einen Moment lang geglaubt, Andronikos könnte sich um ihretwillen geändert haben?

Weil du es wolltest. Du wolltest glauben, er hätte sich geändert.

Und weil er dich Kätzchen genannt hat.

Wie dumm von ihr.

Sie stolperte, schlug der Länge nach hin und spürte ein Brennen in ihren Knien. Irene jammerte, kroch weiter, lehnte sich erschöpft an die Wand. Ihre Beine zitterten und schmerzten, und als sie nach ihren Knien tastete, spürte sie etwas Warmes, Nasses. Sie zuckte zusammen, als der Schmerz durch ihren Körper raste.

„Das alles ist nur deine Schuld, Andronikos", wisperte sie.

Sie raffte sich auf, hielt sich an der Wand fest und kam wieder auf die Füße. Humpelnd lief sie weiter, hielt immer wieder inne und schöpfte Atem. Die Luft in diesem Geheimgang war stickig. Vermutlich hatte man ihn seit Jahren nicht mehr benutzt. Seit jener Zeit, als Andronikos und sie in diesem Palast ihr Liebesnest eingerichtet hatten und sie jeden Abend darauf wartete, dass er zu ihr kam …

Vorbei.

Mit dieser Nacht war das endgültig vorbei. Sie tat gut

daran, es nicht nur zu begreifen, sondern auch endlich zu handeln. Sie durfte nicht zulassen, dass Andronikos ihr Leben und das von Eirik und seinem Frankenmädchen zerstörte.

Sie erreichte die Tür zu ihrem Schlafgemach. Eine Schrecksekunde lang glaubte sie, jemand hätte die Tür verriegelt, doch dann gelang es ihr mit einiger Kraftanstrengung, sie zu öffnen.

Sie betrat die Dunkelheit ihres Schlafzimmers. Lauschte.

Stille.

Ihre größte Angst war wohl, dass er sie hier erwarten könnte.

Irene stolperte zum Bett und sank darauf nieder. Sie zog die Decke über ihren Körper, der sich wie zerschunden anfühlte. Sie fror.

Als sie aufwachte, schmerzte ihr Kopf. Es war schon heller Tag; in den anderen Räumen hörte sie ihre Diener lachen und reden.

Sie zog sich die Decke wieder über den Kopf. Doch dann fiel ihr etwas ein.

Sie stand auf und trat an ihre Truhe. Der schwere Deckel knirschte leise in den Scharnieren, als sie ihn hob. Ganz unten, unter all den hübschen Kleidern verborgen, fand sie, was sie suchte. Ihre Hand wog den schlichten Dolch in der Lederscheide, den sie von ihrem Vater zum zwölften Geburtstag geschenkt bekommen hatte, damit sie sich stets verteidigen könnte. Damals hatten sie über das Geschenk gelacht, doch war er sogleich ernst geworden und hatte sie ermahnt. Man wisse nie, wo die Schlangen lauerten, die mit einem gezielten Biss das Leben einer Adligen auslöschen wollten, hatte er ihr erklärt. Doch dann hatte er ihr dunkles Haar gestreichelt und gemurmelt, er könne sich nicht vorstellen, dass ihr je irgendwer etwas Böses wolle.

Grimmig packte sie den Dolch.

Danke, Vater. Du hattest ja so recht.

Heute Abend würde sich das Kätzchen der Schlange nicht wehrlos ergeben. Heute nicht.

10. KAPITEL

Als Eirik am Abend den Raum betreten wollte, versperrten ihm zwei Waräger den Weg.

Johanna beobachtete, wie er von den beiden Männern beiseitegeführt wurde. Sie flüsterten mit Eirik. Sie konnte sein Gesicht sehen, auf dem sich Erstaunen abzeichnete. Eine steile Falte zwischen den Augen. Er war erzürnt.

Dann nahm er seinen Schwertgurt ab und legte ihn in die Hände des einen Wachmanns. Es folgte der Dolch, den er stets am Gürtel trug. Schließlich, nach kurzem Zögern, bückte er sich und zog ein kleines Messer aus dem Schaft seines Stiefels.

„Nichts für ungut, werter Eirik Hallgrimsson, aber ich fürchte sonst um mein Leben. Man sagt ja viel über euch Waräger. Berserker“, fügte Andronikos vielsagend hinzu.

Eirik erwiderte auf diese kryptische Bemerkung nichts, sondern schob sich an den beiden Wachmännern vorbei und setzte sich auf seinen Stuhl.

„Können wir beginnen?“, fragte er herausfordernd.

Pass auf, flehte Johanna ihn im Geiste an.

Er hatte sie keines Blicks gewürdigt, als fürchtete er, Andronikos irgendwelche Hinweise darauf zu geben, was in der Nacht geschehen war. Vermutlich wusste er es ohnehin. Er hatte es sich in seinem Sessel bequem gemacht und beobachtete, wie ein Diener die Schachfiguren aufstellte.

„Oh, fast hätte ich's vergessen.“ Er beugte sich vor und stellte den weißen König auf das freie Feld vor Eirik. „Ohne ihn wirst du nicht spielen wollen.“

Eiriks Hand rückte den König gerade.

„Ah, meine kleine Schwester kommt wie immer zu spät.“

Atemlos drängte sie sich an den Warägern vorbei. Einer

hielt sie am Arm fest, doch Andronikos winkte ab. „Lasst sie durch. Sie ist nicht so abgefeimt wie ihr nordischer Liebhaber."

Johanna hielt den Blick starr auf das Spielbrett gerichtet. Irene sank neben ihr auf die Polsterbank.

Johanna zuckte zusammen, als Irenes Hand nach ihrer griff. „Keine Angst", glaubte sie zu hören.

Wie sollte sie keine Angst haben, wenn Andronikos gestern so leicht gewonnen hatte?

Wortlos hatte sie sich am frühen Morgen von Eirik verabschiedet. Ein letzter Kuss, ehe er sie in ihrem Gefängnis allein ließ. Es dauerte danach nicht lange, bis Ermingard kam und sie in ihr Gemach zurückbrachte, wo man sie badete, ihr Haar schon wieder wusch und auskämmte, ihr besonders kostbare Kleider anlegte und sie dann allein ließ. Die Stunden bis zum Abend waren quälend langsam verstrichen.

Und jetzt saß sie hier und beobachtete, wie Eirik den ersten Zug machte.

Wie Andronikos diesen erwiderte.

Es war ein rasches, schweigendes Spiel, anders als an den vorangegangenen Abenden. Andronikos schien es eilig zu haben; einzig Eirik überlegte manches Mal länger, ehe er seinen Zug machte.

Bitte, Liebster. Bitte.

Irenes Hand krallte sich so fest in ihre, dass Johanna fürchtete, die andere Frau wollte ihr die Hand brechen. Sie versuchte aber nicht, sich loszumachen. Stattdessen erwiderte sie zaghaft den Druck, obwohl sie nicht wusste, ob Irene es spürte.

Sie fühlte sich nicht mehr ganz so allein.

Die Angst blieb.

Wenn ich bloß irgendwas tun könnte. Wenn ich bloß

wüsste, wie dieses Spiel geht, das sie da spielen. Wenn ich wüsste, ob es gut für Eirik steht oder nicht …

Sie fürchtete zugleich das Schlimmste, dachte an das Öl, das Ermingard ihr am Morgen fürsorglich ins Haar geknetet hatte, damit es schön glänzte. Sie dachte daran, wie schnell Flammen sich in Öl fraßen, wie schnell ein Feuer Haare erfasste, wie rasch die ersten Flämmchen ihre Kopfhaut erreichten …

Sie hob die Hand und kratzte ihre Kopfhaut.

Ihre Bewegung schien Eirik zu irritieren. Mit einer der größten Figuren in der Hand blickte er zu ihr herüber. Der Moment verging schnell, doch setzte er die Figur mit einem Stirnrunzeln ab.

Andronikos grinste hämisch. „Das war dein Fehler, Nordmann."

Mit einem raschen Zug schlug er eine weiße Figur, die wie ein Turm aussah.

Eirik sank in sich zusammen. Über den nächsten Zug dachte er sehr lange nach.

Johannas Herz schlug bis zum Hals. Sie wagte kaum zu atmen, weil sie fürchtete, Eirik wieder abzulenken.

Irenes Daumen streichelte tröstend ihren Handrücken.

Aber nein, bestimmt war es zu spät. Dieser Fehler kostete Eirik den Sieg, und das nur, weil sie sich gekratzt hatte. Weil sie Angst um ihr dummes Haar hatte! Wütende Tränen brannten in Johannas Augen.

Hin und her wogte das Spiel. Johanna zählte immer und immer wieder die Figuren, die beide Gegner neben dem Spielbrett aufreihten, sobald sie geschlagen waren. Als könnte sich durch Zauberhand etwas daran ändern, dass Eirik zwei Figuren weniger hatte. Als er dann um eine dritte Figur ins Hintertreffen geriet und sich das Schachbrett zunehmend leerte, ergriff Andronikos das Wort.

„Du verlierst, Waräger."

Eirik blickte ihn finster an, antwortete aber nicht.

„Schau, ich seh's doch. Mit dem nächsten Zug verlierst du deine Dame. Gut, dafür schlägst du meinen Turm, aber dann ist dein König ungedeckt, und du musst ihn aus der Gefahrenzone bringen. Oh, und darauf freue ich mich schon. Wenn du deinen König hin- und herbewegst. Wusstest du, dass meine Schwester gestern Nacht nicht nur äußerst willig in meinen Armen lag, sondern es auch genossen hat, sich von deinem Elfenbeinkönig penetrieren zu lassen? Sie hat ziemlich laut gestöhnt, man müsste es im ganzen Palast gehört haben. Es sei denn, man war im Kerker", fügte er hinzu.

In Eiriks Wange zuckte ein Muskel.

„Nicht", murmelte Irene. „Nein, Eirik …"

Er warf ihr einen knappen Seitenblick zu. Schwieg.

Johanna entzog Irene endgültig ihre Hand. Das stumme Einverständnis der beiden schmerzte sie.

Es dauerte nicht mehr lange. Drei Züge, dann lehnte Andronikos sich zurück. Seine Hand spielte mit einer der kleinen Elfenbeinfiguren, die er inzwischen vom Feld geräumt hatte. „Schach", sagte er leise.

Eirik nickte. Er schien zu überlegen. Dann wandte er den Kopf zur Seite.

Er sah nicht Irene an, sondern Johanna. Sein Blick ruhte zärtlich auf ihrem Gesicht, als wollte er sich ihren Anblick ein letztes Mal einprägen, als suchte er in seinen Erinnerungen noch mal nach all den glücklichen Momenten, die sie geteilt hatten.

Es waren zu wenige, das wusste Johanna. Und es war nicht nur der Verlust, der sie erschütterte, sondern auch dieser unumstößliche Umstand, dass Eirik und sie die wenigen gemeinsamen Stunden nicht konsequent genug genutzt hatten.

Wir hätten weglaufen müssen, schon in der ersten Nacht. Oder nein, viel eher schon, als er mich zurück zum Sklavenmarkt bringen ließ. Schon da hat Kallistos ihn gefragt, ob er an mir interessiert sei, und sein sturer Nordmannkopf ließ nicht zu, dass er seine Zuneigung zu einem Sklavenmädchen eingestand.

Sie weinte nicht.

Eirik machte seinen letzten Zug.

„Und matt", murmelte Andronikos mit seinem nächsten Zug.

Eiriks Hände sackten nieder. Er gab sich geschlagen.

Irene jedoch sprang plötzlich auf. Und dann ging es schnell; Irenes Hand, in der etwas aufblitzte, ihr Vorschnellen, ihr unbeholfenes Stolpern und die Klinge, die in Andronikos' Oberschenkel fuhr, mühelos den Stoff seines Beinkleids durchschnitt und rot färbte. Er blutete. Und er brüllte, sein Arm schlug Irene beiseite, sodass sie stürzte und über den Boden rollte.

Steh auf und hilf ihr. Bleib nicht reglos sitzen, steh auf.

Aber Johanna konnte sich nicht rühren.

Andronikos' Zorn richtete sich gegen sie. Er schleuderte das Messer fort und stand auf. Das linke Bein trug ihn nicht, Blut tropfte auf den Boden, er stieß das Tischchen mit dem Schachbrett beiseite und wankte auf Johanna zu, und während sie noch dachte, dass jetzt er es war, der sein Bein nachzog, brüllte er bereits nach den Wachen.

Es war das Letzte, was er sagen würde.

Eirik tauchte aus den Schatten auf. Eirik, der Jahre seines Lebens im Dienst dieses Mannes damit verbracht hatte, jeden Feind von ihm fernzuhalten, hielt etwas Großes, Schweres in der Hand. Er schien zu zögern, Andronikos taumelte, fiel auf die Knie und kroch auf Johanna zu.

Sie konnte sich noch immer nicht rühren.

Sein Finger wies auf sie. „Feuerhexe", röchelte er, „… hätte dich eher …"

Ein Schatten sauste auf ihn nieder. Die schwere Steinvase zerschellte an seiner Schulter. Andronikos sackte zusammen. Unter ihm breitete sich ein Blutfleck aus, der rasch wuchs.

Dies war der Moment, als die Waräger den Raum stürmten. Sie erfassten die Lage sofort. Einer half Irene auf, zwei weitere packten Eirik, der sich nicht wehrte. Einer lief nach einem Arzt, doch kam für Andronikos jede Hilfe zu spät.

Der Tyrann war tot.

Es dauerte nicht lange, bis sich diese Nachricht im Palast verbreitete. Wie ein Lauffeuer sprang die Kunde von Mund zu Ohr, ein Wispern erhob sich in den Gängen und hohen Räumen. Frohlocken mischte sich unter gesenkte Blicke, niemand jedoch wagte, seine Freude über den Tod dieses Menschenquälers offen zu äußern.

Irene kam zu Johanna herüber. Man hatte alle Beteiligten in einen Nebenraum geführt. Eirik hatte man gefesselt, er kniete am Boden, von zwei Männern bewacht, die einst seine Untergebenen waren. Er schwieg verbissen, das Haar hing ihm wirr ins Gesicht. Jeden Versuch Johannas, zu ihm zu gelangen und mit ihm zu reden, hatte man vereitelt, denn auch neben ihr saß ein Waräger, pulte Kerne aus einem Granatapfel und kratzte sich gelegentlich am Sack, ohne sie aus den Augen zu lassen. Für ihn war sie nur eine kleine Hure, die für das Vergnügen seines Brotgebers zurechtgemacht war. Und wenn der Herr tot war, wen kümmerte da schon das Schicksal einer Sklavin? Vielleicht rechnete er sich sogar Chancen aus, sie in dem nächtlichen Durcheinander verschwinden zu lassen und zu seinen Gunsten zu nutzen.

Sie verabscheute diesen Kerl. Nordmann, dachte sie. Widerlicher Nordmann.

„Geht es dir gut?" Irene setzte sich zu ihr und gab dem Waräger ein Zeichen, sie allein zu lassen. Kauend erhob er sich und ging drei Schritte.

Johanna schüttelte stumm den Kopf.

„Sie wollen Eirik nach Byzanz bringen und dem Basileus überstellen. Er soll entscheiden, was mit ihm passiert."

„Warum?", flüsterte Johanna.

„Er hat seinen Eid gebrochen. Es ist weniger die Tatsache, dass er Andronikos ermordet hat. Aber er hat gegen seinen Eid verstoßen, das Leben der ihm zum Schutze Befohlenen zu beschützen und zu verhindern, dass ihnen ein Leid geschieht. Außerdem hat er Andronikos angegriffen." Irene seufzte. „Ich fürchte, sie werden ihn zum Tode verurteilen."

„Aber es war nicht Eirik, der deinen Bruder ermordet hat." Ihre Stimme war nur ein heiseres Flüstern. Erst jetzt erinnerte sie sich, wie sie geschrien hatte, als Andronikos zu ihren Füßen tot zusammenbrach.

„Ich weiß." Diesmal gestattete Johanna, dass Irene ihre Hand nahm. „Ich werde veranlassen, dass er heute Nacht im Kerker bleibt." Sie zögerte. „Bei Morgengrauen warten bei den Ställen zwei gesattelte Pferde für euch."

Johanna beobachtete, wie die Waräger Eirik grob hochzerrten. „Sie sollten mich auch festnehmen."

„Du hast recht. Es wird für euch einfacher zu fliehen." Sie beugte sich zu Johanna herüber. Ihre Stimme überschlug sich beinahe, als sie wisperte: „Ich schicke euch Ermingard, sie ist die Verlässlichste unter den Dienern. Sie wird euch zu den Ställen führen. Ich sorge dafür, dass ihr ungesehen fliehen könnt."

„Warum tust du das für uns?", flüsterte Johanna.

Irene lächelte müde. „Sagen wir, ich begleiche damit gewissermaßen meine Schuld."

Sie stand mit einer fließenden Bewegung auf und winkte den Waräger heran. Sein lüsternes Grinsen wich Enttäuschung, als sie ihm erklärte, Johanna müsse mit Eirik zusammen im Kerker bleiben über Nacht.

Er fesselte Johanna. Seine Hände waren grob und berührten sie an Stellen, an denen er sie nicht berühren müsste, um sie zu fesseln. Als er das dritte Mal scheinbar ungeschickt ihre Brüste abtastete, spuckte sie ihm ins Gesicht.

Danach war er nur noch grob zu ihr.

Als er sie zum Kerker brachte, musste er sie durch den Raum führen, in dem Andronikos noch immer in seinem eigenen Blut lag. Johanna wandte den Blick ab.

Und dann hörte sie etwas. Einen lang gezogenen Klagelaut, ein Rufen, ein Kreischen. Schritte, die sich rasch näherten.

Die Männer an der Tür wichen zurück und machten Platz für Theodora, die hereinstürzte. Ihr Gesicht wirkte noch viel mehr als sonst wie die Fratze eines Monsters – die eine Seite von Tränen überflossen, rot und verzerrt, die andere starres weißes Narbengewebe. Sie stürzte vor, sank neben Andronikos' Leichnam zu Boden und nahm seinen Körper in die Arme. Sie weinte, klagte, wiegte ihn. Ihr weißes langes Unterhemd saugte sich mit seinem Blut voll.

Ob es ein Trost war, dass es immerhin einen Menschen gab, der aus vollem Herzen um Andronikos trauerte?

Der Waräger packte Johanna grob am Arm und stieß sie vorwärts.

Bis zum letzten Moment fürchtete Johanna, der Waräger könnte sich Irenes Befehl widersetzen und sie nicht mit Eirik in eine Zelle sperren. Erst nachdem er sie in ein finsteres Loch gestoßen hatte und sie weich auf einem anderen Körper landete, begann sie Hoffnung zu schöpfen.

„Da hast du was zum Spielen für deine letzte Nacht auf Erden. Grüß' mir Walhall", fügte er hinzu. Dann knallte die schwere Tür zu. Sie hörte das Knirschen des Riegels, ein Klicken. Stille.

„Eirik?", flüsterte sie. Nur langsam gewöhnten sich ihre Augen ans Dunkel.

„Johanna." Seine Arme legten sich linkisch um ihren Körper; da er ebenso wie sie gefesselt war, kostete es ihn einige Mühe, zumal die Dunkelheit ihrem Unterfangen nicht gerade zuträglich war.

„Eirik!" Sie schluchzte vor Erleichterung auf. „Ich habe so schreckliche Angst!"

„Schhh … das glaube ich nicht. Mein kleines Feuermädchen kennt keine Angst."

Wenn du wüsstest …

„Was hat Irene dir gesagt, ehe der Waräger dich gefesselt hat?"

„Sie lässt uns raus, morgen früh. Ermingard kommt, und im Stall warten gesattelte Pferde auf uns." Sie schwieg kurz. „Ich kann nicht reiten."

„Das schaffen wir, mein Herz." Sein Mund legte sich auf ihr Haar; sie glaubte, sein Lächeln zu spüren.

„Was ist?", wisperte sie.

Er schüttelte den Kopf. „Es ist nur … da sehen wir dem Tod ins Auge, und mein Schwanz hat nichts anderes im Sinn, als dich bei nächster Gelegenheit …"

Ihre Anspannung brach sich mit einem leisen Lachen Bahn.

„Warum nicht?", neckte sie ihn. Die Hitze seines Körpers ließ auch ihr keine Ruhe. Das und die Erinnerung an die letzte Nacht brachten sie auf eine Idee. Sie tastete nach seinem Schritt, spürte seinen harten Penis, der sich unter dem Stoff abzeichnete. „Wir haben die ganze Nacht Zeit“, flüsterte sie.

„Feuerhexe!“, stöhnte er, und sie spürte im Dunkel sein Grinsen. „Wir sollten diese Nacht lieber schlafen und uns für den kommenden Tag rüsten, statt …“ Seine Worte gingen in einem Seufzen unter. Ihr Mund fand seinen, ihre Hände streichelten ihn durch den Stoff.

War es die Dunkelheit, die sie so mutig, geradezu übermütig werden ließ? Oder war es dieses Gefühl, dem Tod mit knapper Not entronnen zu sein, das ihre Sinne so hellwach machte?

„Ich wusste nicht, dass du so ein schönes Lachen hast“, wisperte er im Dunkel.

Es stimmte; sie hatte zuletzt viel zu selten gelacht.

Und ein Kerker war wohl kaum der richtige Ort, um in lautes Gelächter auszubrechen. Aber sie war trunken vor Glück, war so froh, dass Eirik und sie überlebt hatten.

„Danach können wir besser schlafen“, versprach sie ihm. Sie war müde; er hatte recht: Es wäre besser, sich für den kommenden Tag zu rüsten. Aber bei aller Erleichterung, dem brutalen Andronikos entkommen zu sein, mischte sich auch die Furcht wieder wie ein zartes Gewebe in das Geflecht ihrer Gedanken.

Wenn wir den kommenden Tag nicht überleben, will ich wenigstens ein letztes Mal mit ihm zusammen gewesen sein.

Sie ahnte wohl, dass es lange dauern würde, bis sie aufhören könnte, sich Nacht um Nacht verzweifelt an ihn zu klammern, weil sie den kommenden Tag fürchtete.

Ihre Hände machten sich an seinem Schritt zu schaffen. Er ließ sie gewähren; seine Hände glitten unter ihr Kleid, berührten ihren Fußknöchel. So warm waren seine Hände, dass sie erschauderte.

Sie befreite seinen Schwanz. Beugte sich über ihn. In der Dunkelheit war sie ungeschickt, aber das machte nichts, sie wäre ohnehin ungeschickt, und jetzt fiel es ihm bestimmt nicht so sehr auf, wie linkisch sie nach ihm griff. Wie ihre Lippen suchend durch die Luft fuhren, bis sie seinen heißen Penis berührten. Seidig weich fühlte er sich an, und sie leckte ihn zärtlich. Sein würziger Geschmack raubte ihr den Atem. Sie wollte ihn ganz und gar kosten.

Eirik stöhnte.

„Mach ich etwas falsch?“, flüsterte sie besorgt.

„Nein. Mhhh …“

Seine Hände legten sich auf ihren Kopf, drückten sie zärtlich nieder. Endlich fand sie ihn, ihre gefesselten Hände umfassten seinen Schaft, ihre Lippen umschlossen seine Eichel. Sie seufzte, spürte ein Pochen in seinem Glied, ein leises Prickeln.

In stetem Rhythmus bewegte sie den Kopf auf und ab, ließ ihre Lippen auf seiner Länge auf- und abgleiten. Sie hielt inne, wurde mutiger. Ließ ihre Zunge um ihn kreisen, spürte die zarte Schrunde auf seiner Schwanzspitze und schmeckte einen Tropfen seiner Flüssigkeit.

„Genug“, wisperte er, zog ihren Kopf hoch.

Sie richtete sich auf. „Ich mache doch etwas falsch.“ Sie hatte ihn enttäuscht, er wollte sie nicht so. Dabei hatte sie gerade noch das Gefühl gehabt, es gefiele ihm ganz gut.

„Es ist schon fast zu gut“, erwiderte er leise. „Komm her. Zieh dein Kleid hoch.“

Es war schwer, mit gefesselten Händen den Saum zu greifen und hochzuziehen. „Warum können wir diese Fesseln nicht einfach lösen?“, jammerte sie leise.

Wieder sein warmes Lachen aus dem Dunkel. „Dass du dir darum jetzt Sorgen machen kannst … meinst du nicht, das hat Zeit bis später?“

Sie spürte seine Ungeduld – und ja, ihr ging es kaum anders. Eirik bewegte sich neben ihr, während sie am Saum zerrte. Stoff riss.

Ach, was soll's, das war eh nicht tauglich für unsere Flucht.

„Komm her." Seine Hände griffen nach ihr. Sie kniete, tastete sich vor. Eirik saß mit ausgestreckten Beinen neben ihr. „Setz dich auf mich."

Es war schwer, das Gleichgewicht zu halten, während sie sich auf ihn schob, obwohl Eiriks Hände ihre festhielten. Schließlich gelang es, aber ihre Knie zitterten vor Erschöpfung. Sie spürte seine Erregung, die sich gegen ihren Unterleib drückte.

„Warte." Sie spürte, wie er sich zurücklehnte. „Jetzt heb deine Hüften an und dann …"

Ja, sie wusste jetzt, was er wollte. Johanna hob die Hüften, sie spürte seinen Penis an ihrem Eingang. Er war heiß und größer, als sie ihn in Erinnerung hatte. Oder fühlte sie sich einfach enger an? Er glitt in sie. Johanna bewegte sich ein paarmal auf und ab. Sie stöhnte.

Eirik richtete sich auf. Behutsam legte er seine Arme um ihren Oberkörper; ein schwieriges Unterfangen, da seine Hände gefesselt waren. Schließlich ruhten seine Arme um ihre Taille. Johanna versuchte, auch ihre Arme um seinen Leib zu schlingen, doch sie konnte nur seine Schultern umfassen und sich eng an ihn drücken. Ihre Brüste drückten gegen den zarten Stoff, gegen den Brustpanzer aus Leder. Sie rieb sich an ihm und begann, sich langsam zu bewegen.

Es dauerte nicht lange. Schon nach wenigen Stößen spürte Johanna, wie sich in ihrem Schoß ein Beben ausbreitete. Sie barg ihr Gesicht an Eiriks Schulter, presste ihren Mund gegen ihren Oberarm und biss hinein, um ihre

Lustschreie zu ersticken. In diesem Moment erreichte auch Eirik seinen Höhepunkt, kam ihr mit jedem Stoß entgegen und rieb sich an ihrer pochenden Klit, verlängerte ihren Gipfel und stöhnte kehlig unter ihr.

Danach drückte er sie an sich. Sie presste das Ohr an seine Brust, vermeinte durch den Lederpanzer seinen Herzschlag rasen zu hören, das Rauschen ihres Bluts im Ohr als leise zweite Stimme dieses leidenschaftlichen Lieds.

„Verlass mich nie."

„Nie", versprach er ihr.

Sie glaubte ihm.

Später, nachdem sie von ihm heruntergeglitten war und er sie mit seinem Körper wärmte, knibbelte er mit unnachgiebiger Geduld an den Knoten ihrer Fesseln herum. Sie riss immer wieder am Seil, scheuerte ihre Handgelenke auf. Sie ertrug es keinen Augenblick länger, so gefesselt zu sein. Es erinnerte sie an die Monate der Gefangenschaft, erst in der Hand des Nordmanns auf dem Schiff gen Süden, dann in Kallistos' Hof. Erst Andronikos hatte darauf verzichtet, sie zu fesseln.

Das hatte ihre Gefangenschaft bei ihm kaum besser gemacht.

Die Müdigkeit übermannte sie immer wieder, und manchmal glaubte sie, einzuschlafen, sie nickte kurz weg, während Eiriks Finger an ihrem Seil zupften. Einmal fluchte er leise, weil er gegen die festen Knoten nichts auszurichten vermochte. Doch mit bewundernswerter Geduld gelang es ihm schließlich, sie zu lösen.

Johanna schlief, ehe sie die Kraft fand, ihm diesen Gefallen zu erwidern. Das Letzte, was sie spürte, waren seine Hände, die sich zwischen ihren Brüsten auf ihr Brustbein drückten und ihrem Herzschlag nachspürten. Dann schlief sie erschöpft ein.

Eirik konnte nicht schlafen. Seine Finger kribbelten, und er versuchte, die Blutzirkulation immer wieder anzuregen, damit er nicht jegliches Gefühl in den Händen verlor. Er wagte nicht, Johanna zu wecken, die sich neben ihm eingerollt hatte. Ihre tiefen Atemzüge beruhigten ihn.

Morgen …

Er fürchtete nicht den morgigen Tag. Die Flucht würde ihm gelingen, gemeinsam mit Johanna. Er hatte bereits einen Plan gefasst und war nun froh, dass er für eine Schiffspassage nach Hause gesorgt hatte. Der Schiffseigner war ihm bekannt, er würde Eirik und Johanna notfalls sogar vor den Warägern verstecken, wenn es sein musste. Und waren sie erst in See gestochen, konnte niemand sie mehr aufhalten.

Dann ging es endlich wieder heim.

Vor der Heimkehr hatte er mehr Angst, wenn er Angst überhaupt kannte. Johanna gehörte nun zu ihm, und um nichts in der Welt würde er das Feuermädchen wieder hergeben, das sich sogar mit ihm in den Kerker sperren ließ, um ihm nahe zu sein. Doch auch wenn sie frei geboren war und durch Andronikos' Tod und Irenes Gnade wieder eine Freie war, blieb der Makel an ihr haften, dass sie – wenn auch nur für kurze Zeit – eine Sklavin gewesen war. Geraubt aus ihrem Heimatdorf, von Männern seines Volks verschleppt und verscherbelt. Sie war nicht mehr wert als der Sack gehackten Silbers, den jemand im Austausch für sie bekommen hatte.

Und dieser Makel würde an ihr haften bis ans Ende ihrer Tage. Sie wäre keine Frau, die seiner würdig wäre. Ja, wenn er sie als Kebsweib nahm, als Nebenfrau, würde es niemanden kümmern, was er mit ihr anstellte.

Aber es gab für ihn keine anderen Frauen.

Für ihn gab es nur Johanna, sonst keine.

Sie sollte seine Frau werden, sollte daheim in Uppsala seine Kinder zur Welt bringen, und wenn es nach ihm ginge, an seiner Seite alt werden. Doch wenn irgendwer erfuhr, dass sie eine freigelassene Sklavin war …

Seine Hände glitten über ihr Gesicht.

Ich will es dir nicht zumuten, Feuermädchen, dass sie dich wie eine Aussätzige behandeln.

Niemand durfte erfahren, dass sie eine Sklavin war.

Niemand.

11. KAPITEL

Oluf Ragnarsson hatte drei Schwächen: der Glanz von Gold, das Klackern der Würfel und schöne Frauen.

Zumindest zwei seiner Schwächen wusste der Nordmann auszunutzen, der an diesem Morgen am Landesteg seines schlanken Drachenboots auftauchte. Ob er zum Würfelspiel taugte, würden sie schon früh genug herausfinden.

„Ich kenn' dich", sagte Oluf, nachdem der Mann ihn gebeten hatte, seine Begleitung und ihn gegen die Zahlung von zwei Solidos nach Uppsala zu bringen.

„Ist das so?" Die Hand des Mannes, die bereits am Beutel ruhte, um Oluf eine Anzahlung zu geben, verharrte. Er musterte Oluf aus zusammengekniffenen Augen und schien nachzudenken. Und dann begann es ihm zu dämmern.

„Oluf. Sohn des Ragnar."

„Bruder des Hallgrim", fügte Oluf hinzu. Er grinste.

„Ich bin überrascht. Bist auch du unter die Seefahrer gegangen?"

„Nachdem Hallgrim es sich in Kiew gemütlich gemacht hat, habe ich ihm seinen Bootsanteil abgekauft. Du siehst, es hat sich gelohnt. Aus dem kleinen Kahn ist ein ordentliches Drachenboot geworden."

Eirik nickte. Er zögerte.

„Keine Angst, sie hält jedem Sturm stand und bringt dich schnell wie der Wind nach Kiew und darüber hinaus. Bloß wenn wir noch länger hier stehen, wird der frühe Wintereinbruch auf den Flüssen der Rus uns aufhalten, und wir werden dort überwintern müssen."

Außerdem wollte er das Gold. In Eiriks Beutel klimperte es verführerisch.

„Gut", sagte Eirik und reichte Oluf einen Solido. „Den

zweiten bekommst du, sobald wir das Ziel unserer Reise erreicht haben."

„Mein Schiff gehört euch." Oluf steckte die Münze ein und machte eine einladende Handbewegung. „Willst du mir das hübsche Weib nicht vorstellen?"

Eirik blickte hinab zum Pier. Die Frau trug einen schwarzen Mantel aus feiner Wolle, die Kapuze hatte sie sich tief ins Gesicht gezogen. Er zögerte. „Sie ist mein Weib", sagte er schließlich.

„Eh, haste dir so ein Frauchen aus dem Harem eines edlen Fürsten geklaut?" Er meinte, rotes Haar zu sehen. „Weißt ja, was man von Frauen an Bord sagt. Ich halt nicht viel von solchem Geschwätz, aber meine Leute haben ein einfaches Gemüt und wenig Sinn für Diskussionen, wenn ein Sturm heraufziehen sollte."

„Würden ein Fass Wein und ein Fässchen Honig ihre Gemüter beruhigen?"

„Da kannst du sicher sein." Oluf grinste zufrieden. Er mochte es, mit Männern wie Eirik Geschäfte zu machen.

Dieser nickte. Dann trat er näher. *Zu* nah. Oluf widerstand dem Impuls, zurückzuweichen. „Und sollte mir noch einmal zu Ohren kommen, dass du an der Ehrhaftigkeit meines Weibs zweifelst", sagte Eirik ganz ruhig, „werde ich dir die Zunge herausschneiden, sie über Feuer rösten und dir wieder ins Maul stopfen." Sein Blick glitzerte hart.

„Ich habe gar nichts behauptet", versicherte Oluf ihm. Er beobachtete interessiert, wie Eirik Hallgrimsson behände die Planke hinablief und das Bündel mit den Habseligkeiten seines Weibs packte.

Ob er weiß, dass nicht nur Hallgrim in Kiew wohnt, sondern auch Freya?

Aber was kümmerte ihn das. Er stellte keine Fragen,

dann hatte Eirik auch von ihm keine Antworten zu erwarten.

Johanna kauerte am Bugspriet und zog den dicken Mantel enger um ihre Schultern. Sie fror erbärmlich und beobachtete die Männer, die auf dem Schiff hin- und herliefen und nach einem unsichtbaren Muster Segel setzten, das Ruder bewegten oder einfach an der hochgezogenen Reling standen und die Gräten des Trockenfischs hinüberspuckten, ehe sie wieder an die Arbeit gingen.

Sie zitterte nicht nur, weil seit drei Tagen ein kalter Wind über das Meer wehte.

Sie war mit einem Dutzend Nordmännern allein an Bord eines Schiffes.

Wenn Eirik nicht wäre …

Aber da war er, stand neben dem Eigner und unterhielt sich leise mit ihm. Johannas Hand krallte sich heftig in ihr Bündel. Kleider, die Eirik ihr in aller Eile auf einem der zahlreichen Märkte von Byzanz gekauft hatte, ebenso wie den Hornlöffel in einem Holzkästchen, mit dem sie ihren Eintopf löffelte, wenn sie nachts an Land gingen und über dem Feuer kochten. Und natürlich ihr Dolch. Den hatte Eirik ihr vor allem gekauft, weil sie ihn darum gebeten hatte.

Nie wieder will ich ungeschützt sein. Nie wieder.

Die Reise würde Wochen dauern. Wochen an Bord dieses Schiffs, Wochen! Sie musste ständig dabei zusehen, wie die Männer über die Reling pissten. Manchmal unterdrückte sie ein Lachen, weil einer den Wind immer falsch einschätzte und seine Pisse ihm ständig gegen das Wams klatschte. Aber das war nicht mehr lustig, seit sie wusste, dass er es war, der Abend für Abend die köstlichen Eintöpfe zubereitete und das Messer, mit dem er Trockenfleisch und Gemüse kleinschnitt, danach sorgfältig am eingenässten Wams abwischte.

Ihr einziger Trost waren die Nächte. Nachts segelten sie nicht, sondern zogen das Schiff ans Ufer, und jeder suchte sich einen Schlafplatz.

Eirik kämpfte sich zu ihr vor. Er hatte, anders als die Männer, die seit Jahren an Bord waren, Probleme das Gleichgewicht zu halten.

„Wir kommen nicht schnell genug voran." Er setzte sich neben sie und hielt ihr einen halben, ausgefaserten Trockenfisch hin. Sie nahm ihn; der Hunger trieb's ihr in den Magen, doch der Gestank war eher abschreckend. „Oluf sagt, wenn es weiter so schlechten Wind gibt, kommen wir vor Einbruch des Winters nur bis Kiew."

Johanna kaute. „Ist Kiew schlimm?"

„Mein Freund Hallgrim ist dort, Olufs Bruder. Bei ihm könnten wir unterkommen, er ist Händler." Eirik überlegte. „Aber es wäre mir lieber, wir schafften es vor den Winterstürmen nach Uppsala."

„Mir wäre es am liebsten, wir könnten mal wieder eine Nacht allein verbringen." Sie schmiegte sich an ihn und hielt die Kapuze fest, damit sie ihr nicht vom Kopf gerissen wurde. Einmal hatte sie erlebt, wie die Blicke der Männer auf ihrem roten Haar klebten, als ihr die Kapuze herunterrutschte. Obwohl sie ihr Haar inzwischen zu einem festen Zopf flocht und im Nacken zusammenrollte, schien das leuchtende Rot jeden Mann zu faszinieren. Keiner konnte wegschauen, und so mancher machte einen Schritt in ihre Richtung.

Eirik lächelte. „Ach, Feuermädchen. Da sollte man meinen, du hältst es mal ein paar Tage ohne mich aus ..."

„Ohne dich sowieso nicht", widersprach sie heftig. „Aber ich möchte ..."

Ihr Finger malte Muster auf seine Brust.

Er umschloss sie mit seinen Armen.

„Du möchtest also eine Nacht frierend und nackt da draußen verbringen?"

„Wir müssen doch nicht die ganze Nacht!", protestierte sie. „Außerdem müssen wir nicht nackt sein. Mir würde schon reichen, einfach wieder mit dir allein zu sein …"

Eirik lachte. „Ist das die Frau, die mir vor wenigen Wochen noch die Augen ausgekratzt hätte, wenn ich mich ihr näherte?"

„Das waren andere Zeiten", erwiderte sie glücklich.

Und es stimmte ja: Seitdem war vieles passiert. Ihre Wut war langsam zur Ruhe gekommen, und in den zehn Tagen auf See hatte sich auch ihre Angst gelegt. Jeder Anflug von Panik wurde befriedet, wenn sie nur Eirik sah. Und in der Enge des Drachenboots war er kaum zu übersehen: groß, blondes Haar. Seine dunklen Augen suchten stets ihren Blick, sein Lächeln wusste sie zu beschwichtigen, sobald sie glaubte, die Angst nähme überhand.

Sie war frei.

Der Abend kam, und mit ihm frischte der Wind auf. Johanna beobachtete Oluf, der prüfend in den Himmel blickte und offenbar überlegte, ob er an diesem Tag den Wind nutzen und weiter segeln sollte als an anderen Tagen. Doch dann schüttelte er den Kopf, brüllte seine Anweisungen. Knarrend neigte sich das Boot, Planken erzitterten, ein unmenschliches Geräusch drang aus dem Schiffsrumpf. Wasser spritzte hoch über dem Bugspriet auf, als sie eine seichte Stelle am Ufer ansteuerten.

All das – die Männer, die mit Einsatz ihrer Körperkraft das riesige Schiff an Land zogen und dabei gut gelaunt lärmten, weil die Aussicht auf das Abendessen und ein paar Partien Würfeln ihre Laune hob – war für Johanna nicht mehr so ein entsetzlicher Lärm wie an den ersten Tagen, als sie sich noch furchtsam an die Wandung geklammert hatte und bei jedem Geräusch zusammengezuckt war. Sand und Kies knirschten unter dem Rumpf, dann neigte sich das Schiff leicht, wurde gesichert.

Erst jetzt erlaubten sie, dass auch Johanna das Schiff verließ. Wie jeden Abend half Eirik ihr nicht nur über die Wandung, sondern hob sie auch in seine Arme und trug sie die letzten Meter bis zum Strand. Die Männer, die an den ersten Abenden noch gegrölt hatten, das würden sie ja auch für Johanna tun, wenn sie es nur zuließe, kümmerten sich schon nicht mehr um ihren besonderen Passagier. Einige schwärmten um Feuerholz aus, andere luden die Säcke aus, in denen allmorgendlich alles Notwendige wieder verstaut wurde, das sie für das Nachtlager brauchten.

Nicht lange, und zwei muntere Feuerchen flackerten. Zwei Männer kamen von ihrem Erkundungsgang zurück, und der eine schwenkte stolz zwei Hasen, die er mit der Schleuder erlegt hatte. Johanna hockte auf einem Stein, hatte den Umhang eng um ihren Körper gezogen und wandte den Blick ab, als der Koch – Kjetil hieß er, Kjetil der Schwarze, wegen seines schwarzen Haars und dem dichten schwarzen Bart – sein Messer zückte, die Tiere häutete und geschickt zerlegte. Heute gab es ein Festmahl – zu der Gerstensuppe mit Zwiebeln und schrumpeligen Rüben bekam jeder ein Stück knusprig gebratenen Hasen, über offenem Feuer geröstet und nicht im dicken Eintopf versenkt.

Johanna umfasste die Schale. Nicht alles an den Nordmännern war schlimm. Sie versuchte immer wieder, es sich einzureden. Diese Männer waren nicht darauf aus, ihr Böses zu tun. Sie waren rau, aber mancher war auch herzensgut. Kjetil gab ihr das beste Stück vom Hasen, und es war sogar größer als die anderen Fleischstücke. Niemand protestierte. Sie aßen schweigend, eine Metkanne kreiste und jemand spendierte einen Krug vom Wein, den Eirik in Byzanz für die Mannschaft gekauft hatte.

Es dunkelte. Niemand dachte daran, sich zu der frühen Stunde schlafen zu legen. Eirik umfasste Johannas Hand und drückte sie fest. Sie lauschte angestrengt Flosi, dem Ältesten der Bootsmänner, der eine Sage zum Besten gab. Sein Singsang wirkte einschläfernd auf sie, zumal sie erst wenige Worte und Sätze von Eiriks Sprache gelernt hatte – sie unterhielten sich zumeist noch in der Sprache der Byzantiner, die beiden leichter von der Zunge ging als ihr seine nordische oder ihm ihre fränkische Sprache.

„Komm mit", flüsterte Eirik. „Ich habe vorhin ein Plätzchen entdeckt, an dem wir ungestört sind."

Sie folgte ihm in die Dunkelheit außerhalb der Feuerkreise. Mancher Kopf ruckte hoch, doch niemand machte eine zotige Bemerkung. Eirik ergriff mit der freien Hand eine Fackel und ging voran.

Der Platz, den er für sie ausgewählt hatte, lag etwa zweihundert Schritt landeinwärts – sie stiegen einen Hügel hinauf. Oben reckte eine Trauerweide ihre Zweige und Äste wie Finger dem Boden entgegen. Windschief stand sie da, gerade so, als blickte sie sehnsüchtig zum Wasser hinab.

Eirik schob die Zweige beiseite. Er steckte die Fackel in den weichen, lockeren Boden, trat das Erdreich drumherum fest. Erst dann zog er Johanna in die Arme, drängte sie begierig gegen den Baumstamm. Seine Hände glitten über ihren Körper, während sein Mund sich heiß auf ihren presste.

„Du trägst immer noch dein Schwert", murmelte sie, als er kurz von ihr abließ, um ihren Kleidsaum zu heben.

Er hielt inne.

„Dieses Schwert ist überlebenswichtig", erwiderte er ernst. „Wir sind hier nur auf der Durchreise. Niemand weiß, welche Gefahren hinter dem nächsten Hügel lauern. Niemand weiß, was uns erwartet."

„Willst du es die ganze Zeit tragen?" Sie schmiegte sich an ihn, spürte seine Erektion durch seine feine Wollhose. Nachdem er die Palastgarde verlassen hatte, trug er wieder die Kleidung der Nordmänner – ein ungewohnter Anblick. Und auch ein merkwürdiges Gefühl, denn da war kein Brustpanzer mehr, sondern ein langer, aus feinem Wollstoff gewebter Kittel, unter dem er ein Leinenhemd trug. Keine Stiefel, sondern weiches Schuhwerk. Es machte ihn weicher.

Er lachte leise im Dunkel. „Du meinst, ich sollte lieber mein anderes Schwert sprechen lassen?"

Sie erschauderte. „Ja, bitte." Sie wollte ihn spüren.

„Wir haben nicht viel Zeit, bis wir zurückmüssen", wisperte er, seine Lippen in ihr Haar gedrückt. „Johanna ..."

„Bitte", flehte sie. Das leise Pochen ihres Schoßes vereinigte sich mit ihrem Herzschlag. „Bitte, Eirik", flüsterte sie.

Wieder sein leises Lachen, aus dem so viel Zärtlichkeit sprach. „Ich habe schließlich nicht behauptet, wir hätten überhaupt keine Zeit. Warte." Sie hörte ein leises Klirren, als er sein Schwertgehänge abschnallte und ins Gras gleiten ließ. Ein Blatt löste sich weit oben in der Krone, raschelte leise und sank nieder, legte sich kurz auf ihre Wange – als liebkoste der Baum sie –, ehe es zu Boden sank.

„Heb deine Röcke."

Ratlos stand sie da. Ihre Hand glitt zur Fibel, mit der ihr Umhang verschlossen war – es widerstrebte ihr, auf dem nackten Boden unter dem Baum zu liegen.

„Nein, nicht. Heb nur deine Röcke." Er klang amüsiert, und sie beobachtete, wie er im Gegenzug einfach seinen Mantel löste, ihn neben dem Schwert zu Boden warf – und seine Hose herunterschob!

Sein Penis schnellte vor. Staunend betrachtete sie ihn. Sie wagte nicht, die Hand nach ihm auszustrecken, auch wenn es sie durchaus reizte. Aber er war so … groß!

Eirik machte einen Schritt auf sie zu. „Es wird zu kalt, wenn wir uns auf den Boden legen. Darum habe ich mir gedacht, wir machen es anders." Er kniete sich vor sie und schob den Saum ihres Kleids hoch. Seine Hände glitten an ihren Schenkeln hinauf. Er fand ihre Scham, seine Finger streichelten sie. Johanna stöhnte leise.

„Nicht so laut! Willst du, dass die Männer uns hören?"

Bei Gott, bloß nicht! Schlimm genug, dass sie sich vermutlich denken konnten, was Eirik und sie trieben …

Sie konnte ein Kichern nicht unterdrücken. Wie erstaunlich dieser Mann war! Da schlich er sich abends mit ihr vom Lager fort, und weil er nicht wollte, dass es ihr zu kalt wurde, sollte sie was tun – sich im Stehen mit ihm lieben? Wollte er das?

Wie sollte das gehen?

Er zeigte es ihr. Nachdem sie gehorsam die Röcke gerafft hatte, dass sie sich um ihre Hüften bauschten – es war ein feiner Stoff, um den sie einen kurzen Moment fürchtete, weil er so teuer gewesen war –, umfasste Eirik mit beiden Händen ihre Taille und hob sie hoch. „Leg deine Beine um mich", befahl er ihr. Gehorsam schlang sie die Beine um ihn, hielt sich an seinen Schultern fest. Im Rücken spürte sie den Baumstamm, der ihr Halt gab.

Er war in ihr. Es ging ganz einfach. Als hätten sie schon unzählige Male das Lager miteinander geteilt oder sich in einem fremden Land an den Baumstamm einer Trauerweide gelehnt leidenschaftlich geliebt.

Johanna keuchte unterdrückt auf. Sie biss in seine Schulter, schmeckte die bittere Wolle und erstickte ihre Schreie. Ihr Körper hatte sich nach ihm gesehnt. Ihn Tag für Tag zu sehen und nicht diese höchste Form der Lust verspüren zu dürfen, die sie in seinen Armen erst hatte kennenlernen dürfen, war unerträglich gewesen. Schlimmer war nur, dass ihr erst jetzt aufging, wie sehr sie seiner bedurfte.

Nicht nur deshalb fühlte es sich anders an. Es war, als hätte Eirik in ihr etwas geöffnet, das sie lange vor sich beschützt hatte – ihre verletzliche Seele, ihr empfindsames Gemüt, das sie nach dem Überfall auf ihr Heimatdorf vor allen verbarg und auch vor sich versteckte. Sie hatte geglaubt, die Wut gehöre zu ihr, wie auch der Hass und das Misstrauen, die sie jedem Menschen vom ersten Moment an entgegenbrachte. Aber in Eiriks Armen spürte sie, wie all dies von ihr abfiel. Ihre Seele war nackt und bloß, doch wurde sie von ihm beschützt.

Johanna schluchzte auf. All die Erinnerungen der letzten Monate schüttelte sie ab wie ein Baum, der im Herbst seine Blätter von sich warf, um nach einem langen, harten Winter wieder mit grünen Knospen und zarten Blüten neu zu erwachen. Dies war ihr Neuanfang. Dies war der Moment, da sie ihr altes Ich hinter sich ließ. Sie vertraute nicht mehr allein auf ihre eigene Kraft, sondern wusste, dass sie in Eirik einen Gefährten hatte, der niemandem ein Leid zufügte, am wenigsten ihr. Er hatte das Schwert abgelegt, hatte dem Kriegertum abgeschworen.

Der lustvolle Rausch traf sie wie ein Schlag. Plötzlich war sie nichts als zuckende, bebende Leidenschaft in seinen starken Armen. Sie hörte Eirik ihren Namen flüstern, immer und immer wieder, hörte ihre eigene Stimme wispernd antworten. Sie schloss die Augen, spürte ein Gleißen, das sich in ihrem Körper in Wellen ausbreitete, eine

Energie, die sie völlig erschöpfte und ihr zugleich so viel Kraft schenkte, dass sie es kaum zu fassen vermochte.

Eirik stöhnte ihren Namen. Ihre Sinne nahmen alles wahr – nicht zuletzt seinen Schwanz, der in ihr noch größer wurde, ehe er mit heftigem Pulsieren den Höhepunkt erreichte und seinen Samen in sie verströmte.

Sie keuchte. Nur langsam kam sie wieder zu Sinnen. Ihre Beine sanken zu Boden, doch waren ihre Knie so weich, dass sie einfach wegknickten und sie niedersank. Sofort war Eirik da, breitete seinen Mantel aus, schloss sie in die Arme. Er wiegte sie, flüsterte tröstende Worte in ihr Haar.

Sie weinte.

Aber es waren Freudentränen.

„Lass mich nie allein", murmelte sie.

„Nie", versprach er ihr. „Nie."

Sie schlief ein.

Behutsam bettete er sie auf seinen Mantel und deckte sie mit ihrem Mantel zu. Er zog ihr Kleid bis zu ihren Füßen herunter. Sie murmelte etwas im Schlaf, zog die Füße an. Ein seliges Lächeln umspielte ihre Lippen. Bei den Göttern, diese Frau war wirklich ein Wunder. Er wusste nur zu gut, was sie in den letzten Monaten durchgemacht hatte.

Im Stillen schwor er sich, sie für immer zu beschützen. Niemand sollte ihr je wieder ein Leid antun.

Er setzte sich an den Baumstamm gelehnt hin, zog Johanna auf seinen Schoß und streichelte ihren Kopf. Leise knisternd verlosch die Fackel und sie saßen im Dunkeln. Johanna schlief, und er lauschte ihren gleichmäßigen Atemzügen mit stiller Freude.

Wahrlich, er war ein glücklicher Mann. Die Sorge, wie man Johanna daheim aufnehmen würde, hatten die Männer an Bord bereits zu lindern gewusst; keiner fragte mehr, ob Johanna eine entlaufene oder freigekaufte Sklavin war, obwohl jedem klar sein musste, dass eine junge hübsche Fränkin nicht grundlos plötzlich in Byzanz auftauchte und dort mit einem Nordmann an Bord eines Schiffes ging. Doch die rauen Kerle schienen sie zu mögen, obwohl Johanna den ganzen Tag im Bug kauerte und den Mantel um ihren Körper raffte, als fürchtete sie, einer könnte zudringlich werden. Und auch mit zotigen Bemerkungen hielten sie sich zurück, obwohl sie inzwischen wussten, wie wenig Johanna ihrer Sprache mächtig war.

Er lächelte im Dunkeln. Der Jüngste an Bord, Mattur Ingimarsson, hatte einen Narren an Johanna gefressen. Er war Kjetils Neffe, seiner Schwester Sohn, und reiste das erste Mal auf einem Drachenboot, das auf große Fahrt ging. Johanna schien ihm das größte Wunder dieser Reise zu sein, denn er starrte ihr geradezu tumb nach, wo sie ging und saß.

Leise bewegte sie sich im Schlaf. Er zog den Mantel höher und schloss die Augen. Eine herrliche Mattigkeit ergriff von ihm Besitz, er schwelgte darin ebenso wie in dem herben Geruch ihrer sexuellen Vereinigung.

Ich liebe sie, stellte er überrascht fest. Es ist so anders als bei Irene oder jeder anderen Frau, mit der ich bisher das Lager geteilt habe.

Er musste wohl eingeschlafen sein, denn ein zartes Klirren weckte ihn – zart war es jedoch nur, weil es aus zweihundert Schritt Entfernung zu ihnen drang. Sofort war er hellwach, wollte aufspringen und weckte mit dieser heftigen Bewegung Johanna, die ihren Kopf auf seine Brust gebettet und sich an ihn geschmiegt eingerollt hatte. Sie keuchte auf, wollte vor Schreck aufschreien, doch er besaß die Geistesgegenwart, ihr die Hand auf den Mund zu pressen. „Still“, bedeutete er ihr. Ihre Augen leuchteten weiß im Dunkel. Gespenstisch. Entsetzt.

Schwerter. Was er da hörte, war das Klirren von Eisen auf Eisen, und jetzt hörte er auch das raue Rufen, Brüllen, Schreien – ein Kampf.

„Hör mir genau zu“, wisperte er eindringlich. Sein Blick klammerte sich an Johannas, doch ihre Augen irrten hin und her, konnten sich nicht auf ihn richten und verloren sich jenseits seiner Schulter. „Du musst hierbleiben, hörst du? Unter allen Umständen bleibst du hier und rührst dich nicht vom Fleck bis ich dich hole, verstanden?“

Sie nickte wild. Er ließ sie los. „Deck dich mit deinem Mantel zu“, befahl er ihr, zerrte an seiner Hose und tastete leise fluchend im Dunkeln nach seinem Schwertgehänge.

Seinen Mantel brauchte er nicht. Er rannte, zog im Laufen das Schwert aus der Scheide, dass es begierig zischte. Dann lief er den Abhang hinunter, versuchte so wenig Lärm wie möglich zu machen, obwohl er ahnte, dass die Kämpfenden ihn ohnehin nicht hören würden.

Es waren wohl etwa ein Dutzend Gegner, die in das Nachtlager der Nordmänner eingedrungen waren und sogar die Wachen überrascht hatten. Doch Oluf und seine Männer hatten rasch zu ihren Waffen gegriffen und verteidigten sich jetzt mit dem Mut, für den ihr Volk bekannt war, kämpften wie die Berserker gegen die Eindringlinge.

Doch jene, die ihnen gegenüberstanden, waren aus gleichem Holz geschnitzt, stammten aus denselben Familien hoch im Norden. Eirik zögerte nicht, ehe er sich in den Kampf stürzte. Er sah Schwerter blitzen, drehte sich schnell, machte den ersten Feind mit einem Schwertstreich nieder. Kurz nur sah er das junge Gesicht des Mannes, den er da niedermähte – und glaubte, in ihm einen jener zu erkennen, die bis vor Kurzem unter seinem Befehl gedient hatten.

Der Basileus hatte seine Waräger ausgeschickt, um ihn zu holen. Ihn, den Mörder des Andronikos'.

Der Zorn war ein machtvoller Verbündeter. Er wollte nicht töten – nicht diese Männer, die nur Befehle ausführten –, doch wollte er den Männern zur Hilfe kommen, die sich bereit erklärt hatten, ihn und Johanna heimzubringen, ohne um die Gefahr zu wissen.

Der Kampf dauerte nicht lange. Schon kurz darauf gaben die Waräger sich geschlagen, sie wichen zurück und verschwanden. Eirik hörte das Klatschen von Rudern, hörte die Männer im Wasser laufen, in ihre Boote springen und verschwinden. Sie hinterließen Tod und Zerstörung.

Ein Waräger war tot. Doch auch unter Olufs Männern hatte der Tod Ernte gehalten. Kjetil beugte sich weinend über den verdrehten Körper seines Neffen Mattur und hielt sich zugleich eine Wunde am Arm. Flosi, der sie noch bei Sonnenuntergang mit so schönen Geschichten aus der Edda unterhalten hatte, lag neben dem Lagerfeuer, die Wange aufs Gesicht gebettet, als schliefe er. Eirik ließ sein Schwert sinken. Schwarz glänzte das Blut auf der Klinge.

Die Männer murmelten, gingen umher, versorgten die Verletzten. Zwei zerrten den Waräger beiseite, niemand wollte den Leichnam ansehen. Ein düsteres Schweigen legte sich über den Lagerplatz.

Oluf trat zu ihm.

„Sie sind meinetwegen gekommen." Tonlos war seine Stimme, aber die Wahrheit suchte sich ihren Weg. „Ich habe einen Edlen getötet. Kurz nachdem ich der Warägergarde den Rücken wandte."

Oluf schwieg lange. Er rieb sich mit beiden Händen durchs Gesicht, etwas Blut klebte an seinen Fingern und verteilte sich auf die linke Wange wie ein absurder Schmuck. „Hierfür trifft niemanden die Schuld. Du bist unser

Gast auf diesem Schiff." Nach kurzem Schweigen fügte er hinzu: „Wir werden neue Männer brauchen, die das Schiff segeln können."

Eirik nickte. „Morgen kümmere ich mich darum." Es war das Mindeste, was er tun konnte.

Er wusste, in dieser Nacht würde keiner Schlaf finden.

Hätte er Oluf die Wahrheit sagen müssen? Dass er als Mörder eines Byzantiners gesucht wurde?

Er drehte sich um, bückte sich und versuchte, sein Schwert im Gras zu säubern. Als er sich aufrichtete, stand sie nur wenige Schritte von ihm entfernt.

Ihr Mantel hing in der Hand, und als sie ihn sah, verkrampften sich ihre Finger im Stoff. Ihr Kleid war schmutzig, das rote Haar hing über ihre Schulter, der Zopf hatte sich gelöst. Gespenstisch blass war sie, doch goldene Funken tanzten auf ihrem Haar, das den Feuerschein reflektierte. Sie sagte nichts. Sie machte einen Schritt auf ihn zu, noch einen.

„Johanna ..."

Wie viel hast du gesehen? Warum hast du nicht auf mich gehört und bist dort geblieben, wo ich dich zurückgelassen habe? Das hier ist kein Anblick für Frauen. Das hier ist vor allem kein Anblick für dich, Feuermädchen. Du hast zu viel durchlitten.

Er ging auf sie zu. „Johanna." Seine Hand berührte ihren Oberarm. Sie fühlte sich eisig an, als wäre alle Wärme aus ihrem Körper gewichen. Er unterdrückte den Impuls, zusammenzuzucken. Stattdessen griff er ihren Arm und zog sie zum Feuer. Beruhigend redete er auf sie ein und hoffte, seine Worte erreichten sie.

„Du hättest mir nicht folgen dürfen, Feuermädchen", murmelte er. „Es ist schrecklich, was hier passiert ist. Der Krieg kann einen Mann schon verrückt machen ..."

Sie blieb stehen, wehrte sich gegen seinen Griff. Ihre Bewegungen waren abgehackt, ihr Blick leer. Nicht einmal Trauer konnte er darin lesen. „Johanna?“, fragte er leise, doch in ihren Augen flackerte nichts, kein Erkennen.

Er beließ es dabei, führte sie zu einem großen Stein und schob sie darauf. Ihren Mantel legte er ihr um, schloss sorgfältig die Fibel. All das ließ sie mit sich geschehen wie ein gehorsames Kind, doch ihr Blick hielt sich nicht an ihm fest, sondern glitt immer wieder ruhelos über die Szene vor ihnen. Die Verletzten, die sich von ihren Kameraden aufhelfen ließen. Die Toten, denen niemand mehr half.

Er versuchte ein letztes Mal, mit ihr zu reden, doch ahnte er, dass ihre Gedanken jetzt ganz, ganz weit weg waren. Blutvergießen vermochte dies; es war nicht nur eine tödliche Kraft, sondern auch etwas, das manchen seinen eigenen Namen vergessen ließ.

„Johanna?“, flüsterte er.

Sie saß stumm da. Dann richteten sich ihre Augen auf ihn. Etwas blitzte darin auf, das er zuerst nicht begreifen konnte, bis sie den Arm hob. Der kleine Dolch, den er ihr geschenkt hatte, blinkte im Feuerschein, dann sauste die Waffe nieder und verfehlte ihn um Haaresbreite. Erneut holte sie aus, doch diesmal hob er abwehrend den Arm, und die Klinge fuhr ihm ins Fleisch. Er fluchte. Seine Hände packten ihre, bogen die Finger gewaltsam auseinander, bis sie den Dolch fallen lassen musste. Darauf versuchte sie, auf ihn einzuschlagen. Noch immer war sie stumm, nur ein Wimmern entrang sich ihr, während sie auf ihn einhieb.

Eirik packte ihre Handgelenke. „Hör auf!“, beschwor er sie. Er spürte das Blut, das aus seinem Unterarm rann. Johanna wehrte sich, sie wimmerte, wandte das Gesicht von ihm ab.

Fast schien es, als habe ein Wahnsinn sie erfasst, nachdem die Waräger fort waren.

Eirik ließ sie los und machte einen Schritt zurück. Sie zog die Knie an, hüllte ihren Körper in den Umhang. Wie ein Rabenvogel saß sie da, das blasse Gesicht und das feuerrote Haar ein wilder Kontrast zur dunklen Farbe ihres Mantels. Sie vergrub das Gesicht im Mantel, blickte ihn nicht an noch reagierte sie, als er ein letztes Mal versuchte, mit Worten zu ihr durchzudringen.

Er wusste nicht, wie viel sie gesehen hatte.

Sie hatte mit angesehen, wie er die Nordmänner gegen Warägersoldaten verteidigte. Wie er tötete. Vielleicht war das für sie zu viel gewesen. Der Mann, dem sie Vertrauen schenkte, dem sie ihre Liebe schenkte, mordete. Er war nicht anders als die Nordmänner, die sie aus ihrem Dorf geraubt hatten. Zwar hatte sie ihm nicht viel davon erzählt, doch hatte er sich einiges zusammengereimt. Sie beherrschte wenige Worte seiner Sprache. Sie hatte vor jedem Nordmann zunächst eine – oftmals – unbegründete Angst. Sie fühlte sich anfangs zwischen ihrer Liebe zu ihm und ihrem Hass auf die Nordmänner zerrissen.

Und nun war auch dieses zarte Band der Liebe zerfetzt. Sie hatte zu viel gesehen.

Er wandte sich abrupt ab. Jetzt war keine Zeit, um über das verletzte Gemüt einer Frau nachzudenken. Es galt, Tote zu bestatten und das Drachenboot bei Tagesanbruch für die Weiterfahrt flottzumachen. Der Verlust zweier Männer und die Verletzungen so manch anderer stellten sie vor Probleme, die größer waren als das Schweigen eines Weibs. So würde es Oluf sehen, und so musste Eirik es jetzt auch sehen, wenn sie nicht an diesem Strand festsitzen wollten, bis es auch für die Verletzten keine Rettung mehr gab.

Um Johanna wollte er sich kümmern. Wenn Zeit war.

12. KAPITEL

Freya Sigurdsdottir wusste um ihre Schönheit. Dennoch glitt ihr Blick ein letztes Mal prüfend über ihr Spiegelbild, ehe sie den Bronzespiegel behutsam auf die Truhe legte.

Es war wichtig, dass sie heute gut aussah. Mehr als das: Sie musste strahlen, musste leuchten! Nichts durfte daran erinnern, dass sie daheim einen kranken Mann pflegte und die Sorgen ihr beständig schwer auf das Haupt drückten. Ein letztes Mal fuhren ihre Finger prüfend über die Haare – sie hatte auf die Haube verzichtet und das Haar geflochten und hochgesteckt. So gefiel es ihr besser. Es wirkte mehr wie das Haar einer Jungfer. Nicht wie das einer Frau, die seit über fünf Jahren mit dem besten Freund des Mannes verheiratet war, der heute in Kiew ankommen würde.

Willkommen daheim, Eirik Hallgrimsson. Ich wusste, dass du irgendwann zu mir zurückkehrst.

Sie lächelte.

„Freya?"

Ihr Lächeln schwand.

„Ich bin sofort bei dir, Hallgrim."

Sie strich ein letztes Mal über ihr bestes Alltagskleid – sie wollte nicht den Anschein erwecken, Eirik erwartet und sich seinetwegen herausgeputzt zu haben –, befand die blaue Webchenborte als wunderhübsch und eilte aus ihrer Schlafkammer. Auf der anderen Seite des Flurs lag die doppelt so große Kammer, in der seit über einem halben Jahr ihr Mann krank lag und auf seinen Tod wartete.

Warum ein so stolzer Krieger wie Hallgrim Ragnarsson so lange brauchte, bis er endlich starb, war ihr ein Rätsel.

„Was ist los?"

„Gehst du zum Hafen?"

Sie zögerte. Sollte sie ihm die Wahrheit sagen, dass sie es tatsächlich vorhatte? Oder wäre es besser, es ihm zu verschweigen?

„Ich wollte zum Markt und einige Dinge einkaufen. Astrid hat zuletzt nicht gut verhandelt, ich kann nicht glauben, dass sie für Gerste so horrende Preise verlangen."

Hallgrim lächelte schwach. „Du warst noch nie eine sonderlich begabte Lügnerin, Freya Sigurdsdottir. Dich zieht's zum Hafen. Du willst wissen, ob die Gerüchte stimmen. Ob Eirik Hallgrimsson mit dem Boot meines Bruders herkommt."

Sie schwieg.

„Geh nur. Geh und sag ihm, er ist in unserem Haus so lange willkommen, wie er zu bleiben beliebt. Der Winter steht vor der Tür, Oluf wird dieses Jahr nicht mehr bis nach Svea reisen können. Biete auch ihm und seinen Männern einen warmen Platz in unserer Halle."

Freya wollte protestieren. Ein Dutzend Männer, die sie im Winter durchfüttern sollten? Wie stellte Hallgrim sich das vor? Wusste er nicht, wie viel zusätzliche Arbeit das für sie und ihre Mägde bedeutete?

„Geh zu Valdimar, er weiß bestimmt, ob es ein Mädchen in Kiew gibt, das noch eine Anstellung sucht. Du sollst dir nicht die schönen Hände kaputtarbeiten, meine Schöne."

Wie so oft erriet er ihre Gedanken. Tränen stiegen in Freyas Augen. Sie blinzelte hastig. Das wäre ja noch schöner, wenn sie verheult am Pier stand und Eirik begrüßte! Aber Hallgrim war so gut zu ihr, und sie hegte immer wieder diese bösen Gedanken, die sich um seinen baldigen Tod drehten, den sie manche Nacht kaum erwarten konnte, wenn sie wachlag und seinem rasselnden Atem lauschte.

„Lass gut sein, Liebes." Er streckte die Hand nach ihr

aus, und sie ergriff sie. Manchmal ekelte es sie, wie er nach Krankheit stank, es ekelte sie, seine pergamentdünne gelbliche Haut zu berühren. Seit Monaten hatte er dieses Zimmer nicht verlassen, und sie ahnte, dass er es erst verlassen würde, sobald die Krankheit seinen einst so starken Körper besiegt hatte.

„Ich lasse dir Suppe bringen", würgte sie hervor und floh aus dem Zimmer.

Was war nur aus dem stolzen, fröhlichen Krieger geworden, der durch den Handel in Kiew einen großen Schatz angehäuft hatte? Wie konnte es etwas geben, das ihn so dahinsiechen ließ?

Früher war Hallgrim so stattlich gewesen, und Freya hatte sich geehrt gefühlt, als er um sie freite. Nicht nur geehrt, sondern auch glücklich, denn sein Angebot ersparte ihr, dem Herzen zu folgen und einen armen Schlucker zu heiraten. Er war ihr ein guter Mann, verwöhnte sie, und sie hatte es auch irgendwann zu schätzen gelernt, in seinen Armen zu liegen, auch wenn sie allzu oft, sobald sie die Augen schloss, nicht sein bärtiges Gesicht mit den strahlend blauen Augen vor sich sah, nicht seine dicke Nase, das weiche braune Haar und die buschigen Augenbrauen, sondern ein anderes Gesicht, umrahmt von blondem Haar, dominiert von braunen Augen und einem Mund mit vollen Lippen, der sie immer so unwiderstehlich angelächelt hatte, dass die Zähne weiß aufblitzten wie das Elfenbein seiner Spielwürfel.

Eirik. Der arme Schlucker früherer Tage, den sie einst liebte. Doch Liebe vermochte sie nicht darüber hinwegzutäuschen, dass sie an seiner Seite das Leben einer armen Frau geführt hätte, karg und nur mit der vagen Hoffnung, eines Tages mit ihm nach Uppsala zurückzukehren. Warum nur war er so uneinsichtig und wollte zuerst sein

Glück in der Fremde machen, statt sich auf dem Hof seines Vaters auf die Aufgabe vorzubereiten, diesen zu übernehmen? Sie kannte den Hof, kannte Eiriks Familie, und ja, sie wusste, dieser Mann hatte es nicht nötig, in Kiew um das Überleben zu kämpfen. Sein Freund Hallgrim machte ihm vor, wie es ging; er hatte sich erst durch Handelsfahrten gen Süden bereichert, ehe er sich in Kiew niederließ und Handel trieb, nicht nur nach Nord und Süd über die Wasserstraßen, sondern auch gen Westen bis nach Venedig und Regensburg reichten seine Verbindungen, und das gehackte Silber in seinen Truhen gab ihm recht. Er war ein reicher Mann.

Er war ihr Mann, und sie wollte ihn lieben.

Eine Zeit lang war es ihr gelungen. Doch dann wurde er immer müder, wurde krank und legte sich zu Bett.

War es da nicht ein Wink des Schicksals, dass in diese schwere Zeit die Nachricht nach Kiew gelangte, Eirik Hallgrimsson sei auf dem Weg hierher?

Vielleicht war das ihre zweite Chance. Bei den Göttern, dieses Mal wollte sie es nicht vermasseln. Schon bald wäre sie eine reiche Frau, dann konnte sie auch einen armen Schlucker heiraten und hätte nichts auszustehen.

Sie eilte die Stiege hinab. Astrid wartete bereits auf sie, einen Korb über dem Arm, Freyas Mantel darübergelegt. Stumm reichte sie Freya den Mantel und folgte ihr in die herbstliche Kälte.

Alle Worte waren nur noch in ihrem Kopf. Keines drang über ihre Lippen, auch wenn sie manches Mal all ihren Mut zusammennahm und es versuchte. Doch in ihrem Kopf herrschte ein wildes Durcheinander aus Bildern und Worten, drei Sprachen vermischten sich zu einer, und manchmal glaubte sie, der Wahnsinn habe sie gepackt.

Manchmal ergab sie sich ihm einfach.

Johanna hockte Tag um Tag im Bug und hielt die Augen geschlossen. Vorbei die Zeit, dass sie die Nordmänner bei ihrer Arbeit beobachtete. Vorbei die Neugier. Vorbei die Wut. In jener Nacht, als sie den schützenden Panzer ablegte und sich vor Eirik vollständig nackt fühlte – nackter als sie es sein könnte, wenn sie sich aller Kleidung entledigte –, hatte sie mit ansehen müssen, wie er Waräger mit seinem Schwert niederschlug. Wie er voller Zorn schrie. Wütete. Wie ein Berserker fuhr er unter die Feinde und vertrieb sie.

Und sie, die ihm gefolgt war, weil sie seine hastig hervorgestoßenen nordischen Worte nicht verstand – und weil sie nicht ertrug, im Dunkel unter der Trauerweide allein zu sein –, sah alles mit an. Sah das Blut schwarz von seinem Schwert tropfen.

In diesem Moment waren ihr die Worte abhandengekommen. Sie wollte etwas sagen – oh, sie wollte vieles sagen –, aber stattdessen spürte sie nur, wie sich in ihrem Leib etwas zusammenzog. Ein unerträglicher Schmerz.

Ich kann ihn nicht lieben, er mordet.

Jetzt kam er wieder zu ihr, hielt eine Schale mit Essbarem in der Hand. Er hockte sich neben sie, strich ihr das wirre Haar aus dem Gesicht. Abrupt wandte sie den Kopf ab, machte sich ganz hart und schloss die Augen.

„Hast du keinen Hunger?“

Die Antwort kannte er. Sie hatte nie Hunger, nicht solange er neben ihr saß und auf sie einredete. Er verfiel manchmal, wenn er Stunde um Stunde mit ihr geredet hatte, in den Singsang seiner Muttersprache, von der sie kein Wort verstand. Erst dann konnte sie einschlafen, und wenn sie aufwachte, stand die Schüssel mit der kalten Suppe neben ihr, und sie stürzte sich darauf, weil sie ja doch hungrig war. Nur in seiner Gegenwart wurde ihr ständig schlecht, und sie fragte sich, warum er sich so um sie kümmerte. Sie war doch eine Sklavin, oder nicht? Das hatten ihr seine Männer beigebracht, auch wenn das alles in einem grauen Nebel der Vergangenheit verschwand. Doch er war nett zu ihr.

Wenn sie sich nur erinnern könnte, warum das so war.

Nach der Mahlzeit schloss sie die Augen, rollte sich ein, wickelte den Mantel fest um ihren Körper, der seit einigen Tagen auf jede Berührung merkwürdig empfindlich reagierte. Auch das Essen, das man ihr brachte, war nicht immer recht, ihr Magen gab manches Mal alles wieder von sich, und wenn sie die Übelkeit spürte, stürzte sie zur Reling und übergab sich in die dunklen Wasser des Dnjepr.

Fünf Männer waren neu an Bord, oder zumindest glaubte sie, dass sie nicht zur Mannschaft gehörten. Abends hielten sie sich von den Nordmännern fern, kochten ihr eigenes Essen über einem eigenen Feuer, wetzten ihre Dolche und Schwerter und blickten finster zu den Nordmännern herüber. Ihre Sprache war Johanna gänzlich fremd.

„Johanna, sprich doch mit mir."

Du bist ein Mörder, ich hab's gesehen. Zweimal habe ich dich morden sehen. Warum tust du das?

„Wir erreichen heute Kiew", erzählte er. „Dort hoffe ich, bei meinem alten Freund Hallgrim Ragnarsson unterzukommen. Er ist Olufs Bruder, weißt du?"

Wer ist noch mal Oluf? Ich vergesse ja manchmal sogar deinen Namen. Aber du bist nett zu mir. Anders als die anderen, die mich immer nur verkaufen wollen.

„Wir bleiben in Kiew, bis der Winter vorbei ist. Dort hat sich einiges getan in den letzten Jahren, es gibt einen neuen Herrscher. Er ist ein mächtiger Mann."

Als sie noch immer schwieg, fuhr er sich mit beiden Händen durchs Haar.

„Bitte, Johanna. Bitte. Iss etwas, komm wieder zu Kräften. Tu mir wenigstens den Gefallen. Und dann … Ich würde dich so gerne trösten."

Sie streckte den Fuß nach der Schale aus, die neben ihm auf dem Boden stand. Trat dagegen, dass der Eintopf über die Planken rann.

„Johanna!"

Seine Geduld riss wie ein Faden. Er war plötzlich bei ihr, seine Hände packten ihren Kopf, seine Finger drückten sich in ihren Schädel, als versuchte er, ihn zu zerquetschen. „Sieh mich an!"

Sie schloss die Augen, weil sie seinem eindringlichen Blick nicht ausweichen konnte.

„Ich verlange nicht, dass du mit mir sprichst, ich weiß, was der Tod mit uns anrichten kann. Glaub mir, ich wollte nicht, dass du mich kämpfen siehst. Ich weiß, wie sehr du das verabscheust. Ich kann nur ahnen, was du in deiner Heimat mit ansehen musstest, ehe du verschleppt wurdest."

Sie wollte allein sein.

Eine Weile blieb er bei ihr sitzen. Geduldig drückte er ihr immer und immer wieder ein Stück Brot in die Hand. Sie ließ es fallen.

Später rollte sie sich wieder ein und schlief.

Fremde Stimmen weckten sie.

Johanna richtete sich auf. Sie spähte über die Reling.

Eine Stadt erhob sich auf drei Hügeln am Ufer des Dnjepr. Darüber hatte er geredet, nicht wahr? Kiew hieß die Stadt, und hier sollten sie eine Weile bleiben.

Sie atmete auf. Ob sie ihn dann auch jeden Tag sehen musste? Oder ob er ihr eine Unterkunft besorgte, wo sie für sich sein konnte? Sie musste ihn darum bitten, musste mit ihm sprechen.

Aber sooft sie auch versuchte, den Mund zu öffnen und irgendwelche Worte zu sprechen – und sei es nur ihr Name –, kam bloß ein Wimmern heraus.

Sie war verstummt.

Am Landesteg des Hafens sammelten sich Schaulustige, um die Ankunft des Schiffes zu bestaunen. Unter ihnen fiel Johanna sofort eine Frau auf, die sich von den anderen abhob. War es ihr rabenschwarzes Haar, das sie so anders machte? Die Haut, die so viel dunkler war als bei anderen Menschen? Die Augen, die sich auf einen bestimmten Punkt richteten und nicht von ihm ließen?

Johanna folgte dem Blick der Fremden.

Sie schaute Eirik an.

Eirik. Eirik, Eirik, Eirik.

Sie durfte seinen Namen nicht vergessen. Sie musste ihn aussprechen, dass sie ihn nicht vergaß. Eirik. Er kümmerte sich um sie. Aber kein Wunder, dass er sich so sehr auf Kiew freute. Hier wartete bereits eine Frau auf ihn.

Der schlimme Verdacht bestätigte sich, sobald das Drachenboot sanft an den Steg stieß und die Männer über die Wandung sprangen, um es festzumachen. Die Frau bahnte sich einen Weg durch die Menge, dicht gefolgt von einer kleinen, pummeligen Blonden, die einen großen Korb trug. Vor allen anderen erreichte die Frau Eirik. Er wandte ihr den Rücken zu, doch als sie ihn sanft am Ärmel zupfte, drehte er sich zu ihr um.

Er lächelte. Nein: Er *strahlte*. Dann beugte er sich zu ihr hinab, küsste sie sanft auf die Wange und ergriff zugleich ihre Hand.

Johanna schloss die Augen. Sie lauschte, versuchte seine Stimme im Gewirr auszumachen, doch alles, was sie hörte, war die glockenhelle Stimme der dunklen Frau, die in ihrem roten Kleid so viel prachtvoller aussah, als Johanna es je vermochte. In der Sprache der Nordmänner redete sie auf Eirik ein. Und dann seine Antwort. Seine dunkle ruhige Stimme.

Johanna hieb die Faust in die Wandung. Hieb hinein, hoffte sich einen dicken Splitter in einen Finger zu treiben, der eiterte und schmerzte.

Darum hatte Eirik sich auf Kiew gefreut.

Er hatte bereits eine Frau.

Eiriks Lächeln wirkte müde, aber das lag bestimmt an der langen Reise, die hinter ihm lag. „Du siehst gut aus", bemerkte Freya daher ganz gelassen, hob ihre Hand und legte sie an seine Wange. Seine Bartstoppeln kratzten.

„Du bist eine miserable Lügnerin", erwiderte er. Auch seine Stimme klang erschöpft, und sie hörte etwas heraus, das sie erstaunte und etwas entsetzte – er sprach nicht mehr das Nordische der Svea, sondern hart wie ein Waräger. Dennoch war es Eirik – sie erkannte ihn an seinen moorbraunen Augen und dem wissenden Blick, mit dem er sie nun maß. „Aber die Schönheit haben dir die Jahre nicht genommen", fügte er hinzu.

Sie fühlte sich von seinen Worten geschmeichelt. „Alter Weiberheld", neckte sie ihn. Seine Miene verfinsterte sich. Wenn man ihn nicht kannte, bemerkte man es wohl nicht, aber sie kannte ihn allzu gut. Ihr konnte er nichts vormachen.

„Habe ich etwas Falsches gesagt?"

Er atmete tief durch. Seine Hand packte ihren Arm. Schmerzhaft, sie keuchte überrascht auf. Sein Gesicht war ihrem plötzlich ganz nah. „Können wir bei euch unterkommen? Weiß Hallgrim, dass wir kommen?", fragte er. Etwas Dringliches, Gehetztes lag in seiner Stimme.

„Wir bereiten für dich, Oluf und seine Männer Kammern vor. Hallgrim möchte, dass du im Winter bei uns wohnst. Und ich wünsche es auch. Es ist wohl das Letzte, was du für ihn tun kannst“, fügte sie hinzu.

Seine Augen wurden schmal. „Was soll das heißen?“

„Das heißt, dass dein Freund Hallgrim auf dem Sterbebett liegt. Er ist zäh, die Heilkundigen, die ich zu uns rufe, wundern sich immer wieder, dass er sich so kraftvoll an das bisschen Leben klammert, das ihm noch geblieben ist. Er stirbt, Eirik.“ Ihre Stimme brach, Tränen brannten in ihren Augen. Sie gab sich nicht die Mühe, sie fortzuwischen. Sollte Eirik ihre Trauer sehen, das machte es ihr vielleicht einfacher, den Plan umzusetzen, der in ihr heranreifte.

„Er stirbt …“ Eirik ließ sie los. Er wirkte nachdenklich.

„Komm, lass uns heimgehen.“ Sie zupfte ihn am Ärmel, als er sich nicht rührte.

„Nein, das geht nicht, ich muss …“ Die Hand fuhr über sein Gesicht. „Ich muss mich um Johanna kümmern.“

Hatte sie das gerade richtig verstanden? Ihr Götter, bitte nicht, flehte sie, ehe sie möglichst beiläufig fragte: „Wer ist diese Johanna?“

„Niemand Besonderes, sie …“ Er drehte sich um, blickte zum Schiff hinauf. „Warte hier. Ich komme sofort wieder.“

Sie beobachtete, wie er die Planke hinauftänzelte, die als Landesteg ausgezogen worden war. Er verschwand an Bord des Schiffes, flankte behände über die Wandung und ging zum Bug, wo sein blonder Schopf verschwand, als er sich bückte.

Er hat ein Weib an seiner Seite? Nein, ihr Götter, das darf nicht sein. Er soll mich endlich heim nach Uppsala bringen …

Es dauerte, bis er wieder auftauchte. Ein Bündel auf den

Armen, das aus zappelnden Armen und Beinen bestand, kleinen Fäusten, die auf ihn einhieben, einem schlanken, fast mageren Körper in einem dunklen Mantel und einem Wollkleid. Freya atmete tief durch. Eirik kam nicht allein – aber es sah auch nicht gerade so aus, als begleitete diese Johanna ihn freiwillig.

Er setzte seine widerspenstige Fracht vor dem Landesteg ab, umfasste ihre Schultern und beugte sich zu ihr herunter. Jetzt konnte Freya das zarte Gesicht sehen, das schmutzig und grau wirkte, dazu Haar, das stumpf zu allen Seiten von ihrem Kopf abstand und vermutlich einmal kastanienbraun gewesen war, ehe sie aufgehört hatte, es zu kämmen und zu waschen.

Eine verwahrloste, verängstigte Frau.

Mein Gott, was will er denn mit der? Er verlangt doch nicht etwa, dass ich dieses verlauste Gesocks in meinen Haushalt aufnehme und dort den ganzen Winter durchfüttere?

Aber genau das würde er von ihr verlangen, und Freya ahnte, dass es kein gutes Licht auf sie werfen würde, wenn sie sich weigerte. Sie beschloss, dieses Spiel vorerst mitzumachen – zumindest bis sie wusste, was es mit dieser Frau auf sich hatte –, und bedeutete Astrid, ihr zu folgen.

Sie nahmen das Mädchen auf dem Pier in Empfang. Freya legte den Arm um die zitternden Schultern. „Mein Gott, du bist ja völlig ausgemergelt“, rief sie entsetzt. „Eirik, was ist mit ihr passiert?“

„Zu viel“, erwiderte er knapp. Sie blickte ihn aus großen Augen an, als versuchte sie, seine Worte zu verstehen. Er sagte etwas in einer fremden Sprache zu ihr, und sie entspannte sich leicht.

„Einerlei, wir müssen sie rasch hier fortschaffen“, entschied Freya. „Sie braucht etwas zu essen, und ein Bad könnte ihr auch nicht schaden.“ Mühsam gelang es ihr, nicht die Nase zu rümpfen. Das Mädchen stank. Gut, auch Eirik stank, jeder stank nach Wochen auf See. Aber bei dem Mädchen störte es sie. „Astrid wird euch nach Hause bringen. Ich habe leider noch eine Besorgung zu machen.“

Eirik nickte. Er beugte sich ein letztes Mal zu ihr herunter. „Das werde ich dir nie vergessen“, flüsterte er. Kurz glaubte sie, er würde sie küssen, diesmal nicht so unglücklich auf die Wange wie vorhin zur Begrüßung, sondern zart auf den Hals. Wie früher. Doch er zog sich zurück, der Moment war vorbei.

„Wir sehen uns später“, sagte sie steif. Sie nickte Astrid zu, die hastig einen Knicks machte und Eirik bedeutete, ihr zu folgen. Auf Astrid konnte sie sich verlassen.

Trotzdem brauchte sie eine neue Magd.

Sie schritt rasch aus und ließ den Hafen mit seinen Spelunken und den trunkenen Männern hinter sich. Ihr fiel ein, dass sie nicht mal Hallgrims Bruder begrüßt hatte, ihren Schwager Oluf. Aber sie mochten einander ohnehin nicht. Es lagen genug dunkle Monate vor ihnen, die sie einander mit giftigen Worten verderben konnten.

Sie stieg den Hügel hinauf. Je höher sie kam, umso prachtvoller wurden die Häuser. In einer schmalen Gasse schlüpfte sie durch eine Seitenpforte in ein Haus und lief einen dunklen Gang entlang, den sie bereits so gut kannte, dass sie kein Licht brauchte. Am Ende stieg sie eine schmale Stiege hinauf, erreichte einen Flur im oberen Stockwerk des Hauses und schlich sich zur nächstgelegenen Tür, nachdem sie sich überzeugt hatte, dass niemand in der Nähe war.

Die Tür stand einen Spaltbreit offen. Sie stieß sie weiter auf, schlüpfte in das Kontor und schloss die Tür hinter sich. Den Riegel schob sie vor.

Valdimar blickte von seiner Arbeit auf. Ein Strahlen glitt über sein Gesicht. „Freya."

Mit wenigen Schritten war er bei ihr und schloss sie in die Arme. Sein Mund presste sich auf ihren, sie öffnete sich ihm willig und wurde in seinen Armen ganz weich.

„Ich habe dich vermisst", wisperte er, nachdem ihre Münder voneinander ließen, doch nur, um sie gleich darauf noch heftiger zu küssen. Er raubte ihr den Atem.

Ihre Hände zerrten an der pelzverbrämten blauen Tunika, die er trug, glitten darunter und spürten das Leinenhemd, den Bund seiner Wollhose. Sie stöhnte, ging vor ihm in die Knie und öffnete seine Hose. Seit Tagen hatte sie diesem Wiedersehen entgegengefiebert. Sie konnte nicht länger warten.

Wie alles an Valdimar war auch sein Schwanz riesig. Freya umschloss ihn mit der Hand, fuhr die Länge hinauf und hinunter und lächelte, weil er leise stöhnte. Dann beugte sie sich vor und ließ ihre Zunge vorschnellen. Sie nahm ihn in den Mund, ließ ihn tief in ihren Rachen gleiten. Er hatte ihr gezeigt, wie das ging, und mit ein bisschen Übung gelang es ihr inzwischen, ihn zur Gänze in ihren Mund aufzunehmen und sich schnell zu bewegen, die Lippen eng an seinen Schaft gepresst. Sie liebte es, wie er dabei seine Hand in ihren Nacken legte, breitbeinig vor ihr stand und sie in immer schnelleren Bewegungen dirigierte.

Aber sie wusste, das war nur der Anfang ihres Liebesspiels.

Er ließ sie eine Weile gewähren, schob ihren Kopf auf seinem Schwanz auf und ab und packte sie grob im Genick, weil er wusste, wie sehr ihr das gefiel. Goldene Lichtstrahlen fielen durch die Fensteröffnungen, der Nachmittag senkte sich zur frühen Dunkelheit des Abends. Wenn es Nacht wurde, musste sie zurück zu ihrem eigenen Haus, zurück zu ihrem kranken Mann.

Bis dahin wollte sie die Lust genießen.

Valdimar zog sich aus ihr zurück. Sie schnappte nach seiner Eichel, die rot war und an deren Spitze ein winziger Tropfen durchsichtiger Flüssigkeit aufglitzerte. Er zerrte sie rasch hoch und schob sie vor sich her zu der Tür, die in das angrenzende Schlafzimmer führte. Früher, das hatte er ihr mal genüsslich erzählt, war das Schlafzimmer ein einfacher Lagerraum gewesen, aber jetzt stand dort eine breite Bettstatt darin. Sie wollte aufs Bett steigen, doch hielt er sie fest, raffte ihre Röcke nach oben und drang von hinten in sie ein. Seine Hand drückte ihren Oberkörper nieder, und sie stützte sich mit den Händen auf der Matratze ab.

Freya schrie auf. Es überraschte sie noch immer, wie groß er war – größer als alle Männer, die sie bisher gehabt hatte –, und sie überraschte ebenso, wie bereit sie schon war. Ihre Möse pochte heiß und nass, und kurz spürte sie einen leise stechenden Schmerz – dann wurde der Schmerz ersetzt durch das herrliche Gefühl, von ihm ganz und gar erfüllt zu sein. Sie schwelgte darin, langte unter ihre Röcke und begann, das kleine Knöpfchen zu streicheln, das im selben Rhythmus pochte wie ihre Möse.

Aber es war erst der Schlag mit der flachen Hand, der auf ihren nackten Po sauste, sein harter Griff in ihren Nacken, die sie vor Lust aufschreien ließen. Seine raue Stimme, die sie beschimpfte. „Hure!“, stieß er hervor. „Dreckiges Hurenmädchen, kommst her und wirfst dich mir zu Füßen, als gäb's nicht genug schmutzige Waräger, die dir den Schwanz in die Möse stecken wollen.“ Sie wimmerte, stöhnte. Er zog sich aus ihr zurück. Seine Hand fuhr in ihre Nässe, zwei Finger stießen in sie. Im nächsten Moment massierte er mit den feuchten Fingern ihren Anus, drang probeweise mit einem Finger in sie ein. Freya schob sich aufs Bett, sie kniete jetzt vor ihm, machte sich klein und reckte ihm den Hintern entgegen, während er seinen Finger immer tiefer in sie schob. Der zweite Finger gesellte sich hinzu, weitete sie für seinen Schwanz. Sie biss sich auf die Unterlippe. Wenn er sie in den Arsch fickte, wollte er etwas von ihr. Wenn er ihr so ein großes Geschenk machte, führte er etwas im Schilde.

Er drang langsam in ihren Anus ein, nicht so heftig und brutal wie in ihre Möse. Ihm gefiel ihre Enge, sie spürte es daran, wie seine Hände sich in ihre Pobacken krallten und sie noch näher an ihn heranzogen. Sie keuchte. Er begann, sich langsam in ihr zu bewegen. Eine Hand umfasste ihre Scham, er rieb mit der Handfläche unnachgiebig ihre Klit, während seine Finger in ihrer Spalte auf und ab glitten.

Die Wucht ihres Höhepunkts überraschte sie. Wellen der Lust brandeten über sie hinweg, Hitze und Kälteschauer wechselten rasch und hinterließen ein Kribbeln auf ihrer Haut. Ihr Unterleib war ein einziges Zucken, und dann wurden auch Valdimars Bewegungen schneller, gröber, abgehackt. Er stöhnte ihren Namen, ehe er sich in ihr entlud und ihren Körper unter seinem begrub.

Freya konnte kaum atmen. Sie versuchte, sich zu bewegen. Valdimar rollte von ihr herunter, wischte mit einem Hemdzipfel über ihren Po, der von seinem Samen nass war und zog sich unbekümmert wieder an, während Freya zur Seite rutschte und einfach liegen blieb.

Sein Gesicht war im Dämmerlicht kaum zu erkennen.

„Eirik ist zurück in der Stadt“, begann sie leise.

Er lachte. „Dann kannst du deinen Mann ja jetzt mit seinen zwei besten Freunden betrügen.“

Sie biss sich auf die Lippe. „Es macht dir nichts aus?“

„Was denn, wenn du mit anderen herumhurst? Das macht dich kaum verderbter, oder?“

„Ich möchte dich um zwei Gefallen bitten.“

Er legte den Kopf schief.

„Zum einen brauchen wir eine neue Magd.“

„Wenn’s weiter nichts ist …“

„Und dann will ich dich bitten, Nachforschungen anzustellen. Er hat ein Mädchen mitgebracht, das unsere Sprache nicht spricht. Wie eine Byzantinerin sieht sie aber auch nicht aus, doch Eirik hat einen Narren an ihr gefressen, wenn er’s auch nicht offen zugeben mag. Sie wohnt in meinem Haus. Heute Abend kannst du kommen und sie dir anschauen, wir geben ein Essen zu Ehren der Heimkehr von Oluf und Eirik.“

„Kluges Mädchen“, lobte Valdimar sie. „Immer einen zusätzlichen Nutzen ziehen, nicht wahr? Du hältst nicht bloß lustvoll deinen Arsch für mich hin, sondern bittest mich um einen Gefallen. Du gibst nicht bloß ein abendliches Festmahl, sondern lässt mir auch Gelegenheit, Eiriks neue Gespielin in Augenschein zu nehmen. Fürchtest du, sie könnte dir im Weg stehen? Soll ich sie auch gleich noch beseitigen?“

Freya atmete tief durch. „Und wenn ich es wollte?“

„Vergiss es. Ich bin kein Mörder.“ Ihm schien etwas einzufallen. „Fast hätte ich es vergessen.“

Er ging ins Kontor und kehrte kurz darauf mit einem kleinen Beutelchen zurück, das er neben sie aufs Bett warf. „Die Heilkräuter, um die du mich gebeten hast. Sie kamen gestern.“

Sie drückte den Beutel an ihre Brust und nickte nur stumm. Inzwischen war es fast zu dunkel, um irgendwas zu erkennen, aber sie brauchte nicht in den Beutel zu schauen: Der bittere, faulige Geruch war unverkennbar.

„Ich muss heim."

Sie brachte ihr Kleid in Ordnung, tastete prüfend nach ihrem Haar und stand auf. Als sie sich an Valdimar vorbeischob, packte er ihren Arm. „Es wird dich was kosten, wenn ich Erkundigungen einziehen soll."

Sie verharrte. Wenn er sie wenigstens zum Abschied küssen würde …

„Was verlangst du?"

„Das werde ich dir sagen, wenn es so weit ist."

Sie nickte. Valdimar ließ nicht mit sich feilschen.

„Gudrid wird eine gute Magd für euch abgeben. Ich bringe sie heute Abend mit. Vorher habe ich noch eine kleine Verabredung mit ihr."

Sie war froh, im Dunkeln sein Grinsen nicht zu sehen. Es hätte ihr nicht gefallen.

„Sei pünktlich", sagte sie knapp. „Du weißt, wann ich dich erwarte."

„Für dich, meine Schöne, bin ich bereit, fast alles zu tun."

Er ließ sie so abrupt los, dass sie vorwärtsstolperte. Sie fing sich wieder und verließ die Kammer. Schlich durch den Flur die Stiege hinab und gestattete sich erst in dem dunklen Gang, innezuhalten und tief durchzuatmen. Sie spürte seinen Saft, der an ihren Beinen hinabrann.

Fast alles. Nur mich heiraten, das wirst du niemals tun.

Wenigstens hatte sie jetzt eine neue Hoffnung. Eirik Hallgrimsson. Das waren Aussichten, die um ein Vielfaches besser waren, als sie es sich je erhofft hätte.

13. KAPITEL

Wenn sie sich anstrengte, glaubte Johanna, die Sprache der Nordmänner zu verstehen.

Sie saß im Badezuber, während die Magd, die Eirik und sie vom Hafen hergeführt hatte, ihr Haar mit Seifenkraut auswusch. Wieder und wieder massierte sie den Dreck von Johannas Kopfhaut, bis das Wasser klar in den Bottich rann. Dann reichte sie Johanna ein Stück Seife und bedeutete ihr, sich zu waschen.

Die Räume in diesem Haus waren eng; ganz anders als die Paläste von Byzanz, anders sogar als das Haus von Kallistos, das so viel heller und freundlicher gewirkt hatte. Aber hier war man auf strenge, eiskalte Winter eingerichtet, das nächste Unwetter war nie allzu fern.

„Ich lass dich allein", sagte die Magd. „Verstehst du mich?"

Johanna nickte. Dennoch blickte sie der Frau bang nach, als sie die Kammer verließ.

Wo ist Eirik? Warum lässt er mich mit den Fremden allein?

Sie ließ die Hand mit der Seife unter Wasser gleiten. Es tat gut, im Zuber zu sitzen und zu spüren, wie das heiße Wasser ihre verhärteten Muskeln umschmeichelte. Die Magd – Astrid, sie hatte sich als Astrid vorgestellt – hatte ihr neue Kleider auf den Hocker gelegt. Kleider, wie sie die Frauen hier trugen.

Jetzt soll ich also auch eine von ihnen werden …

Sie begann bedächtig, sich zu waschen. Es war das erste Mal seit Wochen, dass sie relativ allein war, und sie genoss die Stille, die geradezu greifbar war. Am liebsten hätte sie sich jetzt einen Platz zum Schlafen gesucht, aber Eirik hatte ihr gesagt – ehe er in einem anderen Teil des Hauses verschwand –, es gebe heute Abend ihnen zu Ehren ein Fest, bei dem auch sie nicht fehlen dürfe.

Sie blieb in der Wanne sitzen, bis das Wasser nur noch lau war. Dann stieg sie heraus, trocknete sich mit einem Tuch ab und begann sich anzukleiden: ein feines Leinenunterhemd, das bis an ihre Füße reichte. Schuhe aus weichem Leder, die um ihre Fußgelenke geschnürt wurden. Darüber ein Kleid aus festem dunkelgrünen Wollstoff, das mit einer Webchenborte an den Armausschnitten und dem Halsausschnitt verziert war. Zuletzt nahm sie einen Umhang vom Hocker. Er war ebenfalls aus Wolle, ein helleres Grün und mit Pelz verbrämt.

Kleidung, die einer edlen Frau würdig wäre, dachte Johanna. Sie schloss die Silberfibel des Umhangs und strich ihr nasses Haar zurück.

Als sie die Tür der Kammer öffnete, die offenbar nur dazu diente, dass man darin badete, hockte Astrid auf der anderen Seite des Gangs auf einem Schemel, ihre Hände ruhten im Schoß. Sie sprang auf, schnatterte munter drauflos, und als sie Johannas fragenden Gesichtsausdruck bemerkte, zeigte sie auf ihr Haar.

„Haare machen“, sagte sie, und Johanna nickte.

Jetzt wurde sie eine Treppe hinaufgeführt und in eine weitere Kammer bugsiert. Ein breites, wuchtiges Bett nahm die Hälfte des Raums ein, Pergament war vor den winzigen Fensterluken befestigt. Alles wirkte beengt und düster.

Astrid wies auf einen Schemel am Fußende des Betts. Sie ging kurz weg und kam mit einem Talglicht und einem Kamm wieder. Sie begann, Johannas Haar zu entwirren, teilte die Strähnen, flocht es in drei Strängen, die sie mit Haarnadeln aufsteckte. Zum Schluss lief sie noch einmal fort und kam mit einem Bronzespiegel zurück, den sie Johanna hinhielt, damit sie sich anschauen konnte.

Ihr Spiegelbild wurde verzerrt, aber es genügte, dass sie erkennen konnte, wie sich die Haare über ihrem Kopf türmten und rot im Licht der kleinen Talglampe schimmerten. Es gefiel ihr, auch die silbrigen Haarnadeln, die aufblitzten, fanden ihren Gefallen. Sie nickte und reichte Astrid den Spiegel zurück, die ihr bedeutete, mitzukommen.

Johanna hatte nicht damit gerechnet, dass das Fest schon begonnen haben könnte. Sie hörte Lärmen, Männerstimmen, die einander etwas in der rauen Sprache der Nordmänner zuriefen. Sie gingen die Stiege hinab und betraten einen großen Raum – die Halle des Hauses.

Eine lange Tafel stand in der Mitte des Raums. Auf Bänken saßen die Gäste, tranken aus silbernen Pokalen den Honigwein, für den die Nordmänner so berühmt waren, griffen beherzt aus Schüsseln, häuften sich Speisen auf ihre Teller und grölten ausgelassen.

Johanna wich zwei Schritte zurück.

Astrid winkte ihr.

Sie folgte nur widerwillig. Zu viele Männer. Zu viele *betrunkene* Männer.

Aber dann sah sie Eirik. Beinahe hätte sie vor Erleichterung geweint.

Neben ihm saß die Hausherrin. Sie trug ein anderes Kleid, hatte sich üppig mit Schmuck angetan, und ihre Hand, um die ein Armband aus Bernstein schimmerte, lag auf Eiriks Unterarm, während sie eindringlich auf ihn einredete. Sie blickte hoch, als Astrid und Johanna sich zu ihnen durchdrängten, und dann erhob sie sich rasch. Ein letztes Mal noch beugte sie sich zu Eirik hinab und flüsterte ihm etwas ins Ohr, dann verschwand sie und setzte sich auf der anderen Seite der Tafel neben einen hünenhaften bärtigen Kerl.

„Johanna." Eirik stand auf und legte die Hände behutsam auf ihre Schultern. Er zog sie an sich, flüsterte ihr ins Ohr: „Du bist wunderschön."

Fast hätte sie es ihm geglaubt. Da war früher etwas gewesen, das ihn und sie verbunden hatte, doch mit seinem blutigen Schwert hatte er es aus ihrem Gedächtnis gefegt, und jetzt suchte sie nach den richtigen Worten, nach *irgendwelchen* Worten, um ihm begreiflich zu machen, wie es in ihr aussah. Aber wenn sie den Mund öffnete, gelang es ihr nicht mal, seinen Namen auszusprechen.

„Komm, ich möchte dich meinem Freund Hallgrim Ragnarsson vorstellen. Er wird uns diesen Winter Obdach gewähren. Und mir gibt er genug zu tun, dass ich den ganzen Tag in seinem Kontor schwitzen werde." Eirik grinste und führte sie zum Kopfende der Tafel.

Auf einem Sessel mit hoher Rückenlehne hing ein alter, zerbrechlicher Mann. Bleich wie Knochen war er, die Haut faltig wie bei einem Greis, die Augen lagen in Schatten gebettet. Gelblich fahl war die Hand, die er hob, um sie zu begrüßen.

„Hallgrim Ragnarsson, ich möchte dir Johanna vorstellen." Eirik zögerte.

„Johanna." Die Hand winkte sie näher heran. „Eirik hat von dir erzählt." Er sprach das Byzantinische mit einem harten Akzent, doch Johanna war froh, dass er überhaupt mit ihr sprach. Sie fühlte sich so fremd in dieser Welt. Es wäre einfacher, wenn sie auf die Straße treten und in dieser Stadt verloren gehen würde. Wenn sie Eirik nicht mehr wiedersehen müsste.

„Sag, Johanna, wie heißt dein Vater? Du brauchst einen Vatersnamen, wenn du in Zukunft zu uns gehören willst. Eirik hat gesagt ..." Ein Hustenanfall erschütterte den Leib des Kranken, und er hielt ein Tuch vor seinen Mund. Winzige Blutstropfen glitzerten auf dem weißen Leinen. „Ah, dieser Husten bringt mich noch mal um."

„Sie ist stumm", sagte Eirik. „Seit dem Zwischenfall auf dem Weg hierher hat sie ihre Stimme verloren."

„Ah", machte Hallgrim, ein lang gezogener Laut, der klang, als wäre es sein letzter Atemzug. „Ja, das braucht Zeit. Wir reden später weiter."

Johanna machte zwei Schritte zurück.

Eiriks Arm legte sich tröstend um sie. „Komm, hier ist für uns Platz. Du musst hungrig sein."

Sie ließ sich auf die Bank schieben. Rechts von ihr saß Kjetil, der sich wie durch ein Wunder von seiner Verletzung erholt hatte und ihr nun einen Teller zuschob. Sie nahm nur kleine Bissen, obwohl ihr Hunger groß war.

Etwas war nicht, wie es sein sollte. Etwas zerrte an ihren Nerven und ließ ihren Blick suchend durch den Raum wandern; unter gesenkten Lidern beobachtete sie die Männer.

Jene, die mit ihr auf dem Schiff von Byzanz gekommen waren, verhielten sich nicht anders als sonst. Sie lärmten, scherzten. Man spürte ihre Erleichterung, dieses Abenteuer überstanden zu haben. Ob einer von ihnen Groll gegen Eirik hegte, weil dieser sie unwissentlich ins Verderben gestürzt hatte?

Nein, denn sie prosteten Eirik zu, riefen etwas, das ihn gequält lächeln ließ.

Außerdem waren auch einige Händler gekommen, zumindest glaubte Johanna, es handelte sich um Händler. Sie trugen einen gewissen, durch finanzielle Sicherheit geprägten Stolz zur Schau, mancher ließ sich von Frau und Tochter begleiten – bei einigen ließ sich nicht sagen, ob das Weib an seiner Seite Frau *oder* Tochter war – und sie unterhielten sich gedämpft.

Nein, von ihnen war es auch keiner, der ihr dieses elende Gefühl bescherte.

Der Mann, der neben Freya saß, wandte Johanna den Rücken zu, unterhielt sich mit Freya, die immer wieder zu ihr herüberschaute, als wollte sie sich versichern, dass sie nicht einen Silberpokal in den Falten ihres Umhangs verschwinden ließ. Unsicher lächelte Johanna ihr zu.

Freya nickte zu ihr herüber, aber nicht grüßend, sondern als wollte sie ihren Gesprächspartner auf Johanna hinweisen. Dieser drehte sich um.

Ein bärtiges Gesicht, helle Augen, ein feister Wanst. Feinste Kleidung, goldene Ringe an den Fingern seiner Linken, mit der er den Pokal hob. Er grinste sie an, und dann sah Johanna etwas in seinem Blick flackern.

Erkennen.

Da wusste sie es wieder. Der Schleier hob sich, einen winzigen Moment nur, offenbarte ihr ein winziges Stück ihrer Vergangenheit, die seit jener Nacht am Strand verloren gegangen war. Sie kannte dieses Grinsen. Kannte diesen Mann.

So hatte er sie angeblickt, als sie einander das erste Mal gegenüberstanden. Wann war das gewesen? Und wo?

Sie zitterte. Ihre Hand krallte sich in die Tischkante, sie spürte einen Fingernagel brechen. Er beugte sich zur Hausherrin herüber, flüsterte ihr etwas ins Ohr. Ihr Blick flog zu Johanna, auch sie lächelte, aber beider Lächeln verfehlte die Augen, war nicht ehrlich.

Johanna wurde schlecht. Sie wollte aufspringen und hinausrennen, aber die wenigen Bissen, die sie zu sich genommen hatte, stiegen zu rasch in ihrer Kehle auf. Sie beugte sich zur Seite und übergab sich hinter der Bank ins Stroh.

Endlich bemerkte Eirik, was mit ihr los war. Er wandte

sich ihr zu, redete auf sie ein, aber die Worte erreichten sie nicht mehr. Die Halle verschwamm vor ihren Augen.

Sie war wieder in Haithabu. So nannten die Nordmänner diese Stadt, nur wenige Tagesreisen entfernt vom nördlichen Rand des Frankenreichs. Schnurgerade zogen sich Straßen und Gassen durch die verregnete Stadt, links und rechts erhoben sich große Häuser. Handelskontore, Lagerhäuser, Werkstätten, Schenken. Es fehlte den Nordmännern an nichts. Ein großer Hafen, in dem sie ihre Schiffe in Reih und Glied auffahren ließen. Zu viele Menschen. Lärm.

Ise war wieder neben ihr, ihre Hände mit einem Strick vor ihrem Bauch gefesselt. Wenn Johanna hinabblickte, sah sie auch ihre Hände gefesselt. Sie war wieder Sklavin.

Sie hatte nie aufgehört, Sklavin zu sein.

Da war er – der Mann. Seine Stimme dröhnte, er machte schäbige Witze, die alle Männer um ihn zum Grölen brachten. Nur einer blieb stumm, betrachtete stattdessen die Ware. Drei Dutzend Menschen, Männer und Frauen, Kinder und Alte, standen aufgereiht. Er zeigte auf Ise und Johanna, und der Bärtige nickte, nannte einen Preis. Der andere verzog das Gesicht, hakte beide Daumen unter den Gürtel, der seinen feisten Bauch umspannte, wippte vor und zurück.

Kallistos.

Sie freute sich unbändig, plötzlich wieder seinen Namen zu wissen, aber dieser Name schmeckte nach Erniedrigung. Nach Hitze und Durst.

Sie öffnete den Mund, wollte verhindern, dass Kallistos sie kaufte, denn sie wusste, was dann kam. Er würde Ise und sie nach Byzanz bringen, dort würde er sie auf dem Sklavenmarkt verkaufen. Dort hatte sie Eirik kennengelernt. Den Mann, der tötete. Den Mann, den zu lieben sie lernte, ehe sie sein wahres Gesicht erkannte.

Der Mann, ohne den sie nicht leben konnte.

Der Mann, den zu hassen sie nicht vermochte, obwohl sie es immer wieder versuchte.

Wenn ich ihn nicht hassen kann, werde ich ihn mit Gleichgültigkeit strafen, dachte sie verbittert.

Danach kam das Dunkel.

Eirik schlich auf Zehenspitzen aus der Kammer, die Johanna und er sich teilten. Er schloss leise die Tür. Sie schlief. Es gab für ihn keinen Grund, länger bei ihr zu bleiben.

Er musste mit Hallgrim reden, wenn es ihm auch schwerfiel.

Sein bester Freund war nur noch ein Schatten seiner selbst. Vor sechs Jahren hatten sie einander das letzte Mal gesehen. Hätte Eirik um die Krankheit gewusst, wäre er sofort zu Hallgrim geeilt. Aber so musste er schnell lernen, schnell begreifen.

Schon im ersten Moment hatte er gewusst, dass Hallgrim dem Tod geweiht war.

Er ging zum Ende des Gangs. Hier lagen die größeren Kammern, hier nächtigte Freya, hier lag Hallgrim in einer zweiten Kammer. Freya hatte es ihm erklärt – sie schlief ohnehin die meisten Nächte bei Hallgrim, kauerte sich auf einer mit Stroh gefüllten Matratze neben seinem Bett zusammen und hielt seine Hand oder blieb wach und lauschte Hallgrims Atemzügen. Sie wirkte beherrscht, als sie davon berichtete, doch spürte Eirik ihre unterschwellige Wut, dass sie zu diesem aufopferungsvollen Leben gezwungen war.

Hallgrim saß in seinem Bett, in seinen knochigen Händen einen Becher mit Tee. „Komm herein, herein, mein bester Freund“, krächzte er. Seine Hand winkte schwach.

„Es geht dir besser?“ Eirik schloss die Tür.

„Mir ging es in den verdammten acht Monaten keinen Tag besser als heute. Komm her, setz dich zu mir, alter Freund. Wir haben viel zu besprechen."

Eirik zog einen Hocker ans Bett.

„Du hättest dir kaum einen besseren Zeitpunkt aussuchen können, um heimzukehren."

„Ich hätte eher kommen sollen."

Hallgrim schüttelte den Kopf. „Nein, nein. Erzähl mir lieber mehr von der Schönheit an deiner Seite."

Eirik zögerte. „Johanna war eine Sklavin", sagte er schließlich. „Sie hat viel erlitten, und ich liebe sie. Mehr muss man wohl nicht wissen."

„Du warst nie ein Mann, der viele Worte macht. Umso mehr freut mich, wenn du in ihr eine Gefährtin gefunden hast. Aber Sklavin …"

„Ihr einstiger Herr ist tot, und seine Schwester ließ sie frei." Das war nicht die ganze Wahrheit, doch sollte es Hallgrim genügen.

„Sie spricht nicht viel."

„Sie ist stumm seit jenem Vorfall, als Waräger unser Schiff angriffen."

„Oluf hat davon erzählt, aber nicht viel. Er wusste zu wenig."

Eirik schwieg. Es schien ihm zu früh, Hallgrim die ganze Geschichte zu erzählen. Andererseits: Wer wusste, wie viel Zeit ihnen noch blieb?

„Ihr habt keine Kinder, Freya und du?", wechselte er abrupt das Thema. „Ich hätte gedacht, nach sechs Jahren …"

„Nein, das hat sich nicht ergeben. Vielleicht ist es besser so."

Eirik horchte auf. Er wusste, Hallgrim hatte sich immer gewünscht, seinen Namen und sein Vermögen weiterzugeben. Aber er hakte nicht nach; seinem Freund waren Fragen ebenso verhasst wie ihm.

„Sie wollte es nie, und jetzt bin ich froh. Kein Kind sollte seinen Vater so sterben sehen."

Sie schwiegen. Hallgrim trank von dem Gebräu in seinem Becher und verzog das Gesicht.

„Liebt sie dich? Dein kleines Mädchen mit dem Feuerhaar."

Eirik nickte. „Ja, sie liebt mich. Im Moment nur ist sie ganz weit weg, und ich weiß nicht, wie ich zu ihr durchdringen soll."

„Das kommt", tröstete Hallgrim ihn.

Es war ein merkwürdiges Gefühl, bei seinem Freund zu sitzen und um dessen nahenden Tod zu wissen. Wieder trank Hallgrim und verzog das Gesicht.

„Das muss widerlich schmecken, wenn selbst du eine Miene verziehst", versuchte Eirik einen Scherz.

„Freya besorgt die Kräuter. Es ist ein teures Vergnügen, das mein Leiden allenfalls um ein paar Tage verlängert, aber ich tue ihr den Gefallen, es zu trinken. Sie ist so sehr um mich besorgt."

„Das ist nicht die Freya, die ich kannte."

Hallgrims Lachen ging in einen bellenden Husten über. Er hielt sich ein Tuch vor den Mund, das mit Blutstropfen besprenkelt war, nachdem der Anfall abklang. Eirik drehte den Kopf.

„Freya war immer nur auf ihren Vorteil bedacht, das meinst du?" Er krächzte nur noch. „Sie hat sich verändert. Oder es ist ihr Vorteil, wenn ich hier liege und dem Tode und Walhall näher bin, als unserem gemeinsamen Leben."

„Nützt ihr dein Tod?"

„Ah, du stellst Fragen, die ich schon lange hinter mir

gelassen habe. Als Nächstes wirst du wissen wollen, ob sie mich wohl vergiftet hat."

Eirik schwieg. Tatsächlich war ihm dieser Gedanke durch den Kopf gegangen, aber es schien ihm unwahrscheinlich. Freya eine Mörderin? Andererseits brachte sie ihrem Mann dieses Gebräu, das sah ihr noch viel weniger ähnlich.

„Nein, mein Freund, du täuschst dich in ihr." Müde schüttelte Hallgrim den Kopf. Er sank in die Kissen, die seinen Rücken stützten, presste das Tuch an den Mund und atmete pfeifend aus. „Sie ist nicht mehr so wie damals."

„Nein?" Eirik schüttelte verwundert den Kopf. „Es würde mich wundern, weißt du …"

Sie schwiegen.

Eirik dachte an jene Zeit zurück. Er war jung und unerfahren gewesen, als er Freya kennengelernt hatte. Aber eines hatte er sofort zu wissen geglaubt: Diese Frau sollte seine werden. Ihr Vater schien mit dieser Verbindung durchaus einverstanden zu sein, und auch Freya war ihm nicht abgeneigt. Doch missfiel ihr, dass er nicht in Uppsala bleiben und den Hof seines Vaters übernehmen wollte, wie es ihm als ältestem Sohn zugestanden hätte. Nein, er wollte in die Welt hinausziehen und in Kiew sein Glück versuchen – wobei es beim Versuch blieb. Hallgrim hatte da mehr Glück, war tüchtiger und kein Träumer. Ihm wandte Freya sich zu, weil sie nicht in einem windschiefen Häuschen am Hafen hausen wollte, bis es Eirik endlich gelang, mehr Kapital aus seinen Fähigkeiten zu schlagen.

So hatte sie seinen besten Freund geheiratet.

Danach hatte er Uppsala verlassen. Weiter, weiter in den Süden, bis nach Byzanz, wo er in der Warägergarde schließlich eine Heimat fand, die ihm Ehre und einen bescheidenen Wohlstand einbrachte.

Jetzt war er ein reicher Mann, fand endlich den Mut, nach Svea zurückzureisen – und wäre für die bald verwitwete Freya Sigurdsdottir eine mehr als glänzende Partie. Nur Hallgrims Tod stand Freyas Glück im Weg …

„Glaub mir, Eirik: Sie ist eine andere. Nach meinem Tod wird sie eine reiche Frau sein, die sich ihren zweiten Gemahl aussuchen kann. So weit es uns möglich war, sind wir in den letzten Jahren glücklich gewesen."

Die Tür knarrte. Freya kam herein, den Kopf züchtig gesenkt, den Blick konzentriert auf ein Tablett in ihren Händen gerichtet.

Hallgrim stöhnte. „Nicht schon wieder Suppe."

„Du hast kaum etwas gegessen beim Festmahl. Ich habe dir auch noch einen Tee bereitet."

Eirik machte Freya Platz, die sich zu Hallgrim auf die Bettkante setzte. Sie breitete ein Tuch über seiner Brust aus, nahm die Suppe vom Tablett, das sie auf dem Hocker abgestellt hatte, und rührte mit dem Löffel darin. Dampf stieg auf.

„Und danach brauchst du Ruhe. Ihr könnt eure Männergespräche morgen fortsetzen." Über die Schulter warf sie Eirik einen warnenden Blick zu. Widersprich mir nicht!, sagte ihm dieser Blick.

Wenn ich sie nicht besser kennen würde, nähme ich ihr die Rolle als treu sorgendes Eheweib direkt ab.

„Natürlich. Uns bleiben noch viele Tage, alter Freund", versprach Eirik.

„Sag das nicht. Die Nornen haben schon das Ende meines Schicksalsfadens in der Hand."

„Wir sorgen dafür, dass sie noch etwas darüber nachsinnen, ehe sie ihn durchtrennen."

Hallgrim nickte, ehe er den Mund aufsperrte, um sich wie ein Kleinkind füttern zu lassen. Eirik konnte nicht länger bleiben; der Anblick des Mannes, mit dem er aufgewachsen war und so viele Erinnerungen teilte, schmerzte ihn. Siech lag er danieder und harrte seines Todes.

Er suchte Johanna.

Sie saß in der Kammer, die sie in den kommenden Monaten teilen würden, auf dem Bett. Reglos, ihm den Rücken zugewandt, starrte sie auf eines der Pergamentfenster. Dahinter klapperten leise die Läden im Ostwind.

„Johanna?"

Sie wandte den Kopf, ohne sich zu ihm umzudrehen.

Wie schön sie war … Ihr Profil war so zart, die vollen Wimpern beschatteten ihre Wangen, die im goldenen Licht beinahe rosig wirkten. Das rote Haar hatte sie für die Nacht zu einem dicken langen Zopf geflochten, der über ihre Schulter floss wie ein lebendiges Tier.

„Johanna …"

Er ging um das Bett herum und kniete vor ihr nieder. Ihre zarte Hand verschwand in seinen, doch wenigstens entzog sie sich ihm nicht mehr wie in den vergangenen Wochen auf dem Schiff, als sie nicht mal diese Berührungen ertragen hatte.

„Bist du müde?"

Ihre grünen Augen wirkten fast schwarz, tief und unergründlich. Sie musterte ihn nachdenklich, dann nickte sie. Ja, sie sah auch müde aus, die kleine Falte zwischen ihren Brauen zeugte davon ebenso wie die nur halb geöffneten Augen.

„Warum bist du aufgestanden?"

Nachdem sie sich in der Halle nicht nur übergeben, sondern auch das Bewusstsein verloren hatte, hatte Eirik sie heraufgetragen und aufs Bett gelegt.

„Möchtest du etwas essen? Trinken? Möchtest du, dass ich irgendwas für dich tue?"

Kopfschütteln.

„Geht es dir besser?“

Das Nicken kam zögerlich.

„Gut, also ... Das ist unser gemeinsames Bett. Also, wenn ... wenn du allein schlafen willst, gehe ich hinunter in die Halle und übernachte auf einer Bank.“

Sie schüttelte den Kopf. Ihre Hände nestelten am Halsausschnitt ihres Kleids.

Sprich mit mir, Johanna. Warum sind dir alle Worte abhandengekommen? Wie kann ich dich wieder zum Sprechen bringen? Sag doch irgendwas, ich würde alles für dich tun, alles, um es dir leichter zu machen! Ich werde dem Kampf abschwören! Nein, ich habe *dem Kampf bereits abgeschworen, und ich kämpfte nur gegen die Warägersoldaten, um dein Leben zu beschützen. Verstehst du das?*

„Möchtest du dein Kleid ausziehen?“

Sie nickte.

Er half ihr. Darunter trug sie ein langes Unterhemd. Nachdem er ihr Kleid auf der Truhe am Fußende des Betts ausgebreitet hatte, hob er die Decken für sie, damit sie darunterschlüpfen konnte. Sie zögerte. Blickte ihn fragend an.

„Keine Sorge. Ich bin auch müde.“

Das schien sie zu beruhigen. Sie legte sich hin, ließ die Decken über sich breiten und schloss die Augen. Eirik zog sich aus, löschte das Licht und stieg ins Bett.

Er war müde, aber zugleich hellwach. Lange noch lag er da und grübelte, wie es ihm gelingen könnte, Johanna aus ihrer Erstarrung zu lösen. Er musste Geduld haben. Aber das war ausgerechnet eine Eigenschaft, mit der er nicht dienen konnte.

Lautlos wie ein Schatten glitt Freya an der Steinmauer entlang. Ihre Finger tasteten nach dem Riegel, mit dem die Tür verschlossen war.

Valdimar hatte ihr, bevor er das Fest verließ, zugeflüstert: „Ich weiß, wer sie ist. Komm zur mitternächtlichen Stunde." Und dann hatte er im Dunkeln des Gangs ihr Kinn umfasst und sie auf den Mund geküsst – hart und ohne Zärtlichkeit. „Ich werde schon heute meine Belohnung fordern, Freya Sigurdsdottir."

Sie konnte es kaum erwarten.

Hallgrim hatte sie in seinen Nachttrunk Schlafmohn gemischt. Astrid sollte bei ihm bleiben, aber vermutlich würde er die ganze Nacht durchschlafen. Ein Segen für ihn – und für sie. Endlich eine Nacht, die sie nicht zusammengekauert und frierend an seinem Bett zubringen musste. Nein, auf sie wartete Größeres.

Sie drang auf dem üblichen geheimen Weg in Valdimars Haus ein und schlich ins obere Stockwerk. Die Tür zu seinem Kontor stand einen Spaltbreit offen, und sie hielt inne und lauschte. Hatte er zu so später Stunde noch Besucher?

Raue Stimmen, Lachen. Dann Valdimars Stimme. Freya hielt den Atem an, doch konnte sie nicht verstehen, was er sagte. Sprach er eine ihr fremde Sprache? Sie war verwirrt.

Ehe sie überlegen konnte, was sie jetzt tun sollte, hörte sie Schritte, die Tür wurde aufgerissen.

„Da bist du ja." Valdimars Grinsen war geradezu wölfisch. Er packte ihre Hand so fest, dass es schmerzte, und zog sie ins Kontor.

Verwirrt blinzelte Freya. Zwei Männer standen ihr gegenüber. Der eine war ein Hüne, sogar noch größer als Valdimar. Er trug nur eine kurzärmelige Tunika, war sogar barfuß, obwohl es im Kontor nicht gerade besonders warm war. Seine Haut war dunkel, sein Lächeln strahlte und blitzte.

Der andere war das absolute Gegenteil. Helle Haut, beinahe weißes Haar, farblose Wimpern und Augen von der Helligkeit eines Wolfs. Seine Kleidung war von ausgesuchter Qualität, die Stiefel aus feinstem Leder. Als wollte er einen Kontrast zu dem dunklen Hünen schaffen, war er in allem ein Gegenteil: seine Kleidung hell und ungefärbt, seine Gestalt klein und schmal. Trotzdem wirkte er ebenso selbstbewusst. Bei ihrem Anblick fuhr seine Zunge über die Lippen, und er machte ein schnalzendes Geräusch. Ihm gefiel, was er sah, und auch der dunkle Hüne machte große Augen.

„Was wird das hier?“, fragte Freya herausfordernd, obwohl ihr die Knie weich wurden. Sie ahnte, was das hier würde.

Er fordert seine Belohnung ein. Weil ich wissen will, woher das Mädchen kommt.

„Nun, ich habe gedacht, du willst etwas von mir? Du weißt, ich gebe nichts ohne Gegenleistung her. Darf ich vorstellen? Konstantin“, der Hüne nickte, „und Jon.“ Der so Genannte verbeugte sich mit einem frechen Grinsen. Sein Blick glitt an Freyas Körper auf und ab, als könnte er den feinen Stoff ihres Kleids durchdringen.

„Du hast nicht zu viel versprochen, Valdimar“, bemerkte er träge. „Ich hätte nicht übel Lust, sofort mit ihr anzufangen.“

Das also verlangte Valdimar von ihr? Dass sie sich wie eine Hure anderen Männern hingab, sich von ihm verkaufen ließ?

„Du gehst ziemlich großzügig mit den Frauen anderer Männer um“, bemerkte sie an Valdimar gewandt kühl.

Seine Hände packten ihre Oberarme. Er drängte sich von hinten an sie, damit sie seine Erektion spürte. „Du wolltest etwas wissen. Alles hat seinen Preis.“

Sie zögerte. Doch ihre Entscheidung war bereits gefallen. „Was soll ich tun?“

Seine Hand strich hinauf zu ihrem Hals. Er küsste sie. „So kenne ich dich. Hier." Plötzlich stieß er sie von sich, und sie taumelte zwei Schritte, ehe der Hüne sie auffing. „Sie gehört euch. Ihr habt die ganze Nacht."

Freya wehrte sich nicht. Aber sie warf Valdimar einen hasserfüllten Blick zu.

Das wirst du mir büßen. Ich hoffe für dich, die Information ist es wert.

Konstantin hob sie mühelos hoch und trug sie in den Nebenraum. Er schien mit den Gegebenheiten vertraut zu sein. Jon schlenderte hinter ihm her, und zu Freyas Überraschung folgte auch Valdimar ihnen.

Was denn, du willst zusehen, was die beiden mit mir machen?

„Ihr wisst, was ihr zu tun habt."

Freya wurde aufs Bett gehoben. Beide Männer knieten jetzt zu ihren Füßen und machten sich an ihren Schuhen zu schaffen. Jon grinste, beugte sich über ihren nackten Fuß und lutschte an ihrem großen Zeh, während Konstantins Hände bereits nach oben glitten und sich unter ihre Kleider schoben. Sie spürte, wie er seine Hände zwischen ihre Schenkel zwang. Panisch kreuzte sie die Beine und versuchte, ihn daran zu hindern. Sie hob die Hände, wollte ihn von sich schieben.

„Lass die beiden gewähren."

Valdimars Stimme war wie ein Peitschenhieb. Ihr Blick ging zu ihm. Er saß auf einem Sessel neben der Feuerstelle und streichelte sich durch die Hose. Ihm gefiel, was er sah. Es war seine Fantasie, die sie auslebten – er wollte dabei zusehen, wie sie sich zwei fremden Männern hingab.

Nun, dann würde sie eben mitspielen.

Sie sank nach hinten, öffnete ihre Beine leicht und ließ Konstantin gewähren. Seine Pranken waren zärtlich, und auch Jons Berührungen kitzelten im Moment mehr, während er ihre Füße massierte. Jetzt kniete Konstantin neben ihr auf dem Bett, die Hände tief in ihren Röcken vergraben. Sie glitten an ihren Schenkeln auf und ab, ohne ihre Scham zu berühren. Sie seufzte, wandte den Kopf und blickte Valdimar an.

Ihre nackten Füße wurden von Jon fest umfasst. Sie spürte, wie er sie in seinen Schoß drückte. Sein Schwanz fühlte sich zwischen ihren Füßen riesig an, auch durch die Hose! Sie schnappte nach Luft. Dabei hatte der kleine Kerl gar nicht ausgesehen, als hätte er so viel zu bieten …

Konstantin knurrte. Die Röcke behinderten ihn. Er zerrte am Stoff, das Unterkleid riss. Sie quiekte ein bisschen, wackelte mit den Hüften und hob den Oberkörper, um das Kleid über den Kopf zu ziehen. Das Unterkleid konnte er ruhig zerreißen, aber nicht das Kleid!

Beide Männer grinsten zufrieden, als sie nur noch im zerrissenen Unterkleid vor ihnen lag. Jon hatte die kurze Pause genutzt, um seine Hose zu öffnen. Er rieb seinen Schwengel zwischen ihren Füßen, die er gepackt hielt und rhythmisch auf- und abbewegte. Sie hörte ihn keuchen.

Konstantins Hände schoben ihr Unterkleid höher. Er entblößte ihre Scham, grunzte zufrieden. Freya beobachtete ihn.

„Lutsch seinen Schwanz." Valdimars Stimme.

Ihr Kopf fuhr herum. Er hatte inzwischen die Hose geöffnet, wie auch Jon – keiner wollte Zeit verlieren, schien ihr –, und streichelte seinen Schwanz, den sie noch am Nachmittag in ihrem Anus gespürt hatte. Er grinste und nickte zu Konstantin herüber. „Los, mach schon. Ich will sehen, wie du einen anderen Mann lutschst. Und tu mir den Gefallen – zieh dich vorher ganz aus."

Konstantin stieg vom Bett und streifte die Tunika ab.

Er warf sie achtlos auf Freyas Kleid. Doch daran konnte sie jetzt keinen Gedanken mehr verschwenden. Der dunkelhäutige Mann war überaus beeindruckend bestückt, und während sie das letzte Kleidungsstück über den Kopf zerrte, stellte sie sich vor, ihn zu lutschen.

Plötzlich war der Gedanke überaus erregend.

Konstantin streichelte seinen Schwanz und lehnte sich zurück. Freya kletterte auf ihn – Jons Protest ignorierte sie – und näherte sich Konstantin. Sie blickte zu ihm auf, als ihre Lippen das erste Mal sein Glied umschlossen, doch er hatte den Kopf in den Nacken geworfen und hielt die Augen geschlossen.

Danach konzentrierte sie sich ganz auf seinen Schwanz.

Er schien in ihrem Mund noch anzuschwellen, während sie bedächtig ihre Lippen auf- und abgleiten ließ. Mit der Zunge erforschte sie seine Eichel, schmeckte ihn und genoss das Gefühl, ihn in diesem Moment in der Hand zu haben. Sie hörte nicht, was Valdimar sagte, aber sie meinte, Jons Namen zu hören, daher war es für sie wohl nicht interessant.

Bis sie Finger spürte, die sich um ihre Scham legten. Eine Hand, die ihr erhitztes Fleisch massierte, ihre Klit drückte. Mit der anderen Hand tastete Jon nach ihren Brüsten, kniff ihren harten Nippel. Sie stöhnte. Kurz hielt sie inne, wandte den Kopf und beobachtete Jon, der inzwischen vollständig nackt hinter ihr kniete und einen kleinen Tonkrug in der Hand hielt. Er zog den Stöpsel heraus, und ein betörender Duft vermischte sich mit dem erregenden Geruch von Sex, der die Kammer erfüllte.

Sie wandte sich wieder um. Zwar ahnte sie, was kommen würde – schließlich reckte sie ihren Hintern möglichst verführerisch nach oben –, aber sie liebte es einfach zu sehr, überrascht zu werden.

Das Öl traf kalt auf ihr Gesäß, rann in die Ritze zwischen ihren Hinterbacken und hinab zu ihrem Anus. Ehe es aufs Bett tropfte, war Jons Hand da und fing es auf. Er verteilte das Öl großzügig auf ihrem Hintern, massierte es ein, sparte aber absichtlich ihre Kimme aus. Auch wenn Freya weiter hingebungsvoll Konstantins Schwanz lutschte, vergaß sie beinahe zu atmen, weil die Spannung unerträglich war. Wann würde er sie endlich dort berühren?

Als seine warmen Finger sie endlich erlösten, war es wie ein Schock. Mindestens zwei Finger drangen plötzlich in ihre Vagina ein, sein Daumen legte sich auf ihre Klit. Sie seufzte, kam ihm entgegen. Schon zog er sich zurück. Nichts passierte. Das Öl fühlte sich kalt an.

„Massier ihr Arschloch mit den Fingern. Steck ihr einen Finger in den Arsch, das mag sie besonders", hörte sie Valdimars Stimme.

Jon folgte gehorsam dem Befehl. Er umkreiste ihr Arschloch, massierte es und drang mit einem Finger ein – nicht vorsichtig, sondern beinahe brutal. Freya zuckte unter seiner Berührung zusammen, doch dann entspannte sie sich. Entspannt ging es besser, so viel wusste sie.

Sein Finger fuhr vor und zurück, immer schneller. Dann war seine andere Hand da, drei Finger legten sich auf ihre Klit und massierten sie in kreisenden Bewegungen. Freya stöhnte. Sie spürte, wie ihr Höhepunkt kam, ihre Bewegungen wurden hektischer und abgehackt. Konstantins Hand legte sich auf ihren Kopf, er drückte sie tiefer, immer schneller sollte sie sich auf ihm bewegen.

Sie stöhnte frustriert auf. Jon hatte im letzten Moment seine Hände fortgenommen und ihr den Höhepunkt verweigert. Sie reckte ihm den Hintern entgegen, und ihr stummes Flehen wurde erhört. Er packte ihre Hüften, dirigierte sie von Konstantins Schoß herunter. Kurz nur ließ sie Konstantins Schwanz los, er rutschte aus ihrem Mund. Das brachte ihr von Konstantin eine Ohrfeige ein. „Los, mach weiter!“, brüllte er sie an. Sie warf einen Blick zu Valdimar, doch er grinste nur zufrieden. Auch das gehörte also zu diesem Spiel.

Sie beugte sich wieder über Konstantins Schwanz. Jon hielt sie gepackt, spreizte ihre Pobacken und schien den Anblick ihres Arschs und ihrer Möse zu genießen.

Stoß ihn endlich hinein!

Doch er ließ sich Zeit. Erst als sie erneut ihre Hüften wiegte und sogar versuchte, sich ein Stück in seine Richtung zu schieben, drang er in sie ein – wieder eine heftige Bewegung, die sie aber nicht schmerzte, sondern ein Feuer der Lust in ihrem Innern entfachte.

Sie öffnete die Augen. Blickte zu Konstantin hoch, der seine Hand auf ihren Hinterkopf legte und sie von seinem Schwanz wegzog. Er hielt ihrem Blick stand, beobachtete sie, als müsste er überlegen, was sie als Nächstes von ihm bekam. Valdimar hatte sich von seinem Platz erhoben und saß nun auf der Bettkante. Er grinste.

„Gefällt dir das?“

Sie konnte als Antwort nur nicken. Unerbittlich waren Jons Stöße, immer schneller und heftiger. Schweiß tropfte von seiner Stirn und klatschte auf ihren Po, sie hörte sein lautes Stöhnen. Valdimar beugte sich vor. Seine Hand schob sich zwischen Freyas Beine. Er rieb ihre Klitoris.

Die Lust explodierte in ihr wie ein weißes Feuer. Freya schloss die Augen. Sie rieb sich an Valdimars Hand, hielt Konstantins Schwanz umfasst, während Jon sie so unerbittlich fickte, dass ihr die Sinne schwanden. Sie schrie, aber dann war Valdimars Hand da und presste sich schmerzhaft auf Mund und Nase.

Danach wusste sie nichts mehr. Sie glaubte zu spüren,

wie sie zur Seite kippte, dann hüllte weiches Schweigen sie ein.

Als sie wieder zu sich kam, lag sie auf dem Rücken. Alle drei Männer knieten um sie. Jon an ihrem Kopf – sie erschnupperte ihren eigenen Duft, der an seinem Schwanz klebte –, Konstantin zwischen ihren geöffneten Schenkeln, während Valdimar neben ihnen hockte. Sie warf ihm einen Blick zu, doch er schüttelte lächelnd den Kopf. „Stell dir vor, ich wäre nicht da", meinte er. „Die beiden verlangen deine Aufmerksamkeit."

Konstantin hielt ein Kissen in den Händen. Er bedeutete ihr, die Hüften anzuheben und schob ihr das Kissen unter. Dann zog er sie näher an den Bettrand, kniete auf den Boden und spreizte ihre Beine noch weiter. Seine Finger umspielten ihr Schamhaar, erforschten ihre Schamlippen und öffneten sie wie die Blütenblätter einer kostbaren Blume. Sein Finger tauchte ein und drang tief in sie, ehe er ihn herauszog und von ihrem Aroma kostete, die Augen verzückt geschlossen.

Von oben schob sich Jon an sie heran. Er kniete sich über sie, sein Penis hing über ihrem Gesicht. Sie griff nach ihm, schob die Vorhaut zurück und begann, ihn zu lutschen. Er schmeckte nach ihr, und sie seufzte zufrieden.

Derweil hatte Konstantin lange genug gewartet. Ganz langsam schob er seinen Schwanz in sie. Obwohl sie mehr als bereit war, hatte sie das Gefühl, noch nie einen so großen Schwanz in sich gespürt zu haben. Sie stöhnte, doch er machte unerbittlich weiter.

„So ist es brav", hörte sie Valdimar flüstern.

Obwohl ihr gefiel, von Konstantin gefickt zu werden und zugleich Jon zu verwöhnen, war diese Stellung ihnen schon bald unbequem. Konstantin ließ von ihr ab, auch

Jon wurde es bald zu langweilig. Er zog sie hoch, presste seinen Mund auf ihren, während Konstantin wieder aufs Bett kletterte. Er zog Freya aus Jons Armen auf seinen Schoß. Mit gespreizten Beinen saß sie auf ihm, ihre Hände umfassten seinen Schwengel und massierten ihn, während er sich vorbeugte und ihr in den Nippel biss. Sie schrie auf, aber wieder war Valdimar da und presste ihr die Hand auf den Mund. „Still!“, zischte er, diesmal fast wütend.

Demütig senkte sie die Lider. Sollte sie denn stumm alles über sich ergehen lassen, was die Männer mit ihr taten?

Konstantin packte ihre Hüften und hob sie. Weil sie wusste, was er wollte, half sie ihm und dirigierte seinen Penis an den Eingang ihrer Vagina. Er senkte sie, und sie fühlte sich vollständig von ihm erfüllt. Probeweise hob er sie ein paarmal, dann nickte er zufrieden.

Jon näherte sich ihr von hinten. Seine Finger rieben wieder ihren Anus, und jetzt wusste sie, was die Männer vorhatten. Sie hielt den Atem an.

Freya hatte schon mal davon gehört, wie Frauen sich mit mehreren Männern vergnügten. Meist waren es verderbte Weiber, die sich ein Vergnügen daraus machten, so viele Männer wie möglich zu beglücken. Dass sie selbst eines Tages in diese Situation gelangen könnte, hätte sie nicht im Traum gedacht. Doch als Jon jetzt seine Schwanzspitze an ihrem Anus rieb, bebte ihr Körper vor Lust, und sie dachte, dass es gar nicht so schrecklich war, wie sie es sich immer vorgestellt hatte.

Im Gegenteil.

Er drang langsam in sie ein. Es fühlte sich merkwürdig an; schon von Konstantin hatte sie sich erfüllt gefüllt, und da nun von hinten noch Jons Schwanz hinzukam, raubte es ihr einen kurzen Moment den Atem.

Dann begann Jon, sich in ihr zu bewegen. Und da

musste sie atmen, wenn sie nicht alle Sinne verlieren wollte. Sie biss sich auf die Lippe, um nicht zu schreien. Jon umfasste von hinten ihre Brüste, während Konstantins Finger sich in ihre Hüften krallten. Sie fanden schon bald einen Rhythmus – gerade so, als wäre es nicht das erste Mal, dass sie eine Frau gemeinsam nahmen. Ihre Bewegungen waren fast zu viel für Freya. Sie wimmerte, jammerte und spürte das Pulsieren der Schwänze in ihr. Dann schrie sie auf, es war ihr egal, was Valdimar von ihr wollte, sie spürte nur noch diese beiden Männer, die ihr so viel Lust schenkten. Sie verbiss sich in Konstantins Schulter, der dies mit einem heftigen Klaps quittierte, aber es kümmerte sie nicht, denn jetzt kam der Höhepunkt heran.

Sie verlor sich in dem Beben, das ihren Körper erfasste. Auch Konstantin stöhnte jetzt, und als sie ermattet und verschwitzt über ihm zusammenbrach, spürte sie, wie er sein Sperma in ihr entlud. Jon hatte noch nicht genug, aber da Freya nur noch unkontrolliert unter ihm zuckte, gönnte er ihr eine kurze Pause, ehe er sie auf den Rücken drehte. Konstantin machte Valdimar Platz, der jetzt wieder neben ihrem Gesicht kniete und seinen Schwanz bearbeitete. Freya hob den Kopf und versuchte, nach ihm zu greifen, doch sank sie ermattet zurück auf die Matratze. Jon machte sich wieder an ihren Füßen zu schaffen. Ihr war alles recht. Staunend beobachtete sie, wie er ihre Fußflächen aneinanderlegte und begann, mit seinem Schwanz in die Lücke zu stoßen. Verzückt schloss er die Augen. Was ihre Möse und ihr Arschloch nicht vermocht hatten, schafften ihre Füße dafür umso schneller: Schon bald verzog er sein Gesicht, stöhnte laut und spritzte zwischen ihren Füßen ab.

„Sieh mich an.“ Valdimar packte ihr Gesicht mit einer Hand und zwang sie, zu ihm aufzublicken. Mit der anderen Hand rieb er immer schneller seinen Schwanz. „Hat dir das gefallen?"

Sie wollte den Kopf schütteln, doch stattdessen nickte sie.

„Du warst nicht schlecht", gab er zu. „Du gäbst eine gute Lustsklavin ab."

Ehe sie protestieren konnte, spritzte er mitten in ihr Gesicht ab. Sie war so überrascht, dass sie nichts sagte.

„Zieh dich an, ich habe etwas mit dir zu besprechen."

Er richtete sich auf, zog seine Hose hoch und richtete die Kleidung. Die Tür zum Kontor klappte hinter ihm zu. Freya wusste nicht, was sie sagen sollte, ihre Finger wischten über ihr Gesicht. Sie säuberte sich so gut es ging mit dem Bettlaken, dann stieg sie aus dem Bett und suchte ihre Kleidungsstücke zusammen.

Jon und Konstantin lagen auf der Matratze und waren eingeschlafen. Jon blinzelte, als sie in ihre Schuhe schlüpfte, doch machte er keine Anstalten, das Wort an sie zu richten. Sie schien ihre Schuldigkeit getan zu haben.

„Die kleine Freundin deines Warägers ist eine interessante Person."

Freya strich mit den Händen ihr Haar zurück. Sie spürte die klebrige Nässe seines Spermas an den Fingern ihrer linken Hand und wischte sie verstohlen an ihrem Kleid ab. „Ist das so?" Sie versuchte, unbeteiligt zu klingen. Sie ging zu ihm und sank auf einen Hocker neben der Feuerstelle.

Er lachte. „Mir machst du nichts vor, Freya Sigurdsdottir. Nicht nachdem du dich wie eine Hure zwei Fremden hingegeben hast."

„Das ist nicht wahr!", protestierte sie, obwohl sie es besser wusste.

„Die beiden kommen seit Monaten zu mir. Suchen eine Lustsklavin, die alles mit sich machen lässt, die vor allem nichts dagegen hat, es mit *beiden* zugleich zu tun. Sie haben mir immer wieder versichert, wie wichtig ihnen ist, dass die Frau auch Vergnügen daran hat. Schade, dass ich dich nicht an sie verkaufen kann."

Freya antwortete nicht. Valdimars Gelderwerb ging sie nichts an; meist konnte sie vergessen, dass sein Reichtum vor allem daher rührte, dass er mit Sklaven handelte.

Er schenkte ihnen Met ein. „Es war vor einigen Monaten, als ich ein paar deiner Landsleute auf ihrer Fahrt begleitet habe. Ich habe ihnen das Schiff gestellt, habe Männer angeheuert und ihnen gesagt: ‚Macht reiche Beute. Ich will nur die jungen und vor allem schönen Frauen.' Daran haben sie sich gehalten." Er schüttelte den Kopf. „Du glaubst nicht, wie sie sind, wenn es gilt, ein Dorf niederzubrennen. Hast du es mal erlebt? Sei froh."

Freya schüttelte den Kopf. Warum erzählte er ihr das alles?

„Ich hatte nicht vor, meine Ware bis hierher nach Kiew zu bringen, obwohl ich mir schon dachte, ich könnte sie hier oder in Byzanz teurer losschlagen. Aber Haithabu ist so gut wie jeder andere Hafen. Dort habe ich sie an einen Byzantiner verkauft. Sie und ein anderes hübsches Mädchen, das so blondes Haar hatte wie Flachs. Ich kann mich an jedes schöne Mädchen erinnern, das ich verkaufe, noch dazu, wenn es so besonders ist wie dieses Mädchen."

Das Ausmaß dessen, was er da andeutete, konnte Freya kaum begreifen.

„Sie ist eine Sklavin?"

„Sie war es, als ich sie das letzte Mal sah. Und soweit ich weiß, kam der Händler aus Byzanz ..."

„Das ist ja interessant ..."

„Nicht wahr? Ich dachte mir, dass dich die Nachricht freut."

Welche Möglichkeiten dieses Wissen ihr eröffnete ... Am liebsten hätte Freya sich sofort auf den Weg gemacht, um Eirik damit zu konfrontieren. Doch nein, das hatte Zeit. Sie musste es klug anfangen. Oh, ihr fiel schon ein Weg ein, diese rothaarige Hexe von Eirik zu entfremden und die beiden auseinanderzubringen. Eine Sklavin! Er wollte wirklich eine Sklavin zur Herrin über seines Vaters Haus und Hof machen! Eine Schande war das ...

Sie würde das verhindern. Und sie hatte auch schon einen Plan ...

14. KAPITEL

Sie fand Frieden im Schlaf.

Als sie aufwachte, wurde es bereits hell. Erste Schatten hoben sich vom Dunkel ab, vor den Pergamentbögen glaubte sie, einen hellen Lichtstreif zwischen den Läden zu erkennen.

Barfuß tapste sie herüber, löste das Pergament und schob die Läden beiseite. Helligkeit strömte mit Kälte in den Raum, sodass sie schnell das Pergament wieder anbrachte, ehe sie zurück ins Bett und ihre wärmende Höhle aus Decken kroch.

Neben ihr regte sich Eirik. Sie lächelte müde. Seine Worte drangen zu ihr vor, aber sie wusste keine Antworten. Seit Wochen wiederholten sich die Fragen wie ein Lied, das er wieder und wieder sang. Ging es ihr besser? Schlief sie gut? Hatte sie Hunger? Durst?

Jetzt wachte er wieder auf und bedrängte sie mit seinen fürsorglichen Fragen, während sie doch nur ihren Mut zusammennehmen und sich an ihn schmiegen wollte. Seinen Herzschlag spüren und dann, irgendwie, endlich seinen Namen sagen. Er legte sich wieder hin, schloss die Augen und schlief weiter.

„Eirik."

Ihre Stimme war nur ein raues Flüstern.

Trotzdem wachte er sofort auf und drehte sich zu ihr um. Seine dunklen Augen forschten in ihrem Gesicht, er streckte die Hand nach ihr aus, zögerte jedoch.

Sie spürte erst, dass sie weinte, als er sie in den Arm nahm und an sich zog. Sie machte sich ganz klein an seiner Brust, weinte und weinte. Um Ise, die sie in Byzanz zurückgelassen hatte, um all die Toten, um Eirik, der mordete, um sie zu beschützen. Sie weinte, bis die Sonne über den Dächern aufstieg. Danach schlief sie erschöpft wieder ein.

Als sie das nächste Mal aufwachte, flüsterte er ihren Namen.

Sie schlug die Augen auf. Sah ihn an.

„Bleib ruhig noch liegen. Schlaf dich aus. Ich werde derweil zusehen, wie ich mich nützlich machen kann." Er zögerte. „Wenn du mich suchst, ich bin nicht weit. Versprochen."

Sie nickte. Ehe er ging, streckte sie die Hand nach ihm aus. „Eirik?"

„Ja?"

„Geh nicht zu weit weg. Ich verstehe niemandes Sprache in diesem Haus."

Er beugte sich vor. Kurz schien es, als wüsste er nicht, ob sie es ihm gestattete, doch dann küsste er sie auf den Scheitel. „Ich verspreche es dir."

Sie sank zurück in die Kissen. Als Eirik die Tür leise hinter sich schloss, war sie schon wieder eingeschlafen.

Ihr Kopf dröhnte beim nächsten Aufwachen. Behutsam setzte sie sich auf. Schwindel erfasste sie, und sie sank rückwärts aufs Bett. Während sie wartete, dass das Schwindelgefühl verging, lauschte sie. Im Haus war es recht ruhig.

Sie schlug die Decken zurück, kleidete sich an und verließ die Kammer. Der Flur war dunkel. Sie ging zur Stiege und kletterte hinunter. „Eirik?", rief sie leise.

Linker Hand ging es zur Küche und zu den Vorratsräumen. Zwei Mägde saßen beisammen und rupften Hühner, dass die Federn flogen, zugleich plapperten sie aufgeregt miteinander. Als Johanna sich mit einem dezenten Hüsteln bemerkbar machte, ruckten ihre Köpfe hoch. Die hellere von beiden, an die sich Johanna von gestern erinnern konnte, fragte etwas, doch Johanna schüttelte verzweifelt den Kopf. „Eirik?"

Wieder ein Redeschwall, dem sie nicht folgen konnte. Nur Eiriks Namen und die Worte „Schiff" und „Hafen" glaubte sie herauszuhören.

Er war nicht da.

Dabei hatte er es ihr versprochen!

Entmutigt ging sie die Stiege wieder hinauf. Am Ende des Gangs stand eine Tür offen. Sie näherte sich ihr. Vielleicht war dort jemand, der wenigstens ihre Sprache oder die der Byzantiner verstand …

Abgestandene Luft hing schwer in der Kammer und kam ihr wie eine Wand entgegen. Johanna hielt sich am Türrahmen fest. Übelkeit wallte in ihr hoch. Sie hatte so großen Hunger …

„Johanna."

Die Stimme kam von der Bettstatt, wenig mehr als ein Krächzen. Eine Hand hob sich, winkte. Ein dunkelbrauner Schopf tauchte auf, sank wieder herab. „Hilfst du mir?"

Nichts täte sie lieber, auch wenn sie sich vor dem Kranken ekelte, der Blut spuckte. Aber er sprach byzantinisch mit ihr. Das wog alles auf.

Sie half Hallgrim, sich aufzusetzen. „Danke", schnaufte er und hustete in das Tuch, das schon ganz rot war. „Gibst du mir ein neues? In der Truhe zuoberst liegen welche."

Sie brachte ihm ein neues. Er schien verlegen, wohin mit dem alten, doch dann nahm Johanna es und legte es in die leere Suppenschüssel. Auf dem Tablett lag ein Stück Brot, und er schien ihren hungrigen Blick zu bemerken. „Nimm es dir, ich schaff es nicht."

Dankbar nahm sie das Brot und biss hinein.

„Sie lassen mich heute ganz allein hier oben. Du hast wohl nichts zu tun?"

Schuldbewusst blickte sie auf ihre Hände mit dem Brot.

„Eirik war vorhin bei mir und hat gesagt, du hast wieder gesprochen."

„Ja." Noch kratzte jedes Wort in ihrem Hals.

„Das ist gut. Warum setzt du dich nicht zu mir, und ich bringe dir unsere nordische Sprache bei? Du wirst es brauchen, wenn ihr im Frühling weiterzieht. Und unter uns, ich langweile mich schrecklich, wenn ich den ganzen Tag allein hier herumliege."

Johanna zögerte. „Ich suche Eirik."

„Ja, der ist mit Freya zum Hafen gegangen." Er seufzte. „Sie entladen Olufs Schiff, und außerdem hat Freya einige sehr dringende Sachen mit Eirik zu besprechen."

Johanna fragte nicht nach. Inzwischen wusste sie ja, dass Freya Hallgrims Eheweib war, wenn sie sich auch eher so verhielt, als wünschte sie, Eirik wäre derjenige, der sie des Nachts wärmte. Wenn er lieber bei ihr war, konnte sie es ihm kaum verübeln. In den letzten Wochen hatte sie ihm selten Grund gegeben, sich über ihre Anhänglichkeit zu freuen.

Und wie er sie angeschaut hatte am vorigen Abend, als er ihr erklärte, das sei nun ihr gemeinsames Bett … gerade so, als wäre es eine Strafe, neben ihr zu liegen. Geschweige denn, ihr beizuwohnen. All das kam ihr in den Sinn, die Gedanken purzelten und polterten durcheinander, seit der Nebel in ihrem Kopf sich verzogen hatte.

Es wäre vielleicht besser gewesen, sich nicht wieder an alles zu erinnern.

Dabei sehnte sie sich so sehr nach ihm. Und war es nicht ein bisschen gewesen wie früher, als sie sich am Morgen in seine Arme geschmiegt hatte? Fast wie in jener weit entfernten Zeit, als sie auf einem Schiff gen Norden gefahren waren und nachts um ein Feuer saßen, während

Flosi Geschichten erzählte, von denen sie kein Wort verstand?

Sie wünschte, sie hätte seine Geschichten verstanden und könnte sie weitertragen.

„Bring mir nicht nur eure Sprache bei", wisperte sie. „Erzähl mir auch eure Geschichten."

Er lachte. „Das sind sehr unchristliche Geschichten. Eirik hat erzählt, du kämst aus dem Frankenland, wo ihr eurem Gott in eigens erbauten Häusern huldigt."

Sie schüttelte heftig den Kopf. Diese Welt hatte sie mit allen Erinnerungen hinter sich gelassen. „Erzähl mir eure Geschichten", wiederholte sie.

Und so begann es. Sie hockte neben seinem Bett, lauschte den Geschichten und wiederholte die Worte seiner Sprache, die er ihr vorsprach. Sie lernte, kurze Sätze zu bilden. Einige Worte kehrten zurück, die sie vor Monaten bereits gelernt und die unter dem Berg Byzantinisch verschüttet worden waren.

„Du lernst schnell", lobte er sie, und sie senkte den Blick und sagte: „Manches kannte ich schon."

„Weil du von Nordmännern geraubt wurdest, nicht wahr?"

Sie nickte stumm. Sie wagte nicht, Hallgrim anzuschauen, denn dann könnte es sein, dass sie Dinge aussprach, die sie lieber für sich behielt. Dass sie zum Beispiel den Mann kannte, mit dem Hallgrims Weib Freya so vertraut war. Sie wusste, womit er sein Geld verdiente. Und er hatte sie angeschaut, als wüsste er, woher sie stammte. Als wüsste er, dass sie nur eine Sklavin war.

„Was sind Sklavinnen den Nordmännern wert?", fragte sie.

Hallgrim überlegte lange. So lange, dass sie schon glaubte, er sei eingeschlafen, doch dann sprach er mit leiser

Stimme: „Eirik hat es dir nicht erzählt, aber dass du eine Sklavin warst, wirft weder auf dich noch auf ihn ein gutes Licht. Wenn seine Familie davon erfährt, werden sie dich verabscheuen. Freunde werden sich von euch abwenden. Feinde werden euch verhöhnen, und niemand wird glauben, dass Eirik all dies nur aus Liebe zu dir tut."

„Der Mann, der mich raubte …" Sie erinnerte sich nicht an seinen Namen. „Er war gestern da."

Hallgrim richtete sich auf. „Du hast ihn erkannt?"

Sie nickte heftig.

Ehe er etwas erwidern konnte, wurde die Tür aufgestoßen. Freya betrat mit einem voll beladenen Tablett den Raum. Sie würdigte Johanna keines Blicks, während sie zu Hallgrim trat und mit ihm sprach.

Johanna wich zurück an die Wand neben der Tür und beobachtete, wie Freya scheinbar gut gelaunt mit Hallgrim plauderte. Sie zupfte an seinem Bart, lachte etwas zu laut.

Worte konnten vieles verbergen. Doch der Körper verriet Freya Sigurdsdottir. Ihre steife Haltung zeigte Missbilligung. Johanna war hier nicht erwünscht.

Sie verließ die Kammer. In ihr machte sich ein Gefühl breit, das sie nicht zu deuten wusste. Sie fühlte sich fremd.

Freya war zufrieden.

Aus dem Augenwinkel beobachtete sie das Frankenmädchen, das sich neben der Tür herumdrückte. Dass sie sich bereits mit Hallgrim angefreundet hatte, war sehr gut und kam Freyas Plänen entgegen.

Sie hatte den Tag mit Eirik in vollen Zügen genossen. Und jetzt wünschte sie, auch die Nacht mit ihm zu verbringen.

Obwohl er anfangs besorgt gewesen war, was während seiner Abwesenheit mit seinem Mädchen passierte, hatte

Eirik sich von ihr überreden lassen, zum Hafen mitzukommen und zu helfen, die Ladung von Olufs Schiff zu löschen. Sie hatte ihm versichert, es würde nicht lange dauern, aber natürlich vergingen die Stunden, vieles war komplizierter als gedacht, und so dämmerte es schon, als sie sich auf den Heimweg machten.

Sie hatte sich bei ihm untergehakt und munter drauflosgeplappert. „Du musst mir alles über Byzanz erzählen. Und wie ihr euch kennengelernt habt, dein Frankenmädchen und du!"

Sie merkte, dass die letzte Bemerkung etwas in ihm weckte. „Ich habe ihr versprochen, in der Nähe zu bleiben", sagte er leise.

„Astrid oder die anderen Mägde werden sich um sie gekümmert haben."

Da gehört sie doch hin. Zu den Mägden, in die Küche oder an den Webstuhl.

Eirik wollte davon nichts hören. Seine Schritte beschleunigten sich. Er löste sich von ihr, lief jetzt beinahe. Freya blickte ihm nach. Allein für das Frankenmädchen hatte er Aug und Ohren.

„Ich weiß, wer sie ist!", rief sie ihm nach.

Eirik blieb stehen, wandte sich zu ihr um. Zwischen ihnen eilten Menschen hin und her, die Köpfe zwischen die Schultern gezogen, die Blicke in den dunklen Himmel gewandt. Es roch nach dem ersten Schnee des Winters.

Sie schloss zu Eirik auf. „Besser gesagt: Ich weiß, *was* sie ist."

Ein Muskel in seiner Wange zuckte. Treffer.

„Und ich glaube, es wäre nicht gut, wenn dieses Wissen verbreitet werden würde."

Ausdruckslos starrte er auf sie nieder. Freya erwiderte seinen Blick. Sie lächelte. „Du möchtest sicher auch nicht, dass andere davon erfahren? Sie wäre kaum die Richtige, um deine Frau zu werden. Als Kebsweib, ja, dafür taugt sie …"

Eirik packte ihren Arm. Sie keuchte. Seine Berührung, sosehr sie sich danach gesehnt hatte, tat weh. Aber zugleich war er ihr so nah, dass sie seinen heißen Atem auf ihrem Gesicht spürte. Er schien etwas sagen zu wollen, doch stattdessen blickte er sich nur suchend um. Zog sie in einen dunklen Hinterhof, in dem sich Säcke und Fässer stapelten.

„Sag das noch mal", forderte er sie auf.

„Ich weiß, was sie ist." Mit einer heftigen Bewegung befreite sie sich aus seinem Griff. Ihre Hände strichen über die Pelzverbrämung ihres Mantels. „Und ich glaube, es würde jeden in dieser Stadt interessieren, dass der stolze und mit erstaunlichem Reichtum gesegnete Eirik Hallgrimsson eine fränkische Sklavin als sein Eheweib ausgibt, statt unter den Frauen zu wählen, die ihm jederzeit willig das Bett wärmen würden."

„Und du gehörst natürlich zu diesen Frauen, die mir das Bett wärmen wollen."

Sie widersprach nicht. Stattdessen schob sie sich näher an ihn. Eirik wollte ihr ausweichen, doch der Hinterhof war schmal, sein Rücken stieß gegen die Wand. Im Dunkeln hörte sie seinen beschleunigten Atem, spürte seine Blicke, die ihren Körper auf- und abwanderten.

„Du willst mich, Eirik Hallgrimsson. Das war vor sechs Jahren so und hat sich bis heute nicht geändert. Nur weil du mit einer Frau hier auftauchst, kannst du niemanden darüber hinwegtäuschen, dass du in Wahrheit mich willst."

„Ich will dich nicht", protestierte er.

Sie griff nach ihm. Seine Erektion verriet ihn. Er wandte den Kopf ab.

Freya lachte leise. „Ich möchte nicht wissen, wie es sich anfühlt, wenn du mich willst.“ Sie versuchte, ihn zu küssen. Ihre Lippen näherten sich seinen, und fast glaubte sie, er käme ihr entgegen, senkte den Kopf, damit sie endlich, endlich wieder …

Eirik schob sie von sich. „Das ist vorbei, Freya“, sagte er leise. „Es gab eine Zeit, da hätten wir wohl ganz gut zusammengepasst. Diese Zeit ist vorbei. Und ich bitte dich, das zu respektieren. Ja, ich bitte dich darum, obwohl ich weiß, wie schwer es dir fallen muss. Du konntest nie gut verlieren.“

Sie machte einen Schritt zurück. „Du hast dich verändert, da unten in Byzanz.“

„Ich hoffe es. Damals war ich ein junger Dummkopf, der glaubte, das Leben läge ihm zu Füßen.“

„Das könnte es – wenn du mein Geschenk nicht ausschlägst.“

Bitter lachte Eirik auf. „Mein bester Freund liegt noch nicht in seinem kühlen Grab, und schon meinst du, mit mir ein neues Leben zu beginnen?“

„Hallgrim wäre glücklich, wenn du dich meiner annimmst.“

„Das kann ich aber nicht. Ich habe Verantwortung für Johanna übernommen, und ja, lach nur. Sie wird nicht mein Kebsweib, sondern mein Eheweib sein, und wenn es jemandem nicht passt, soll er mich zum Zweikampf fordern. Ich bin bereit, ihre Ehre zu verteidigen.“

„Was denn, die Ehre einer Hure?“, schrie Freya.

Die Ohrfeige trieb ihr Tränen in die Augen. Trotzdem blieb sie nicht still. „Eine Hure ist sie doch, oder? So schöne Mädchen werden doch nur als Lustsklavinnen angeboten. Ich kann mir nicht vorstellen, dass du über die Sklavenmärkte gezogen bist, weil du ein Eheweib gesucht hast.“

Er drängte sich an ihr vorbei.

„Das willst du nicht hören, was? Aber ich werde es jedem erzählen, der es hören will. Ich bin mir sicher, es wird viele interessieren."

Eirik blieb stehen. Erste Schneeflocken sanken zu Boden. Er stand mit dem Rücken zu ihr, sie spürte seine Anspannung, als wäre sie in ihren eigenen Muskeln gespiegelt.

„Was verlangst du?", fragte er über die Schulter.

Freya hielt den Atem an. Jetzt hatte sie ihn so weit.

„Eine Nacht", sagte sie nach kurzem Zögern.

„Und danach lässt du Johanna und mich in Ruhe?" Er drehte sich um. „Du wirst nie ein Wort darüber verlieren, woher sie kommt? Was sie war?"

„Eine Nacht", wiederholte Freya. „Danach könnt ihr meinetwegen glücklich werden."

Eine Nacht würde ihr reichen. Danach fraß er ihr aus der Hand.

Er nickte knapp. „Meinetwegen."

Sie blickte ihm nach, als er sich mit eiligen Schritten entfernte. Er hat zugestimmt, frohlockte sie. Der erste Teil ihres Plans war aufgegangen. Jetzt brauchte sie nur noch dafür zu sorgen, dass die kleine Sklavin ihres Platzes verwiesen wurde. Und dafür musste sie, auch wenn es ihr widerstrebte, das Gespräch mit dem Mädchen suchen.

Wie gut es sich traf, dass die Fränkin bei Hallgrim saß, als Freya ihm das Essen brachte. Sie drückte sich an die Tür und wollte schon gehen, doch Freya hielt sie zurück.

„Bleib", sagte sie scharf, und Johanna verharrte in der Tür, während Freya Hallgrim einen Löffel Suppe hinhielt. Oh, konnte er nicht schneller essen? Musste er jeden Bissen, den sie ihm hinhielt, mit gerunzelter Stirn betrachten, musste er seinen fauligen Atem auf die inzwischen lauwarme Suppe blasen, ehe er endlich geruhte, zu essen? Ungeduldig wischte sie ihm Suppe aus dem Bart, rührte heftig in der Schüssel.

„Verstehst du inzwischen, was ich sage?"

Das Nicken war zögerlich.

„Ich kann übersetzen", sagte Hallgrim leise. Ein Hustenanfall schüttelte ihn.

Freya würdigte ihn keines Blickes. „Ich möchte dich um etwas bitten."

Johanna runzelte die Stirn.

„Verstehst du, was ich sage?"

„Lass mich doch helfen", mischte sich Hallgrim wieder ein.

„Was denn, wenn sie zu blöd ist, unsere Sprache zu beherrschen, unterstützt du sie auch noch?"

„Sie lernt erst."

„Also bitte. Sag ihr, ich möchte, dass sie heute Nacht bei dir bleibt." Sie warf den Löffel in die Suppe, verschränkte die Arme.

Hallgrim übersetzte. Die rothaarige Frankenhexe schien überrascht, doch sie nickte.

„Und was tust du derweil?", fragte Hallgrim.

Freya zögerte. Sie trat an sein Bett und nahm seine magere Hand, die sich in ihrer trocken anfühlte. „Verzeih, Liebster. Ich habe seit Wochen nicht durchgeschlafen, und da ihr euch gut versteht, dachte ich, sie könne uns diesen Gefallen erweisen." An Johanna gewandt murmelte sie: „Danke."

Sie nickte.

Ein letztes Mal strich Freya über Hallgrims Wange, erwiderte sein Lächeln und verließ fluchtartig die Kammer.

Aber schon vor der Tür nahm die Freude überhand. Sie war frei – diese Nacht gehörte Eirik und ihr.

15. KAPITEL

Sie schlich zur Tür und lauschte.

Nichts.

Verdammt sollst du sein mit deiner Sklavenhure, Eirik Hallgrimsson.

Auf und ab lief sie. Verharrte erneut an der Tür. Ihre Hand ruhte auf dem Riegel, aber nein, sie würde sich jetzt nicht entblöden, die Tür zu öffnen. Käme er ausgerechnet in diesem Moment, wie sähe das aus? Dass sie ihn sehnsüchtig erwartete?

Es kam der Wahrheit gefährlich nahe.

Der Sieg schmeckte blass und verdarb ihr den Appetit.

Sie sank aufs Bett. Wieso kam er nicht? Hatte sie das blaue Kleid vergebens angezogen? Hätte sie ihn nackt unter den Decken erwarten sollen, wäre er dann gekommen?

Die Nacht schritt unerbittlich voran. Sie erlaubte sich, die Augen zu schließen, aber dann krallte sich die Müdigkeit in ihre Glieder und lockte mit der Wärme des Schlafs. Wieder stand sie auf, lief unruhig auf und ab. Sie löste sogar das Pergament vom Fenster, schob den Fensterladen beiseite und spähte hinaus. Still fiel der erste Schnee des Jahres und deckte alles zu. Schritte und Rufe wurden gedämpft, die Stadt verfiel in friedliches Schweigen.

War Eirik unten in der Halle? Nein, bestimmt nicht. Ihre Worte waren unmissverständlich gewesen: Sie erwartete ihn in ihrer Kammer.

Nur einen Moment die Augen schließen.

Sie legte sich auf das Bett. Lauschte ihren Atemzügen. Fast vermeinte sie, den Schnee fallen zu hören. Ihre Hände zogen die Decke über ihren Körper, es wurde kalt in der Kammer. Sie musste schleunigst die Fensterlade schließen, sonst …

Ein leises Klopfen ließ sie aufschrecken.

Endlich.

Sie richtete sich auf, strich mit beiden Händen über ihr Haar. Sie wünschte sich ihren Bronzespiegel, um ein letztes Mal zu überprüfen, ob sie gut aussah.

„Herein!“, rief sie und kam sich etwas albern vor. Sie stand auf, er sollte nicht denken, sie hätte ihn erwartet.

Die Tür öffnete sich. Sie trat ans Fenster, hakte das Pergament aus, um die Lade zu schließen.

„Ich habe schon gedacht, du kommst nicht mehr“, meinte sie munter.

„Wir haben es schließlich versprochen.“

Freya fuhr herum. In der Tür stand nicht nur Eirik – sondern auch Johanna.

„Was will sie hier?“, fragte sie an Eirik gewandt.

Er trat ein, schloss die Tür hinter ihnen und legte beschützend den Arm um Johannas Schulter. „Du hast uns eingeladen. Also sind wir hier.“

„Aber …“ Freyas Gedanken rasten. Sie hatte Eirik eingeladen, ja, aber doch nicht die rote Hexe! Neben ihr konnte Freya kaum bestehen; sie kam sich plötzlich schäbig vor. Alt und verbraucht.

Johanna trat vor. „Du willst ihn heute Nacht. Ich gebe ihn dir, aber ich möchte dabei sein.“ Sie zögerte, ehe sie flüsterte: „Ich möchte mitmachen.“

Ihr Nordisch war gar nicht mal so schlecht, dachte Freya. Sie lernte schnell. „Das kommt überhaupt nicht infrage!“, protestierte sie rasch.

„Warum nicht?“ Jetzt machte auch Eirik einen Schritt auf sie zu. Freya wich zurück. Sie spürte das Bett hinter sich. Kein Ausweg. Die beiden versperrten die Tür, hinter ihr waren nur das wuchtige Bett und zwei winzige Fensterluken, durch die sie kaum entschlüpfen konnte. Kein Entkommen.

Sie war den beiden in die Falle gegangen.

„Weil … ich dachte …“

„Du hast geglaubt, ich würde Johanna nichts davon erzählen? Ach, Freya.“ Eirik lächelte spöttisch. „Du kennst mich schlecht. Ich würde nie etwas hinter Johannas Rücken tun.“

Freya blickte zwischen den beiden hin und her. Es war ihm ernst damit. Sie schluckte. „Und nun?“, fragte sie. Ihr Gedanke, sich mit Eirik zu vergnügen, während Johanna auf ihren todkranken Mann aufpasste, kam ihr schäbig vor. Unpassend.

Behutsam trat Johanna zu ihr. Sie hob die Hand, legte sie auf Freyas Schulter. „Nur wenn du es auch willst.“ Ihre Finger glitten hinab, streiften Freyas Brust. Ihr Nippel wurde unter der Berührung hart, drückte sich durch die Stoffschichten. Johanna lächelte. „Ich glaube, da ist jemand nicht abgeneigt“, meinte sie an Eirik gewandt.

Sie beugte sich vor. Ihr Gesicht näherte sich Freyas.

Ihr stockte der Atem. Wagte Johanna es, sie zu küssen?

Warme, weiche Lippen legten sich auf ihren Mund. Eine Hand ruhte auf Freyas Hüfte, zog sie näher. Fast willenlos öffnete Freya ihre Lippen und gestattete Johanna, ihre Zunge zu umschmeicheln. Sie schmeckte süß, nach Met und exotischen Früchten, die Freya nicht zu benennen wusste.

Sie sank hintenüber aufs Bett. Es schien ganz einfach zu sein. Johanna setzte sich neben sie, beugte sich über sie und begann, ihr Kleid zu öffnen. Eirik trat zu ihnen und beobachtete, wie Johanna Freya verwöhnte.

Sie schloss die Augen. Diesen Moment wollte sie gänzlich auskosten und sich nicht von absurden Überlegungen verderben lassen.

Johanna schien geübt darin zu sein, mit anderen Frauen das Bett zu teilen. Sie half Freya aus dem Kleid, ließ ihr *aber erst noch das Unterhemd, während sie selbst sich gänzlich entkleidete. Freya beobachtete sie. In ihr erwachte der Hunger. Sie wollte die vollen Brüste berühren, die von dunklen Nippeln gekrönt waren. Sie wollte ihre Hand über den flachen Bauch kreisen und ihre Finger im roten Schamhaar versinken lassen.*

Dann war Johanna wieder über ihr. Ihr Knie schob sich zwischen Freyas Schenkel, die sich bereitwillig für sie öffneten. Johanna beugte sich hinab, sie lag nun halb auf Freya und rieb ihre Scham an Freyas Oberschenkel. Sie spürte ein Kitzeln, dann etwas Nasses. Freyas Atem stockte, doch ehe sie etwas sagen konnte, lag Johannas Mund wieder auf ihrem. Hungrig war der Kuss, sehnsüchtig und süß. Freya stöhnte. Ihre Hände umfassten Johannas Schultern. Sie umarmte die andere Frau, zog sie dichter zu sich heran. Johannas Brüste strichen über ihre. Die Lust schoss in Freyas Schoß und entfachte dort ein Feuer.

Wo war Eirik? Wollte er nur zusehen, wie seine Fränkin sich mit ihr vergnügte? Oder würde auch er hinzukommen? Sosehr sie Johanna plötzlich begehrte, schien es ihr nicht recht, wenn sie nicht auch Eirik in dieses Spiel einbezog. Sie richtete sich halb auf, sank aber wieder auf die Matratze, als sie Eirik auf der Bettkante hocken sah.

Johanna ließ von ihr. Sie rollte herum, kroch von Freya weg. Enttäuscht drehte sie sich zu Johanna um. Sie saß jetzt hinter ihr, die Knie angezogen, ihre Schenkel leicht geöffnet. Einladend. Verführerisch. Ihre Hände umschlossen die Brüste, die Daumen strichen über ihre dunklen Nippel. „Komm her", flüsterte sie.

Eine Aufforderung, der Freya nur zu gerne nachkam. Sie setzte sich auf, rutschte näher und kniete nun vor ihr. Johanna öffnete ihre Schenkel etwas weiter. Sie lächelte. Ihre Hände sanken hinab, tanzten über ihre blasse Haut.

Freya konnte den Blick nicht von ihr lassen. Ihre Schönheit war makellos. Unbeschreiblich.

Kein Wunder, dass Eirik sie begehrte.

„Komm", lockte sie.

Freyas Hände zitterten, als sie sich auf Johannas Knie legten und sie auseinanderbogen. Die Pracht ihrer Vagina klaffte wie eine erblühende Blume auf. Freya stockte der Atem. Wie sehr sie sich wünschte, diese Schönheit zu berühren, sie vollends zum Erblühen zu bringen ... Sie warf einen schüchternen Blick zu Johanna hinauf. Doch die schien gänzlich unbeeindruckt zu sein. Ja, sie ermutigte Freya mit Worten und Gesten; sie rutschte etwas tiefer, sodass ihre Scham nur noch wenige Handbreit von Freyas Gesicht entfernt war. Sie brauchte sich bloß hinabzubeugen. Ihre Finger legten sich auf den Venushügel, ihre Handfläche drückte sich gegen Johannas Klit.

Johanna hatte die Augen geschlossen. Sie stöhnte leise. Ihre Hüften hoben sich, in kreisenden Bewegungen rieb sie sich an Freyas Hand. Von dieser Reaktion ermutigt, ließ sie ihre Hand hinabgleiten. Zwei Finger erkundeten Johannas Nässe, mit einem wagte sie sich sogar weiter vor und erkundete ihre Möse. Johannas Stöhnen wurde lauter, fordernder.

Staunend zog Freya den nassen Finger heraus. Sie steckte ihn in den Mund, kostete vom Aroma. Schloss die Augen, um diesen Augenblick zu genießen. Oh, es war herrlich!

Eirik war hinter ihr. Plötzlich spürte sie seinen Körper, der sich von hinten an ihren drückte. Auch er war inzwischen nackt. Atemlos ließ Freya zu, dass er ihr Unterhemd hochschob, bis es sich um ihre Taille bauschte. Dann drang sein Finger von hinten in ihre Möse ein. Sie stöhnte. Er umfasste sie mit dem anderen Arm, zog sie auf seinen Schoß. Doch das war Johanna nicht recht; sie richtete sich halb auf und maß die beiden mit einem Blick, den Freya nur allzu gut deuten konnte.

Johanna wollte mehr von ihr.

Sie war bereit, es ihr zu geben.

Behutsam löste sie sich aus Eiriks Umarmung. Sie beugte sich vor. Ihre Hände liebkosten die weiche Innenseite von Johannas Schenkeln. Ihr Atem strich über ihre Scham, sodass Johanna leise seufzte und sich wieder ganz den Berührungen Freyas ergab. Es war ein aufregender Gedanke, dass sie beginnen durfte, Johanna Lust zu schenken. Sie nahm all ihren Mut zusammen. Ihre Finger spreizten Johannas Schamlippen. Sie senkte ihren Mund auf die Klit. Saugte kurz daran.

Lustvoll schrie Johanna auf. Ihre Hand lag auf Freyas Kopf und drückte sie nieder, zeigte ihr die Richtung. Bereitwillig folgte Freya diesen Hinweisen. Sie war berauscht von Johannas Aroma, ihrer Erregung, die ihre blasse Haut mit einer intensiven Röte überhauchte. Zugleich war noch Eirik da, der hinter ihr kniete und ihre Möse unnachgiebig mit seinen Fingern erforschte.

Sie leckte von Johannas Vagina hinauf zur Klit, in langsamen, beinahe trägen Bewegungen. Johanna wand sich unter dieser Berührung, Nässe brandete kribbelnd gegen Freyas Zunge, und sie genoss den Geschmack. Sie wurde immer mutiger, stieß mit ihrer Zunge in Johannas Schoß, spürte nicht nur ein Kribbeln, sondern jetzt auch das Pulsieren, mit dem sich Johannas Höhepunkt ankündigte. Sie nahm ihre Finger zur Hilfe, drang erst mit einem, dann mit zwei und sogar einem dritten Finger in sie ein, spürte ihr Pochen, das mit jeder Bewegung, jedem Lecken heftiger wurde, bis es sich in zuckenden Spasmen entlud.

Johanna schrie ihre Lust heraus. Ihre Stimme klang heiser, sie wand sich unter Freya, während der Orgasmus ihren

Körper erfasste und Gänsehaut auf ihrem Körper erblühte, die sich mit der zarten Röte vermischte. Ihr Höhepunkt erregte Freya; sie wünschte, Eirik würde sie jetzt ficken.

Er gehorchte ihrem Wunsch, als hätte sie ihn ausgesprochen. Johanna lag matt und verschwitzt vor ihr, ihre Schenkel schlossen sich wie die Blüten einer Blume nach einem Sommertag, und ein seliges Lächeln umspielte ihre Lippen. Als hätte sie jetzt eine Prüfung bestanden oder das getan, was von ihr verlangt wurde, packte Eirik ihre Hüften. Seine Finger spreizten ihre Schamlippen, dann war sein Schwanz in ihr, drang tief in sie ein. Freya stöhnte; sie war überrascht. Ihre Hände umklammerten Johannas Knie, die sich jetzt aufrichtete und die Hand nach Freya ausstreckte.

Es ging schnell. Sie war überrascht, wie schnell. Eiriks Stöße waren erbarmungslos, als wollte er sie rasch über den Gipfel treiben, dennoch erstaunte es sie. Die Lust schlug wie eine Welle Meerwasser über ihr zusammen, kalt und erschreckend. Sie stöhnte. Johannas Hand schlüpfte in diesem Moment zwischen ihre Beine und rieb sie. Dem ersten Orgasmus folgte innerhalb weniger Augenblicke ein zweiter, der sie vollends verausgabte.

Danach zog Eirik sich aus ihr zurück. Er hatte noch nicht genug, aber Freyas Körper war schlaff, sie konnte sich kaum rühren. Behutsam ließ Eirik sie auf die Matratze gleiten. Sie beobachtete, wie Eirik zu Johanna kroch, die ihn mit offenen Armen und geöffneten Schenkeln willkommen hieß. Freyas Hand glitt hinab zu ihrer Möse, sie meinte noch Eiriks Schwanz zu spüren, der sie so unbarmherzig gefickt hatte. Ihre Finger tauchten in ihre Muschi ein, sie verteilte ihre Nässe auf der Klitoris und befriedigte sich selbst, während Eirik begann, Johanna zu ficken.

Etwas war an den beiden anders.

Die Art, wie sie einander anblickten. Nichts Eiliges,

Gieriges lag in ihren Bewegungen, sondern etwas Genießerisches. Sie kosteten jede Berührung aus, hielten inne, küssten sich. Zärtlich.

Freya rollte sich auf die Seite und beobachtete die beiden. Sie begriff plötzlich, dass es einen Unterschied gab. Was sie mit Johanna und Eirik teilte, war Leidenschaft. Was die beiden verband, war Liebe, deren höchste Form sie durch die Lust erlebten.

Sie wollte nicht darüber nachdenken, ob Eirik sie je so angesehen hatte. Vermutlich nicht. Aber in diesem Augenblick genügte es ihr, den beiden Liebenden zuzusehen und zu spüren, wie es sein konnte.

Sie kam. Schloss die Augen, ritt auf der Welle der Lust und seufzte leise, das Gesicht in die Matratze gepresst. Um sie wurde es still.

Als sie die Augen wieder öffnete, waren Eirik und Johanna fort. Sie lag allein im Bett, und kalt wehte der Wind durch die offene Fensterluke. Freya rollte sich auf die Seite, zog die Decke über sich und wartete auf den Schlaf.

Zum ersten Mal seit Monaten wurde ihr eine ungestörte, ruhige Nacht beschert. Sie schlief bis zum nächsten Morgen.

Er atmete tief durch, ehe er die Tür zu Freyas Kammer öffnete.

Du wirst dich auf keine Diskussionen einlassen, Eirik Hallgrimsson. Sie hat kein Recht auf dich, erst recht nicht, wenn sie dich erpressen will.

Ein Talglicht blakte auf dem Tischchen neben der Bettstatt und flackerte im Zug der eisigen Luft, die durch die offene Luke eindrang und das Pergament blähte. Eirik trat ans Fenster, hakte das Pergament aus und schloss die Lade. Dann erst wandte er sich zum Bett um.

Unter einem Berg Decken vergraben lag Freya. Ihre Wange ruhte auf den Händen, ihr Gesicht wirkte friedlich und entspannt vom Schlaf. Sie lächelte sogar leise, als wäre sie mit einem schönen Gedanken eingeschlafen.

Eirik betrachtete sie. Er widerstand dem Impuls, sich zu ihr zu setzen und sie zu wecken. Wenn sie schlief, schien alles in Ordnung zu sein, oder? Dann brauchte er sich mit ihr nicht auf eine Diskussion einzulassen, warum er nicht das Lager mit ihr teilen würde, auch wenn er es ihr am Nachmittag noch versprochen hatte.

Da war ich blind aus Sorge um Johannas Ruf. Ich habe gefürchtet, man könnte sie wegen ihrer Herkunft verachten.

Aber ihm war etwas klar geworden, als er den Rest des Tages damit zubrachte, nach einem Ausweg zu suchen. Er konnte Johanna nicht für alle Zeit beschützen. Irgendwann käme jemand und würde ihr Geheimnis lüften. Manche Dinge ließen sich nicht auf ewig verheimlichen, und dass sie als Sklavin nach Byzanz gekommen war, wäre eines dieser Geheimnisse, die immer ihren Weg ans Licht finden würden.

Nein, er würde mit dieser Wahrheit anders umgehen. Er würde sie nicht als Geheimnis wahren, sondern jedem entgegenwerfen, der an der Aufrichtigkeit seiner Gefühle zweifelte.

Seht her, sie war eine Sklavin, ich weiß davon. Es ist mir egal. Unsere Liebe ist stärker. Und ihr tätet gut daran, zu vergessen, wer sie war.

Er ließ sich nicht erpressen. Johanna hatte viel durchgemacht, und sie verdiente, dass ein Mann sich um sie kümmerte, sie liebevoll davor bewahrte, wieder im Dunkel zu versinken, das sie in den letzten Wochen umhüllt hatte.

Er war dieser Mann.

Und weil er diese Entscheidung getroffen hatte, gab es für ihn noch etwas zu tun.

Ehe er ging, warf er einen Blick in Hallgrims Kammer. Johanna hatte sich am Fußende der Bettstatt eingerollt, ihren Mantel fest um sich gewickelt. Als er in der Tür auftauchte, flatterten Hallgrims Augenlider. Die beiden Männer tauschten wissende Blicke. Dann ging Eirik.

Der Schneefall war stärker geworden. Schon lag das pulvrige Weiß knöcheltief, und als Eirik hügelan stapfte, vermeinte er ein leises Summen über der Stille zu vernehmen. Wölfe heulten vor den Toren der Stadt, und vom Hafen drang das Grölen der Besoffenen.

Er hielt nicht inne. Den Weg hatte er sich von Oluf beschreiben lassen, der auch so manch andere Frage zu beantworten wusste. Zum Beispiel die Frage, wer von den Männern, die im Haus seines Bruders ein- und ausgingen, mit Sklaven handelte.

Es gab nur einen.

Valdimar Tindursson.

Mehr musste Eirik nicht wissen.

Das Haus war zu dieser späten Stunde verschlossen, das hohe Tor zum Innenhof verriegelt. Eirik scherte sich nicht darum. Er hob die Faust, hieb auf das Tor ein, dass es erbebte. „Hey!“, rief er, als nach einer Weile noch immer niemand öffnete. „Hey, lasst mich ein!“

Ein Fluchen, schlurfende Schritte. Eirik lauschte. Sein Atem bildete weiße Wolken vor seinem Mund. Er straffte sich.

Eine Luke wurde aufgeschoben, ein verhutzeltes Gesicht schaute heraus.

„Was wollt Ihr zu so später Stunde hier?“

„Dein Herr erwartet mich.“

Kurz zögerte die Person – war es ein Mann oder ein altes Weib? –, dann ein Nicken. Die Klappe schlug zu, der Riegel wurde zurückgeschoben. Eirik drängte sich an dem Mann vorbei und schritt zum Haupthaus.

In der Halle waren die Feuer heruntergebrannt, und ein paar Mägde lagen auf den Bänken, rührten sich verschlafen, als er von einer zur nächsten ging. Nichts. „Wo ist er?", fragte Eirik. Stumm wies das Männchen, das ihm gefolgt war, zur Decke.

Jetzt hörte Eirik es auch. Ein Wimmern wie von einem gequälten Tier.

Rasch eilte er die Treppe hinauf, folgte den Geräuschen – das Wimmern vermischte sich jetzt mit dem harschen Geräusch einer hinabsausenden Peitsche und dem klatschenden Laut, wenn Leder auf Haut traf – und atmete ein letztes Mal durch, ehe er die Tür zu der Kammer aufstieß.

Ihm bot sich ein bizarres Bild.

Eine Zwergin hockte nackt auf dem Schoß eines hünenhaften Kerls, der mit Stricken an die Pfosten der Bettstatt gefesselt war. In der Hand hielt die Zwergin eine kleine Peitsche und schwang sie munter über der Brust ihres Opfers. Sein Schwanz ragte erigiert zwischen ihren Pobacken hervor.

Nun, das erleichterte die Angelegenheit ungemein.

Die Zwergin wandte sich zu ihm um.

„Weiter!", brüllte der Hüne, doch zog sie es vor, von ihm herunterzusteigen, vom Bett zu klettern und sich in eine Ecke zurückzuziehen.

Eirik trat ans Bett. Er musterte den Mann. Hätte er nicht gefesselt auf dem Bett gelegen, hätte er selbst auf Eirik bedrohlich gewirkt. So dachte er nur, wie jämmerlich er aussah, zumal seine Erektion in sich zusammensank, als er Eirik sah.

„Valdimar Tindursson, wenn ich mich nicht täusche?"

„Und du? Eirik Hallgrimsson? Warum bist du hier?"

„Ich vermute, das wissen wir beide.“ Eirik schaute sich um. Ein Schemel stand in der Ecke. Er nahm ihn und setzte sich, ohne Valdimar aus den Augen zu lassen. „Mir wäre daran gelegen, wenn du ein Wissen für dich behalten würdest, das meinem Weib schaden könnte.“

„Du meinst die rothaarige Hexe?“

„Ich wäre an deiner Stelle nicht so mutig mit meinen Worten.“

Valdimar schwieg.

„Und ich glaube, es wäre auch nicht spaßig, wenn deine Geschäftspartner erführen, womit du deine Nächte verbringst.“ Eirik maß die Zwergin mit einem langen Blick.

„Lass sie aus dem Spiel!“ Valdimar zerrte an seinen Fesseln, während die Kleinwüchsige versuchte, sich noch kleiner zu machen. „Sie hat nichts damit zu tun.“

„Nein, und du hast auch nichts damit zu tun. Wenn ich irgendwo in Kiew in den nächsten Monaten hören sollte, dass mein Weib eine Sklavin ist, werde ich kommen und dir die Zunge herausreißen, Valdimar Tindursson. Und lass die Finger von Freya. Sie tut dir nicht gut.“ Nach kurzem Schweigen fügte er hinzu: „Sie hat noch nie einem Mann gutgetan.“

„Du urteilst hart.“

„Sagen wir einfach, ich habe meine Erfahrungen gemacht. Habe ich mich deutlich genug ausgedrückt?“

Valdimar nickte zögernd.

Eirik warf einen letzten spöttischen Blick auf sein nacktes, geschrumpftes Geschlecht. „Dann lass dich weiter von einer Zwergin züchtigen, wenn es das ist, was du brauchst.“

Er ging.

Ein Grinsen konnte er sich nicht verkneifen. Valdimar, Sklavenhändler und ein riesiger Kerl, kräftig und durchaus ansehnlich, ein Mann also, der sich die Frauen aussuchen konnte, wollte von einer Zwergin gezüchtigt werden. Wie klein konnte sich ein Mann vor einer Frau machen? Tat er es, um seine Macht gänzlich abzugeben? Oder wollte er wissen, was es hieß, Gefangener des eigenen Schmerzes zu sein?

Nun, ihn kümmerte es nicht. Er hatte getan, was er tun wollte. Und Erleichterung durchflutete ihn: Er war nicht gezwungen, Gewalt anzuwenden. Das hatte er gehofft, um Johannas willen gehofft, denn sie war so sehr von Gewalt gezeichnet, dass er sich schwor, nie wieder zum Schwert zu greifen – es sei denn, um ihr Leben zu verteidigen.

Sie schreckte hoch. Hatte sie da ein Geräusch gehört?

Schritte.

Johanna setzte sich auf und fuhr sich über das müde Gesicht. Sie war eingeschlafen. Hallgrim schlief noch; sein Atem ging rasselnd.

Sie lauschte. Dann schob sie sich vom Bett, trat an die Tür und spähte hinaus.

Im Gang war es finster. Es konnte noch nicht spät sein; die Sonne war noch nicht aufgegangen.

Die Gestalt am anderen Ende des Gangs vor der Kammer, in der sie mit Eirik nächtigte, blieb stehen. Wandte sich halb zu ihr um.

Er sah so schrecklich müde aus.

„Geht es Hallgrim gut?“, fragte er.

Sie nickte stumm.

„Wo warst du?“, fragte sie bang. War er die ganze Nacht da draußen gewesen? Hatte er … wo war er gewesen?

Er kam ein paar Schritte näher. „Da und dort. Hauptsächlich in einer Hafenschenke, wo sie bis zum Morgen billigen Met ausschenken und Lieder grölen.“

Er verzog das Gesicht, als quälte ihn ein Kater.

„Warum bist du nicht heimgekommen und hast dich schlafen gelegt?“

„Ich musste nachdenken." Kurz verfinsterte sich seine Miene, und Johanna wagte nicht, noch mehr Fragen zu stellen. Sie hatte das ungute Gefühl, dass etwas zwischen ihnen aus dem Gleichgewicht geraten war.

Eiriks Stirn glättete sich. Er lächelte. „Wie wäre es mit einem Frühstück? Ich hole uns was aus der Küche?"

„Ich muss bei Hallgrim bleiben." Johanna blickte zu der Kammer zurück.

„Macht nichts. Vor ihm habe ich keine Geheimnisse, und vor dir erst recht nicht. Ich komme gleich."

Sie glaubte, seine Schritte wären leichtfüßiger als vorhin. Lauschend stand sie im Flur, während er in die Küche ging. Dann schlich sie zurück in Hallgrims Kammer.

„Freya?", murmelte er.

„Ich bin's. Johanna."

„Ah, Johanna. Abendstern meiner Nacht. Komm, setz dich zu mir."

Er versuchte sich aufzurichten. Johanna kam ihm zur Hilfe, stopfte Kissen in seinen Rücken und brachte ihm kalten Kräutersud vom Vorabend, der bitter roch und wohl auch so schmeckte, denn Hallgrim verzog angewidert das Gesicht. „Eirik war über Nacht weg", sagte sie leise. „Er bringt gleich was zu essen herauf."

„Über Nacht, ja?"

Sie nickte stumm und stopfte die Decke rund um Hallgrims ausgezehrten Körper fest. Früher, das ahnte sie, war dieser Mann ein muskulöser Krieger gewesen, doch die Krankheit hatte ihm alle Kraft geraubt. Jetzt blieb ihm nur seine leise Stimme, die zu erheben ihn schon zu viel Kraft kostete. Doch sein Wort hatte Gewicht, und dies blieb ihm in seinen letzten Tagen der Trost.

„Du hast Angst, er könnte bei einer anderen gewesen sein, nicht wahr?"

Ihre Stimme war rau. „Ich habe Augen im Kopf. Während mir die Worte fehlten, lauschte ich kaum auf das, was andere sagten, sondern auf das, was sie taten." Sie biss sich auf die Unterlippe. Nein, es wäre nicht recht, einem todkranken Mann zu sagen, dass seine Frau sich zu Eirik hingezogen fühlte.

„Du bist eine kluge Frau, Johanna. Aber ich denke, deine Sorge ist unbegründet. Freya war die ganze Nacht in ihrer Kammer."

Ihr Kopf ruckte hoch.

„Mein Schlaf ist nicht so tief wie deiner, und manche Nacht tue ich kein Auge zu, auch wenn du es glaubst." Sein Lachen mündete in ein Husten. „Sie ging gestern Abend in ihre Kammer und liegt wahrscheinlich noch selig schlummernd im Bett."

Wenn das stimmte … aber warum sollte Hallgrim sie anlügen? Ehe Johanna sich mit eigenen Augen davon überzeugen konnte, kam Eirik und brachte ein kärgliches Morgenmahl: Gerstenbrei vom Vortag, der ihm im Kessel angebrannt war, lauwarmen Met und hartes Brot.

Froh um die Ablenkung verteilte Johanna alles, während Eirik sich zu Hallgrim ans Kopfende setzte. Er wartete, bis auch Johanna saß, ehe er sagte: „Gestern Abend war ich bei Valdimar Tindursson."

Johanna sagte der Name nichts.

Hallgrim aber sagte: „Ah. Ich ahne etwas."

„Dein Bruder war so freundlich, mir seinen Namen zu nennen." An Johanna gewandt fuhr er fort: „Du kennst ihn. Er war es, der den Befehl über die Drachenboote führte, die dein Dorf überfielen."

Die Schale mit Gerstenbrei war felsenschwer in ihrer Hand. Sie würgte.

„Er wird sein Wissen für sich behalten."

Sie glaubte, eine leise Verunsicherung bei ihm zu spüren, als wäre das, was er ihr damit versprach, nicht sicher.

„Was macht dich so sicher?“, fragte sie daher.

Er lächelte. „Dich kann ich nicht täuschen, nicht wahr?“ Einen Augenblick schien er nachzudenken, als durchlebte er noch einmal die Begegnung mit dem Sklavenhändler. „Mir schien es fast zu einfach. Valdimar hat sofort zugestimmt, alles zu tun, was ich von ihm verlangt habe. Das wird genügen, denke ich – zumindest bis zum Frühjahr, und danach wird es uns nicht mehr kümmern, weil wir das erste Schiff nach Norden nehmen.“

War es wirklich so einfach?

„Ich sorge dafür, dass er schweigt. Vielleicht sollte ich ihn das eine oder andere Mal daran erinnern, aber sei gewiss: Es ist vorbei.“

Änderte das etwas daran, dass sie diese Dinge durchlebt hatte?

Hallgrim aber nickte, als wäre damit ein Kapitel abgeschlossen.

Redet mit mir! Erklärt mir eure Welt!

War es denn besser, etwas totzuschweigen? Schaffte man es damit aus der Welt?

Eirik beugte sich zu ihr herüber. Seine Hand legte sich auf ihre. „Ich weiß, damit verschwindet der Schmerz nicht. Nichts kann wiedergutmachen, was er und andere dir angetan haben. Und auch ich bin vermutlich nicht unschuldig.“

Sie nickte stumm.

„Auch ich habe Fehler gemacht. Und ich habe dich zwar vor der grausamen Welt beschützt, aber nicht vor meiner eigenen Grausamkeit.“

Sie spürte die Tränen, die über ihr Gesicht rannen. So viele Worte steckten in ihrem Kopf, doch konnte sie weder auf Byzantinisch noch auf Nordisch die rechten Sätze formen. Darum blieb sie stumm, schüttelte nur leicht den Kopf.

Denn es gab etwas, das sie sich von ihm wünschte. Doch sie wusste nicht, wie sie es ausdrücken sollte. Eines wusste sie in diesem Moment: Sie war ihm dankbar. Er hatte sie gerettet, vor der üblen Nachrede eines Mannes, der zu viel wusste.

„Und Freya?", fragte sie stattdessen.

Eirik warf Hallgrim einen knappen Blick zu. „Freya ist eine andere Geschichte."

„Du kannst es ruhig erzählen", mischte Hallgrim sich ein. „Ich weiß um die Schwächen meiner Frau."

Eirik zögerte. Schließlich gestand er: „Sie hat versucht, mich zu erpressen. Sie hat es von Valdimar erfahren und wollte mich mit diesem Wissen dazu bringen, ihr Lager zu teilen."

Hallgrim schwieg lange.

„Es verwundert mich nicht. Sie ist eine leidenschaftliche Frau. Ich weiß, sie schleicht sich tagsüber aus dem Haus und sucht anderswo, was ich ihr nicht mehr bieten kann."

„Bei mir wird sie es nicht finden", sagte Eirik mit fester Stimme.

Damit schien für die beiden Männer das Thema erledigt zu sein. Ihr Gespräch wandte sich anderen Themen zu.

Johannas Ohren glühten. Sie lauschte dem weichen Singsang des Nordischen, in das die Männer bald verfielen, hörte bekannte Worte heraus, doch viele, die ihr gänzlich fremd blieben. Ihr Gerstenbrei wurde kalt, ihr Met schal.

Ist es wirklich vorbei? Niemand wird hinter meinem Rücken flüstern, niemand wird mir scheele Blicke zuwerfen?

Doch nein, es war nicht vorbei. Denn sie wusste, dass sie Eirik noch etwas gestehen musste. Es war ihr selbst noch nicht klar, doch mehrten sich die Anzeichen.

EPILOG

Sie saß im Dunkel der Kammer. Ihre Hände umspielten schmale Stoffreste, die beim Zuschneiden des Kleids übrig geblieben waren, das sie sich nähte.

Alles wird gut. Alles wird gut.

Eirik kam bestimmt bald; er würde fragen, warum sie im Dunkeln saß und nicht unten in der Halle war, bei den anderen. Warum sie nicht mit Astrid, Gudrid und den anderen Mägden zusammensaß, die Johanna inzwischen so herzlich aufgenommen hatten und ihr nicht nur mit jedem Tag neue Worte ihrer Sprache beibrachten und auf gutmütige Art über Johannas kleine Fehler lachten und sie verbesserten, sondern auch die richtigen Worte fanden, ihren Verdacht zu bestätigen.

Sie musste es Eirik sagen. Aber das konnte sie nicht im hellen Lärm der Halle tun, und ebenso wenig schien es ihr passend, am Bett eines Todkranken von diesem Thema zu sprechen, während Freya in stummer Verbissenheit ob Eiriks Abweisung um sie war und vorgab, sich weiterhin aufopferungsvoll um Hallgrim zu kümmern. Nachts war Johanna zu müde. Nein, eigentlich war sie inzwischen immer zu müde.

Sie hörte ihn kommen. Schloss die Augen und wickelte die Stoffstreifen fest um ihre Handgelenke.

Bitte, bitte. Ich will, dass du dich freust. Bitte.

Eirik stieß die Tür auf. Einen Moment war er eine dunkle Silhouette im Türrahmen, dann warf er die Tür hinter sich zu, dass das ganze Haus erbebte. „Hier also steckst du. Ich habe dich gesucht."

„Ich war müde und wollte mich hinlegen", log sie.

Er kam zu ihr und setzte sich neben sie. „Und warum bist du tatsächlich hier oben?", fragte er sanft.

Sie lächelte. Diesen Mann konnte sie nicht täuschen.

„Ich wollte mit dir reden."

„Nun, ich bin hier."

Sie holte tief Luft. „Wie lange sind wir nun schon hier? In Kiew?"

„Es mögen inzwischen zwei Monde vergangen sein. Warum? Du möchtest doch nicht im tiefsten Winter fort?"

Heftig schüttelte sie den Kopf. Ihre Worte überschlugen sich im Kopf und purzelten als wildes Durcheinander über ihre Lippen. „Ich dachte nur, und weil du doch damals … ich dachte, wir lieben uns, und dann … du hast mich nicht mehr angerührt, seit …"

Nein, so ging das nicht. Sie holte tief Luft. „Ich sehne mich nach dir. Nachts."

Er war erstaunt. „Ich schlafe jede Nacht neben dir."

„Ja", erwiderte sie heftig. „Aber du schläfst nicht mit mir. Wir teilen das Lager, doch rührst du mich nicht an. Und wenn, dann zuckst du zusammen, als hätte ich eine ansteckende Krankheit. Als wäre ich eine Aussätzige."

Er schwieg betroffen.

„Ich dachte, es wäre dir nicht recht", sagte er schließlich leise. „Ich habe geglaubt …"

Nichts wäre mir lieber, als in deinen Armen endlich zu vergessen. In deinen Armen zu spüren, dass ich geliebt werde. Dass wir *geliebt werden.*

Sie sagte es. Blickte ihn von der Seite an, fragend. Es dauerte ein paar Augenblicke, ehe die Worte in ihrer Bedeutung zu ihm durchdrangen; dauerte, bis er verstand, was sie andeutete.

Seine Hand nahm ihre. „Ist das wahr?"

Sie nickte. Die Anzeichen waren allzu deutlich: ihre Brüste geschwollen und empfindlich, die ausbleibende Blutung. Und inzwischen glaubte sie zu spüren, wie ihr

Bauch sich wölbte. Nicht mehr lange, dann würde sie das zarte Flattern des Ungeborenen spüren, das um sich trat.

„Warum hast du mir das nicht gesagt?"

Weil in den letzten Monaten zu vieles hier gesagt wurde. Weil zu viel passiert ist. Weil Hallgrim sich noch immer an das Leben klammert und manchmal seinen besten Freund nicht erkennt im Fieberschmerz.

Stattdessen sagte sie nur: „Wenn es ein Junge wird, soll er Hallgrim heißen."

Eirik umarmte sie; sein Mund vergrub sich in ihrem Haar. Kurz nur flackerte das Bild eines anderen Mannes vor ihrem inneren Auge auf, der sie maliziös anlächelte. Der ihr Haar mit gierigem Blick betrachtete, weil er sich vorstellte, wie es in Flammen aufging.

Wie schon viele andere Bilder konnte sie auch dieses schnell wieder dorthin verbannen, wo es hingehörte: in ein Meer des Vergessens.

Sie sanken hintenüber aufs Bett. Eirik schmiegte sich an ihren Rücken, seine Hände umfingen ihre Taille, strichen über ihren Bauch. Seine Lippen liebkosten ihren Hals, er drängte sich an sie. „Das ist das Schönste, was du mir hast schenken können."

Sie lächelte. Ihre Hände legten sich auf seine, sie ließ sich in seinen Armen wiegen.

Danach war es nicht mehr schwer. Sie brauchten keine Worte, sondern ließen ihre Körper sprechen. Eirik half ihr aus dem Kleid, warf es ebenso beiseite wie seinen Kittel, seine Hose und die Stiefel. Ihre Schuhe klapperten auf dem Dielenboden. Seine Hände fuhren heiß unter ihr Hemd, ihr Körper war kalt, und er deckte fürsorglich Felle und Decken über sie. In dieser Höhle schmiegten sie sich nackt aneinander und warteten, bis ihre Körperwärme das kleine Nest aufheizte. Erst dann begannen seine Hände, nicht bloß ihren Bauch und ihre Hüften zu liebkosen und ihre Brüste zu umfassen. Er ließ seine Finger in ihre Nässe tauchen, rieb seine Hand an ihrer Klitoris. Sie seufzte, drückte sich an seinen harten Schwanz und wünschte, es möge ewig so sein.

Er war besonders behutsam, vorsichtig und zärtlich, als fürchtete er, sie könnte in seinen starken Armen zerbrechen. Und als sie ihre Schreie im Kissen verbiss, legte sein Mund sich an ihr Ohr. Er sagte nichts.

Aber das brauchte er auch nicht. Sie wusste ohne Worte, dass dieser Moment sich ihnen einbrannte als ein Neuanfang. Dieser Moment, dieser Höhepunkt prägte sich ihr ein, löschte die letzten schrecklichen Erinnerungen aus und ließ verblassen, was ihr einst den Verstand geraubt hatte.

Als sie kam, schrie sie seinen Namen.

Eirik ließ seinen Blick über die glatte Fläche des Sees schweifen.

Sie waren fast zu Hause.

Es war Frühling geworden, und nördlich von Uppsala wurden die Wiesen grün, erste Kräuter verbreiteten ihren würzigen Duft. Der Himmel war hell und weit, die Tage streckten sich, bis sie um Mittsommer kein Ende nahmen und keinen Anfang.

Das kleine Boot, das sie über den See brachte, war voll beladen. Neben dem halben Dutzend Schafe und zwei Truhen mit Johannas Aussteuer waren auch zwei Männer bei ihnen, die auf Eiriks Hof Arbeit suchten. Sie ruderten mit festem, gleichmäßigem Schlag, während Johanna im Bug hockte, zwischen all den Schafen, und ihren geschwollenen Leib mit beiden Händen umspannte. Sie hatte darauf bestanden, die Reise gen Norden trotz ihrer Schwangerschaft anzutreten, und Eirik hatte über ihre Unvernunft gelacht, doch dann alles in seiner Macht Stehende getan, damit sie vor der Geburt des Kindes Svea erreichten.

Es schien geglückt; bis zum Hof seiner Eltern lag nur noch wenig Weg vor ihnen. Heute Abend schon würden sie in der Halle um das Feuer sitzen, und er würde von seinen Abenteuern im fernen Byzanz erzählen, während Johanna sich an ihn schmiegen und den Blick nicht von ihm lassen könnte.

Auch jetzt hob sie den Kopf. Ihr Gesicht wurde von zarten Sommersprossen geziert, ihr rotes Haar trug sie in einem schweren geflochtenen Zopf, der über ihre Schulter nach vorne fiel. Sie lächelte. Er liebte ihr Lächeln und wäre zu gerne bei ihr, um ihre weiche Haut zu streicheln, die wie Buttermilch schimmerte.

Die beiden Männer zogen die Ruder aus dem Wasser. Aus der Ferne klang das Blöken von Schafen herüber, das von den Tieren an Bord aufgenommen und erwidert wurde, bis sie sich in einem Chor vereinten. Der Wind frischte auf und trieb das Boot zu einem Steg. Dahinter hob sich das Land sanft an, und hinter den Hügeln entdeckte Eirik die Dächer seines väterlichen Hofs.

Sie waren zu Hause.

Johanna lachte. Einfach so, glockenhell. Als könnte sie nicht glauben, dass ihre Irrfahrt, die vor über einem Jahr begonnen hatte, nun an einem Ort endete, der auch ihr bald Heimat sein würde.

Darum wollte Eirik kämpfen. Sie war sein Weib, und sie sollte hier so glücklich werden, wie es eine Frau auf Hallgrimshof nur werden konnte.

Die Zärtlichkeit und Liebe für sie überschwemmten sein Herz, machten ihm die Kehle eng. Ja, er war zu Hause. Aber nicht nur Hallgrimshof war seine Heimat, sondern auch die wunderschöne Frau, die ihre Hand durch das eisige Wasser des Sees gleiten ließ, ohne ihn aus den Augen zu lassen.

Eine lange Reise lag hinter ihm, aber nun wusste er: Johanna war sein Zuhause.

– ENDE –

Kayla Perrin
Betrüg mich!
Band-Nr. 35029
8,95 € (D)
ISBN: 978-3-89941-693-0
384 Seiten

Cherry Adair
Nimm mich!
Band-Nr. 35026
8,95 € (D)
ISBN: 978-3-89941-645-9
304 Seiten

Sharon Page
Blutrot – Die Farbe der Lust
Band-Nr. 35022
8,95 € (D)
ISBN: 978-3-89941-548-3
416 Seiten

Sharon Page
Samtschwarz
Band-Nr. 35028
8,95 € (D)
ISBN: 978-3-89941-680-0
432 Seiten